JLPT

# 挑戰日檢 N3 全真模擬題

## 完整全五回攻略

作者 許成美／中澤有紀　譯者 李喬智

MP3

# 目錄

# 前言

如果我們問廣大的考生為什麼要參加日本語能力測驗，相信一定會得到許多不同的答案吧！像是為了順利從大學畢業、為了確認自己的日文能力、為了找工作或是升遷等等。但是儘管理由不一而足，大家的目標都只有一個：順利通過日本語能力測驗，達成目的！

為了幫助大家順利通過日檢，本書依以下標準，精心設計了有助實戰的模擬考題：

✓ 以最新的日檢出題趨勢和傾向為基礎編撰，確實掌握最精準的出題方向。
✓ 將實際的測驗題目中所出現的字彙、文法等重點歸納整理，靈活出題。
✓ 模擬考題完全符合新制的出題形式、範圍和場景。

本書作者自2010年N3日本語能力測驗改版開始，就實際參加了多次日檢測驗，徹底分析2010年到目前所有實際的日檢考題，以最新的出題傾向、考題範圍，以及考題的類型為基礎，將精闢分析結果全部反映在實戰模擬考題之中。

書中問題的設定，除了盡量讓讀者能感受到實際答題時的臨場感之外，更能幫助考生一舉成功，合格通過。

為了要通過日本語能力測驗，不斷重覆地練習解答類似的考題，這是很重要的基本功。將第一次解題的經驗，當作模擬教材；第二次解題時則是將答錯的題目匯集起來；接著第三次解題時活用所有作答技巧，並確認熟記所有相關字彙。第四、第五次解題時增加答題的速度及嫻熟度。

我相信只要能夠確實熟讀本書，加以靈活運用，一定可以在短時間內通過日檢，獲取高分！

許成美
中澤有紀

# 關於日本語能力測驗（JLPT）

## 1 JLPT的級別

日本語能力測驗可以分成N1、N2、N3、N4、N5等五個等級，受試者可以自行選擇適合自己能力的級別。針對各個不同的級別，有以下的題目類型：

N1～N2：言語知識（文字、語彙、文法）及讀解、聽解等兩個部分；

N3～N5：言語知識（文字、語彙）、言語知識（文法）及讀解、聽解等三個部分。

各個考試科目、考試時間以及認定標準等資訊，如以下表格所示。認定的標準以「閱讀」、「聽力」等語言能力來表示。

因此為了落實這些語言能力，在各個不同級別，都必須具備相應的言語知識。

| 級別 | 題型 | 考試時間 | 認定基準 |
|---|---|---|---|
| N1 | 言語知識（文字・語彙・文法）讀解 | 110 分 | **比原來的一級測驗程度更高一些。**<br>閱讀：能夠閱讀邏輯性較為複雜、抽象程度也較高的文章內容，理解其文章的構成及掌握整體內容。能夠閱讀各式各樣不同的文章，也能夠理解內容的來龍去脈，以及其文章要表達的要旨。<br>聽力：能夠聽取正常速度的對話、新聞報導或講義內容，理解內容的來龍去脈、登場人物之間的關係，以及內容的構成邏輯，並能夠把握住其中的要點。 |
| | 聽解 | 60 分 | |
| | 合計 | 170 分 | |
| N2 | 言語知識（文字・語彙・文法）・讀解 | 105 分 | **與原有的二級測驗程度大約相同。**<br>閱讀：可以看懂新聞報導、雜誌文稿，或是解說平易的評論專欄，能夠理解其意涵。而對於一般性話題相關的文章，也能夠理解其內容的來龍去脈，以及要表達的真意。<br>聽力：能夠聽取使用正常速度的對話或新聞報導，了解內容的來龍去脈以及登場人物之間的關係，並把握住其中的要點。 |
| | 聽解 | 50 分 | |
| | 合計 | 155 分 | |

| N3 | 言語知識（文字・語彙） | 105 分 | 介於原來的二級與三級之間的程度（全新設立）。<br>閱讀：能夠閱讀談論日常生活相關話題的文章，能夠具體理解當中的內容；能夠閱讀新聞報導中包含大標以及相關資訊，掌握其資訊概要。能夠閱讀在日常生活情境，難度較高文章，並能理解其中的意涵。<br>聽力：能夠聽取自然速度的對話，大致上可以理解對話的具體內容，以及登場人物之間的關係。 |
|---|---|---|---|
| | 言語知識（文法）・讀解 | | |
| | 聽解 | 40 分 | |
| | 合計 | 145 分 | |
| N4 | 言語知識（文字・語彙） | 95 分 | 與原來的三級測驗程度大約相同。<br>閱讀：能夠閱讀由基本的詞彙及漢字所寫成、以日常生活情境為主題的文章，理解文章內容的意涵。<br>聽力：能夠聽取以日常生活為背景、速度略微緩慢的會話並理解大部分的內容。 |
| | 言語知識（文法）・讀解 | | |
| | 聽解 | 35 分 | |
| | 合計 | 130 分 | |
| N5 | 言語知識（文字・語彙） | 80 分 | 與原來的四級測驗程度大約相同。<br>閱讀：N5 文章中大多由日常生活中經常會用到的平假名、片假名，以及基本的漢字、一般制式句型所寫成，應考者要能夠在閱讀完文章後，理解其意涵。<br>聽力：能夠聽取緩慢且簡短的日常生活情境會話並獲得必要的資訊。 |
| | 言語知識（文法）・讀解 | | |
| | 聽解 | 30 分 | |
| | 合計 | 110 分 | |

＊N3～N5「言語知識（文字、語彙）」、「言語知識（文法）以及讀解」的部分，在第一個小時接連著考。

## 2 測驗結果的表示

| 級別 | 得分項目 | 得分範圍 |
|---|---|---|
| N1 | 言語知識（文字・語彙・文法） | 0 ~ 60 |
| | 讀解 | 0 ~ 60 |
| | 聽解 | 0 ~ 60 |
| | 總計得分 | 0 ~ 180 |
| N2 | 言語知識（文字・語彙・文法） | 0 ~ 60 |
| | 讀解 | 0 ~ 60 |
| | 聽解 | 0 ~ 60 |
| | 總計得分 | 0 ~ 180 |
| N3 | 言語知識（文字・語彙・文法） | 0 ~ 60 |
| | 讀解 | 0 ~ 60 |
| | 聽解 | 0 ~ 60 |
| | 總計得分 | 0 ~ 180 |

| N4 | 言語知識（文字・語彙・文法）・讀解 | 0 ~ 120 |
|---|---|---|
| | 聽解 | 0 ~ 60 |
| | 總計得分 | 0 ~ 180 |
| N5 | 言語知識（文字・語彙・文法）・讀解 | 0 ~ 120 |
| | 聽解 | 0 ~ 60 |
| | 總計得分 | 0 ~ 180 |

＊N1、N2、N3的得分項目可分成「言語知識（文字、語彙、文法）」、「讀解」以及「聽解」三個部分。

＊ N4、N5 的得分項目則是「言語知識（文字、語彙、文法）、讀解」以及「聽解」兩個部分。

## 3 測驗結果的通知函範例

如同下圖的例子：

①是「各別項目得分」，

②則是各別項目得分合計之後的「總計得分」。

③另外還會附上「考試情報」，這是為了對受試者日後在學習日語時有所幫助。③的「考試情報」中並不會有合格／不合格的判定。

| ① 各別項目得分 | | | ② 總計得分 |
|---|---|---|---|
| 言語知識（文字・語彙・文法） | 讀解 | 聽解 | |
| 50 / 60 | 30 / 60 | 40 / 60 | 120 / 180 |

| ③ 考試情報 | |
|---|---|
| 文字・語彙 | 文法 |
| A | C |

A：表現非常好（正確率達 67% 以上）

B：表現不錯（正確率達 34% 以上但不到 67%）

C：表現不佳（正確率在 34% 以下）

## 本書的構成及特色

本書是因應自2010年開始改制的日本語能力測驗N3，所製作的日檢全真模擬題。

我們徹底分析了測驗的出題傾向，以及各種不同類型的考題，並將分析結果反映在模擬試題之中，讓讀者能夠輕鬆掌控日本語能力測驗。書中的試題與實際測驗的題目類型相同，讀者可以直接模擬真實考試情況，同時事先習慣題型。

本書由「全真模擬題N3五回合」、「計分卡」、「實戰模擬考題解答及聽解翻譯」、「答案卡」所組成。

### 全真模擬題N3五回合

題目與實際的測驗形式相同，可以幫助受試者學習解題的技巧。

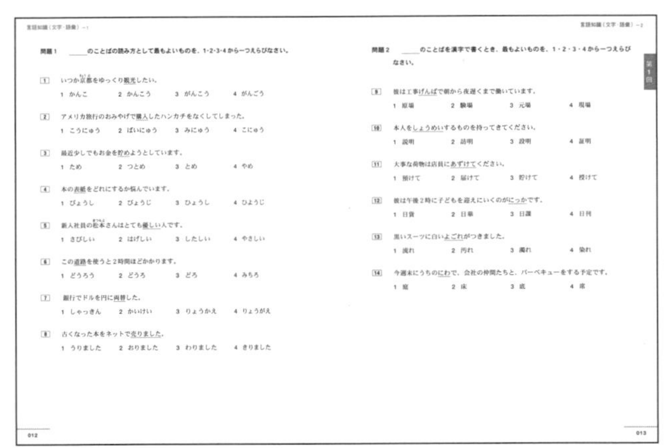

言語知識（文字・語彙）－1

問題1 ＿＿＿のことばの読み方として最もよいものを、1・2・3・4から一つえらびなさい。

1 いつか京都をゆっくり観光したい。
1 かんこ　2 かんこう　3 がんこう　4 がんごう

2 アメリカ旅行のおみやげで購入したハンカチをなくしてしまった。
1 こうにゅう　2 ばいにゅう　3 みにゅう　4 こにゅう

3 最近少しでもお金を貯めようとしています。
1 ため　2 つとめ　3 とめ　4 やめ

4 本の表紙をどれにするか悩んでいます。
1 びょうし　2 びょうじ　3 ひょうし　4 ひょうじ

5 新人社員の松本さんはとても優しい人です。
1 さびしい　2 はげしい　3 したしい　4 やさしい

6 この道路を使うと2時間ほどかかります。
1 どうろう　2 どうろ　3 どろ　4 みちろ

7 銀行でドルを円に両替した。
1 しゃっきん　2 かいけい　3 りょうかえ　4 りょうがえ

8 古くなった本をネットで売りました。
1 うりました　2 おりました　3 わりました　4 きりました

012

言語知識（文字・語彙）－2

問題2 ＿＿＿のことばを漢字で書くとき、最もよいものを、1・2・3・4から一つえらびなさい。

第1回

9 彼は工事げんばで朝から夜遅くまで働いています。
1 原場　2 験場　3 元場　4 現場

10 本人をしょうめいするものを持ってきてください。
1 説明　2 訪明　3 設明　4 証明

11 大事な荷物は店員にあずけてください。
1 預けて　2 届けて　3 貯けて　4 授けて

12 彼は午後2時に子どもを迎えにいくのがにっかです。
1 日貨　2 日華　3 日課　4 日刊

13 黒いスーツに白いよごれがつきました。
1 流れ　2 汚れ　3 濁れ　4 染れ

14 今週末にうちのにわで、会社の仲間たちと、バーベキューをする予定です。
1 庭　2 床　3 底　4 席

013

### 計分卡

解答完題目後，可以利用每一回模擬題最前面的計分卡記錄自己的分數，預測自己實際應試時的得分。

※ 實際應考時，依測驗出題內容不同，可能產生誤差。

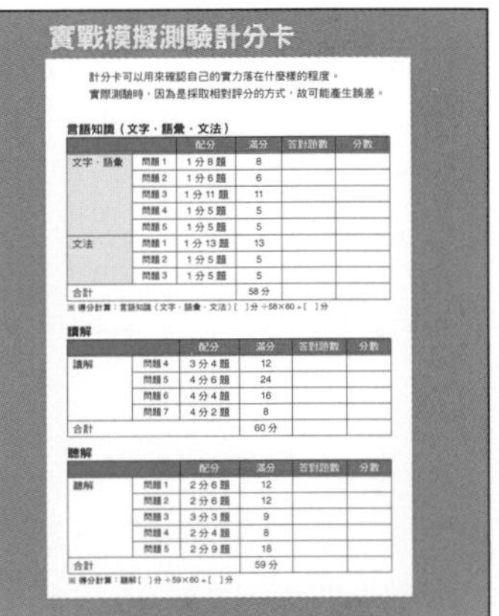

實戰模擬測驗計分卡

計分卡可以用來確認自己的實力落在什麼樣的程度。
實際測驗時，因為是採取相對評分的方式，故可能產生誤差。

言語知識（文字・語彙・文法）

| | | 配分 | 滿分 | 答對題數 | 分數 |
|---|---|---|---|---|---|
| 文字・語彙 | 問題1 | 1分8題 | 8 | | |
| | 問題2 | 1分6題 | 6 | | |
| | 問題3 | 1分11題 | 11 | | |
| | 問題4 | 1分5題 | 5 | | |
| | 問題5 | 1分5題 | 5 | | |
| 文法 | 問題1 | 1分13題 | 13 | | |
| | 問題2 | 1分5題 | 5 | | |
| | 問題3 | 1分5題 | 5 | | |
| 合計 | | | 58分 | | |

※ 得分計算：言語知識（文字・語彙・文法）[　]分÷58×60＝[　]分

讀解

| | | 配分 | 滿分 | 答對題數 | 分數 |
|---|---|---|---|---|---|
| 讀解 | 問題4 | 3分4題 | 12 | | |
| | 問題5 | 4分6題 | 24 | | |
| | 問題6 | 4分4題 | 16 | | |
| | 問題7 | 4分2題 | 8 | | |
| 合計 | | | 60分 | | |

聽解

| | | 配分 | 滿分 | 答對題數 | 分數 |
|---|---|---|---|---|---|
| 聽解 | 問題1 | 2分6題 | 12 | | |
| | 問題2 | 2分6題 | 12 | | |
| | 問題3 | 3分3題 | 9 | | |
| | 問題4 | 2分4題 | 8 | | |
| | 問題5 | 2分9題 | 18 | | |
| 合計 | | | 59分 | | |

※ 得分計算：聽解[　]分÷59×60＝[　]分

## 實戰模擬考題及聽解翻譯

模擬題的正確解答，以及聽力測驗的文字內容。

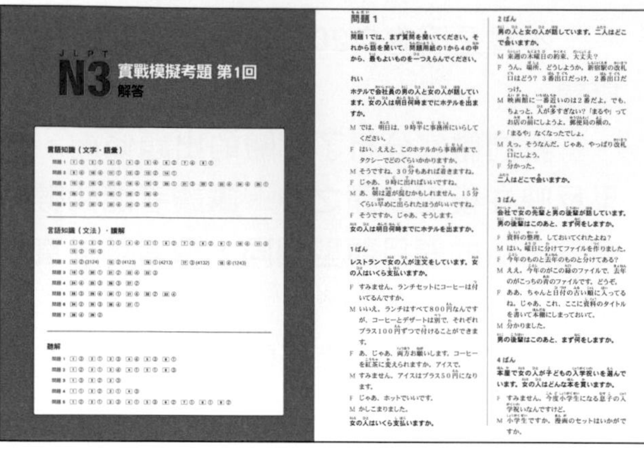
JLPT N3 實戰模擬考題 第1回 解答

言語知識（文字・語彙）

言語知識（文法）・讀解

聽解

問題 1

問題1では、まず質問を聞いてください。それから話を聞いて、問題用紙の1から4の中から、最もよいものを一つえらんでください。

れい

ホテルで会社員の男の人と女の人が話しています。女の人は明日何時までにホテルを出ますか。

M では、明日は、9時半に事務所にいらしてください。
F はい、ええと、このホテルから事務所まで、タクシーでどのぐらいかかりますか。
M そうですね、30分もあれば着きますね。
F じゃあ、9時に出ればいいですね。
M あ、朝は道が混むかもしれません。15分ぐらい早めに出られたほうがいいですね。
F そうですか。じゃあ、そうします。

女の人は明日何時までにホテルを出ますか。

1ばん

レストランで女の人が注文をしています。女の人はいくら支払いますか。

F すみません、ランチセットにコーヒーは付いてるんですか。
M いいえ、ランチはすべて800円なんですが、コーヒーとデザートは別で、それぞれプラス100円ずつで付けることができます。
F あ、じゃあ、両方お願いします。コーヒーを紅茶に変えられますか。アイスで。
M すみません、アイスはプラス50円になります。
F じゃあ、ホットでいいです。
M かしこまりました。

女の人はいくら支払いますか。

2ばん

男の人と女の人が話しています。二人はどこで会いますか。

M 来週の木曜日の約束、大丈夫？
F うん。場所、どうしようか。新宿駅の改札口はどう？ 3番出口だっけ、2番出口だっけ。
M 映画館に一番近いのは2番だよ。でも、ちょっと、人が多すぎない？「まるや」ってお店の前にしようよ。郵便局の横の。
F「まるや」なくなったでしょ。
M えっ、そうなんだ。じゃあ、やっぱり改札口にしよう。
F 分かった。

二人はどこで会いますか。

3ばん

会社で女の先輩と男の後輩が話しています。男の後輩はこのあと、まず何をしますか。

F 資料の整理、しておいてくれたよね？
M はい。曜日に分けてファイルを作りました。
F 今年のものと去年のものと分けてある？
M ええ。今年のがこの緑のファイルで、去年のがこっちの青のファイルです。どうぞ。
F ああ、ちゃんと日付の古い順に入ってるね。じゃあ、これ、ここに資料のタイトルを書いて本棚にしまっておいて。
M 分かりました。

男の後輩はこのあと、まず何をしますか。

4ばん

本屋で女の人が子どもの入学祝いを選んでいます。女の人はどんな本を買いますか。

F すみません。今度小学生になる息子の入学祝いなんですけど。
M 小学生ですか。漫画のセットはいかがですか。

## 答案卡

**在進行實戰模擬測驗時，全程都必須使用答案卡。**

就如同前面全真測驗考題一般，利用擬真的答案卡，可以讓應試者在測驗前熟悉畫答案卡的技巧。

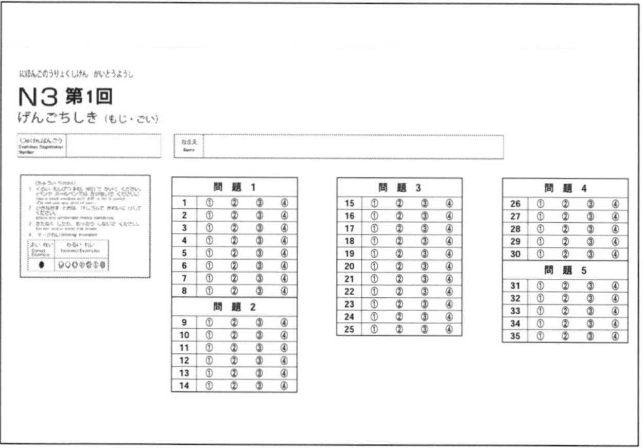
にほんごのうりょくしけん　かいとうようし

N3 第1回

げんごちしき（もじ・ごい）

じゅけんばんごう Examinee Registration Number

なまえ Name

| 問題 1 | | | | |
|---|---|---|---|---|
| 1 | ① | ② | ③ | ④ |
| 2 | ① | ② | ③ | ④ |
| 3 | ① | ② | ③ | ④ |
| 4 | ① | ② | ③ | ④ |
| 5 | ① | ② | ③ | ④ |
| 6 | ① | ② | ③ | ④ |
| 7 | ① | ② | ③ | ④ |
| 8 | ① | ② | ③ | ④ |

| 問題 2 | | | | |
|---|---|---|---|---|
| 9 | ① | ② | ③ | ④ |
| 10 | ① | ② | ③ | ④ |
| 11 | ① | ② | ③ | ④ |
| 12 | ① | ② | ③ | ④ |
| 13 | ① | ② | ③ | ④ |
| 14 | ① | ② | ③ | ④ |

| 問題 3 | | | | |
|---|---|---|---|---|
| 15 | ① | ② | ③ | ④ |
| 16 | ① | ② | ③ | ④ |
| 17 | ① | ② | ③ | ④ |
| 18 | ① | ② | ③ | ④ |
| 19 | ① | ② | ③ | ④ |
| 20 | ① | ② | ③ | ④ |
| 21 | ① | ② | ③ | ④ |
| 22 | ① | ② | ③ | ④ |
| 23 | ① | ② | ③ | ④ |
| 24 | ① | ② | ③ | ④ |
| 25 | ① | ② | ③ | ④ |

| 問題 4 | | | | |
|---|---|---|---|---|
| 26 | ① | ② | ③ | ④ |
| 27 | ① | ② | ③ | ④ |
| 28 | ① | ② | ③ | ④ |
| 29 | ① | ② | ③ | ④ |
| 30 | ① | ② | ③ | ④ |

| 問題 5 | | | | |
|---|---|---|---|---|
| 31 | ① | ② | ③ | ④ |
| 32 | ① | ② | ③ | ④ |
| 33 | ① | ② | ③ | ④ |
| 34 | ① | ② | ③ | ④ |
| 35 | ① | ② | ③ | ④ |

# JLPT
# N3
## 實戰模擬考題 第1回

# 實戰模擬測驗計分卡

計分卡可以用來確認自己的實力落在什麼樣的程度。
實際測驗時，因為是採取相對評分的方式，故可能產生誤差。

## 言語知識（文字・語彙・文法）

| | | 配分 | 滿分 | 答對題數 | 分數 |
|---|---|---|---|---|---|
| 文字・語彙 | 問題 1 | 1 分 8 題 | 8 | | |
| | 問題 2 | 1 分 6 題 | 6 | | |
| | 問題 3 | 1 分 11 題 | 11 | | |
| | 問題 4 | 1 分 5 題 | 5 | | |
| | 問題 5 | 1 分 5 題 | 5 | | |
| 文法 | 問題 1 | 1 分 13 題 | 13 | | |
| | 問題 2 | 1 分 5 題 | 5 | | |
| | 問題 3 | 1 分 5 題 | 5 | | |
| 合計 | | | 58 分 | | |

※ 得分計算：言語知識（文字・語彙・文法）[　]分 ÷58×60 = [　]分

## 讀解

| | | 配分 | 滿分 | 答對題數 | 分數 |
|---|---|---|---|---|---|
| 讀解 | 問題 4 | 3 分 4 題 | 12 | | |
| | 問題 5 | 4 分 6 題 | 24 | | |
| | 問題 6 | 4 分 4 題 | 16 | | |
| | 問題 7 | 4 分 2 題 | 8 | | |
| 合計 | | | 60 分 | | |

## 聽解

| | | 配分 | 滿分 | 答對題數 | 分數 |
|---|---|---|---|---|---|
| 聽解 | 問題 1 | 2 分 6 題 | 12 | | |
| | 問題 2 | 2 分 6 題 | 12 | | |
| | 問題 3 | 3 分 3 題 | 9 | | |
| | 問題 4 | 2 分 4 題 | 8 | | |
| | 問題 5 | 2 分 9 題 | 18 | | |
| 合計 | | | 59 分 | | |

※ 得分計算：聽解 [　]分 ÷59×60 = [　]分

# N3

# 言語知識（文字・語彙）

# （30ぷん）

## ちゅうい
Notes

1. しけんが　はじまるまで、この　もんだいようしを　あけないで　ください。
Do not open this question booklet until the test begins.

2. この　もんだいようしを　もって　かえる　ことは　できません。
Do not take this question booklet with you after the test.

3. じゅけんばんごうと　なまえを　したの　らんに、じゅけんひょうと　おなじように　かいて　ください。
Write your examinee registration number and name clearly in each box below as written on your test voucher.

4. この　もんだいようしは、ぜんぶで　7ページ　あります。
This question booklet has 7 pages.

5. もんだいには　かいとうばんごうの 1、2、3 …が　ついて　います。かいとうは、かいとうようしに　ある　おなじ　ばんごうの　ところに　マークして　ください。
One of the row numbers 1, 2, 3 … is given for each question. Mark your answer in the same row of the answer sheet.

| じゅけんばんごう　Examinee Registration Number | |
|---|---|

| なまえ　Name | |
|---|---|

**問題1　＿＿＿のことばの読み方として最もよいものを、1・2・3・4から一つえらびなさい。**

1　いつか京都（きょうと）をゆっくり<u>観光</u>したい。

1 かんこ　2 かんこう　3 がんこう　4 がんごう

2　アメリカ旅行のおみやげで<u>購入</u>したハンカチをなくしてしまった。

1 こうにゅう　2 ばいにゅう　3 みにゅう　4 こにゅう

3　最近少しでもお金を<u>貯め</u>ようとしています。

1 ため　2 つとめ　3 とめ　4 やめ

4　本の<u>表紙</u>をどれにするか悩んでいます。

1 ぴょうし　2 びょうじ　3 ひょうし　4 ひようじ

5　新入社員の松本（まつもと）さんはとても<u>優しい</u>人です。

1 さびしい　2 はげしい　3 したしい　4 やさしい

6　この<u>道路</u>を使うと２時間ほどかかります。

1 どうろう　2 どうろ　3 どろ　4 みちろ

7　銀行でドルを円に<u>両替</u>した。

1 しゃっきん　2 かいけい　3 りょうかえ　4 りょうがえ

8　古くなった本をネットで<u>売りました</u>。

1 うりました　2 おりました　3 わりました　4 きりました

**問題2　＿＿＿のことばを漢字で書くとき、最もよいものを、1・2・3・4から一つえらびなさい。**

9　彼は工事げんばで朝から夜遅くまで働いています。

1　原場　　2　験場　　3　元場　　4　現場

10　本人をしょうめいするものを持ってきてください。

1　説明　　2　訪明　　3　設明　　4　証明

11　大事な荷物は店員にあずけてください。

1　預けて　　2　届けて　　3　貯けて　　4　授けて

12　彼は午後２時に子どもを迎えにいくのがにっかです。

1　日貨　　2　日華　　3　日課　　4　日刊

13　黒いスーツに白いよごれがつきました。

1　流れ　　2　汚れ　　3　濁れ　　4　染れ

14　今週末にうちのにわで、会社の仲間たちと、バーベキューをする予定です。

1　庭　　2　床　　3　底　　4　席

**問題3　（　　　　　）に入れるのに最もよいものを、1・2・3・4から一つえらびなさい。**

**15**　ゼミ旅行の準備で疲れたので、少し（　　　　　）になって休んだ。

1　うしろ　　2　座り　　3　寝　　4　横

**16**　食べ終わった料理のお皿を店員に（　　　　　）もらいました。

1　とめて　　2　もって　　3　さげて　　4　おいて

**17**　部屋の掃除をしていたら、高校時代の（　　　　　）アルバムが出てきた。

1　おかしい　　2　きびしい　　3　しつこい　　4　ふるい

**18**　今朝、鏡に（　　　　　）自分の姿を見て驚きました。

1　あらわした　　2　しめした　　3　さした　　4　うつった

**19**　林さんは壁に（　　　　　）あるポスターを見ている人です。

1　とって　　2　かいて　　3　はって　　4　よんで

**20**　この商店がいのお店はすべて２４時間（　　　　　）しています。

1　営業　　2　開業　　3　開店　　4　卒業

**21**　買ったばかりのパソコンの（　　　　　）が悪かったので、修理に出しました。

1　都合　　2　事情　　3　調子　　4　気分

**22**　運動しやすいように、長く伸ばしていた髪を（　　　　　）した。

1　細く　　2　短く　　3　厚く　　4　太く

**23** 熱が出たら（　　　　　）病院に行ったほうがいいと思います。

1　とつぜん　　2　まもなく　　3　どんどん　　4　早めに

**24** 明日までに、木村先生の（　　　　　）を大学の研究室に出さなければなりません。

1　スクリーン　　2　カーテン　　3　ガソリン　　4　レポート

**25** あまり学校に来ない松本さんが（　　　　　）学校に顔を見せました。

1　めずらしく　　2　きびしく　　3　したしく　　4　あたらしく

**問題4　＿＿＿に意味が最も近いものを、1・2・3・4からーつえらびなさい。**

**26**　湖（みずうみ）のうえに星が<u>かがやいて</u>います。

1　ひかって　　2　ゆれて　　3　よごれて　　4　とまって

**27**　先週山下（やました）さんは<u>きょだいな</u>魚をつりました。

1　狭い　　2　やさしい　　3　大きい　　4　小さい

**28**　図書館では<u>飲食を禁止しています</u>。

1　食べたり飲んだりしてはいけません

2　食べたり飲んだりしてもいいです

3　食べたり飲んだりしてください

4　飲み物と食べ物を食べなければなりません

**29**　木村（きむら）さんも今度のゼミ旅行に<u>もちろん</u>行きますよね。

1　一番　　2　当然　　3　少し　　4　前より

**30**　先週、新しく<u>できた</u>レストランに行ってみました。

1　キャンセルした　　2　カットした

3　チェンジした　　4　オープンした

**問題5　つぎのことばの使い方として最もよいものを、1・2・3・4から一つえらびなさい。**

**31**　好物

1　このホテルは部屋からの花見好物ができます。

2　冷蔵庫（れいぞうこ）の中にはイチゴやリンゴなどわたしの好物ばかりでした。

3　このサイトは400種類以上のあらゆる好物を紹介しています。

4　人に好物が持てなくて、どうすればいいか悩んでいる方がいます。

**32**　管理

1　海の景色は精神的にいいのでよく管理したほうがいいです。

2　入場の時、パスポートを管理すると入場料が無料になります。

3　このセンターでは動物の管理も行われています。

4　週末は両親が出張に出かけるので、妹の管理をします。

**33**　観察

1　このサイトで川越（かわごえ）市の観察スポットガイドやコンベンション情報などをのせています。

2　博物館（はくぶつかん）の観察ツアーは、事前のご予約が必要となります。

3　花火を観察するために集まった人たちが1,000人を超たるそうです。

4　自然も注意深く観察していると、おもしろい発見があるものです。

34　ひきとめる

1 携帯電話が古くなったので新しくひきとめました。

2 仕事を辞めたいという人をひきとめても意味がないです。

3 次のページには記念品のひきとめ方がのっています。

4 吉村（よしむら）さんは頼まれた仕事を簡単にひきとめてくれました。

35　締め切り

1 今回の英語面接に申し込む人は、明日が締め切りなので忘れないようにしてください。

2 あの電車は３番目の駅が締め切りなので、そこから先に行くにはバスしかありません。

3 マラソン大会に参加した人たちは、20キロメートル先の締め切りに向かって走り出しました。

4 この漫画は毎月見ていたが、今月で締め切りなので寂しいです。

# N3

# 言語知識（文法）・読解

# （70分）

## 注　　意
Notes

1. 試験が始まるまで、この問題用紙を開けないでください。
   Do not open this question booklet until the test begins.
2. この問題用紙を持って帰ることはできません。
   Do not take this question booklet with you after the test.
3. 受験番号と名前を下の欄に、受験票と同じように書いてください。
   Write your examinee registration number and name clearly in each box below as written on your test voucher.
4. この問題用紙は、全部で１８ページあります。
   This question booklet has 18 pages.
5. 問題には解答番号の 1 、 2 、 3 …が付いています。解答は、解答用紙にある同じ番号のところにマークしてください。
   One of the row numbers 1, 2, 3 … is given for each question. Mark your answer in the same row of the answer sheet.

| 受験番号　Examinee Registration Number | |
|---|---|

| 名 前　Name | |
|---|---|

**問題１　つぎの文の（　　　　）に入れるのに最もよいものを、1・2・3・4から一つえらびなさい。**

**1**　当銀行の営業（えいぎょう）時間は午後３時までなので、それ以降の入金（　　　　）、ATMをご利用ください。

1　でも　　2　では　　3　にも　　4　には

**2**　うちの子は友達の子に（　　　　）言葉が出てくるのが遅い気がします。

1　ついて　　2　くらべて　　3　したがって　　4　において

**3**　（　　　　）休みの日だったのに、何もしないまま時間だけが過ぎてしまった。

1　せっかく　　2　いまにも　　3　なかなか　　4　まるで

**4**　ＪＲ山手（やまのて）線は約５分（　　　　）電車が来る。

1　ぶりに　　2　めに　　3　ままに　　4　おきに

**5**　すみません。西川（にしかわ）駅に行きたいんですが、（　　　　）行ったらいいですか。

1　どうやって　　2　どれでも　　3　どうか　　4　どうしても

**6**　必要だと思ったら、いろいろなことを（　　　　）、すぐ買えばいい。

1　考えすぎて　　2　考えずに　　3　考えれば　　4　考えるかどうか

**7**　（箱根（はこね）旅館で）

いつも箱根（はこね）旅館をご利用いただき、ありがとうございます。箱根（はこね）旅館ではお客さまのために、ピンポンなどができるスポーツ施設（しせつ）をご用意（　　　　）。

1　おりました　　2　ございます

3　いたしております　　4　いらっしゃいました

**8** （会社で）

社長「渡辺(わたなべ)くん、今から桜(さくら)デパートに行ってくるよ。」

渡辺(わたなべ)「社長、何時に（　　　　　）。」

1　お戻りしていらっしゃいますか　　2　お戻りになりますか

3　戻されますか　　4　お戻りにしますか

**9** 遠くからもよく（　　　　　）、字を大きく書いてください。

1　見えるように　　2　見せるために　　3　見ただけに　　4　見たばかりに

**10** 昨日、ずっと好きだった学校の先輩に偶然(ぐうぜん)会ったのに、（　　　　　）声が出なかった。

1　緊張(きんちょう)になりやすくなって　　2　緊張(きんちょう)しやすくなって

3　緊張(きんちょう)になりすぎて　　4　緊張(きんちょう)しすぎて

**11** 英語大会で優勝(ゆうしょう)をした山下(やました)さんに英語が話せる（　　　　　）どんな勉強をしたか聞きました。

1　ことができるまで　　2　ことになってから

3　ようになるまで　　4　ようにしてから

**12** 大学の４年間を後悔(こうかい)しないために（　　　　　）ことがあります。

1　やりすぎたほうがいい　　2　やっておかないといけない

3　やりすぎないといけない　　4　やってくれたほうがいい

**13** 田中(たなか)「山本(やまもと)さん、いつもポケットにメモ帳(ちょう)を入れているんですか。」

山本(やまもと)「はい、思い付いたアイデアを（　　　　　）必ず持ち歩くようにしているんです。」

1　忘れてくれるように　　2　忘れてしまわなさそうに

3　忘れてしまわないように　　4　忘れてくれそうに

**問題２　つぎの文の ★ に入れる最もよいものを、１・２・３・４から一つえらびなさい。**

---

（問題例）

つくえの ＿＿＿ ＿＿＿ ＿★＿ ＿＿＿ あります。

1 が　　2 に　　3 上　　4 ペン

（解答のしかた）

1. 正しい答えはこうなります。

| つくえの ＿＿＿ ＿＿＿ ＿★＿ ＿＿＿ あります。 |
|---|
| 3 上　2 に　4 ペン　1 が |

2. ＿★＿ に入る番号（ばんごう）を解答（かいとう）用紙にマークします。

（解答用紙）

| (例)（れい） | ①　②　③　● |
|---|---|

---

**14**　すずきさんは今日でかける ＿＿＿ ＿＿＿、＿★＿ ＿＿＿ です。

1　いましたから　　2　留守の　　3　といって　　4　はず

**15**　電車が時間どおりに走れるのは、＿＿＿ ＿＿＿ ＿★＿ ＿＿＿ のだ。

1　厳しいトレーニング　　2　の

3　おかげな　　4　運転士の

**16** できることはすべて ＿＿、＿＿ ＿★＿ ＿＿ しかたがない。

1 期待された結果が　　2 みんなに

3 でなくても　　4 やったのだから

**17** この町は昔は ＿＿ ＿＿、＿★＿ ＿＿ なりました。

1 そうですが　　2 さびしく　　3 今は　　4 にぎやかだった

**18** 山下「さっき木村さんから、風邪をひいて明日のゼミ旅行に行けないと連絡が来ましたよ。」

本田「えっ、木村さん、＿＿ ＿＿ ＿★＿ ＿＿、残念だね。」

1 あんなに　　2 楽しみに　　3 のに　　4 していた

**問題３　つぎの文章を読んで、文章全体の内容を考えて、[ 19 ] から [ 23 ] の中に入る最もよいものを、１・２・３・４から一つえらびなさい。**

わたしの好きな喫茶店

駅の近くにわたしの好きな喫茶店があります。駅の隣のビルの一階にある、小さくて静かな店です。[ 19 ] は手作りのパンとコーヒーがおいしくて有名です。平日は大勢のお客さんでこんでいるので、わたしは休みの日の朝によく行きます。その店はフランスの人が経営している店で、店長も店員もみんなフランス人です。その喫茶店で出されるパンは、毎日お店で作られているのです。作っているのはフランス人のハルさんという人です。彼は日本に来る前にフランスのパン屋で働いていましたが、日本に興味があって、３年前に [ 20 ] 。日本にフランスのパンのおいしさを広めるためにがんばっています。ハルさんは日本語があまり上手ではありませんが、よく日本語で話します。とてもおもしろい人です。

[ 21 ] 、お店にはいつもフランスの音楽が流れているので、この喫茶店に来ると、フランスに来たような [ 22 ] 。このお店でコーヒーを飲みながら、ハルさんの作ったパンを食べている時間がわたしはとても好きです。この間は母と一緒に来ましたが、母もこの店がとても気に入ったようです。２人で、いつか [ 23 ] 、と話しました。

**19**

1　これ　　2　あれ　　3　そこ　　4　ああ

**20**

1　日本に来たそうです　　2　日本に来るはずです

3　日本に来るようです　　4　日本に来たことがあります

**21**

1　だから　　2　そして　　3　つまり　　4　すなわち

**22**

1　気がするそうです　　2　気がしたようです

3　気にしました　　4　気になります

**23**

1　フランスに行くことにする　　2　フランスに行っただろう

3　フランスに行きたいね　　4　フランンに行くそうだ

**問題4　つぎの(1)から(4)の文章（ぶんしょう）を読んで、質問に答えなさい。答えは、1・2・3・4から最もよいものを一つえらびなさい。**

（1）

これは、山田（やまだ）先生のゼミの学生に届いたメールである。

件名：ゼミの資料の件

今まで、ゼミで使う資料を探すのに苦労しましたので、中央図書館の団体貸し出しサービスを利用することにしました。希望する本のタイトルを記入して申し込みをすると、学校までまとめて届けてくれるそうです。申し込みは図書館ホームページ、または電話でできます。また、申し込みは受け取りの10日前までにしなければならないそうです。次回からは直接申し込みをしてもらいますが、今回はわたしがしますので、必要な本がある人は5月末までにメールをください。

山田（やまだ）

**24**　必要な本がある学生がしなくてはいけないことは何か。

1　5月1日までに直接申し込みをする。

2　5月1日までに先生にメールする。

3　5月31日までに直接申し込みをする。

4　5月31日までに先生にメールをする。

（2）

これは、まゆみさんが友人のパクさんに送ったメールである。

パクさんへ

メールありがとう。わたしがアメリカに留学してから、もう半年が経ちました。

英語は自分でも少し成長したと感じます。それから、滞在（たいざい）先の家族もとても親切ですし、心配していたほど、食事も口に合わないわけではありません。

でも、ひとつ困っていることがあります。留学生の友達はいますが、アメリカの人に出会う機会（きかい）がないのです。もう少しこの国の文化を直接感じたいのですが。

パクさんだったら、どうしますか。アドバイスをもらえると嬉しいです。

またメールしますね。

まゆみ

**25** まゆみさんが困っていることは何か。

1 英語が上手にならないこと

2 食事が口に合わないこと

3 アメリカ人の友達がいないこと

4 文化が違うこと

（3）

先日、娘と一緒に自然観察に出かけた。いつもは自然に興味のない娘だが、夏休みらしいことをさせなければいけないと思い、わたしが誘った。新しい植物を見つけて喜ぶ娘を見て、来てよかったとほっとした。娘がもみじの木を見つけて、「この葉っぱだけ、もう赤いよ。まだ夏なのにおかしいね。」と言った。娘は家に帰って、もみじが赤くなる条件を本（ほん）で調べていた。小さいことだが、娘が自然に目を向けて疑問を持ってくれたことはうれしかった。

**26** 娘の疑問とはどのようなことか。

1 どうして夏休みには自然観察をするのか

2 もみじの葉なのにどうして赤くないのか

3 どうしてまだ夏なのに赤い葉があるのか

4 どのような条件で夏になるのか

（4）

日本に来て、不思議に思ったことがあります。ある日、わたしが道を歩いていると、自動販売機を見つけました。珍しかったので、ジュースを一本買いました。それを飲みながら歩いていると、まだ飲み終わらないうちに、また自動販売機がありました。だれがこんなに飲むのだろう、日本人はそれほどお茶やジュースが大好きなのだろうかと思いました。どこへ行ってもそうなので、いつも不思議に思っています。

**27**　「わたし」が日本に来て不思議に思ったことは何か。

1　日本人がお茶やジュースばかり飲んでいること

2　日本に自動販売機がとても多いこと

3　日本には珍しい飲み物がたくさんあること

4　日本に飲み物を売る店が少ないこと

**問題５　つぎの（1）と（2）の文章を読んで、質問に答えなさい。答えは、1・2・3・4から最もよいものを一つえらびなさい。**

（1）

わたしは、はやし書店という本屋の店長をしています。わたしは子どもの頃から本が大好きで、おこづかいはほとんど本に使ってきました。これまで本にどれくらいお金を使ったか分かりません。かなりの額になると思います。だから、わたしはいつも、本を読んでお金がもらえる仕事があったらいいなあと思っていました。そこで今回、そんなわたしの「夢の仕事」を実現しようと、「読み人」を大募集することにしました。

「読み人」とはどんな仕事なのでしょうか。やっていただくのは、まず「読書」です。１冊でも100冊でもかまいません。それから、読んだ本を紹介する文章を書いてもらいます。その記事が優れていた場合、メディアにのせます。そのお礼として、読んだ本と同じ金額をお支払いする、というシステムです。つまり、本の代金がただになるということです。

今回の応募は大学生限定です。本好きな学生にとっても、メリットがあると思いますし、わたしたち店側にとってもいろいろなメリットがあります。ぜひ、この機会にどんどん応募してください。

**28** どんな人を募集しているか。

1 メディアに出て、本を紹介する人

2 子どもたちに本を読んであげる人

3 読んだ本の内容を記事にする人

4 優れた記事を探して、メディアにのせる人

**29** もらう金額はどのように決まるか。

1 よい記事を書けば多くもらえる。

2 多くの本を読めば多くもらえる。

3 １回にもらえる金額が決まっている。

4 読んだ本の値段と同じ額をもらえる。

**30** メリットがあるとあるが、学生のメリットは何か。

1 本を買う代金を節約できる。

2 好きな時間に読書ができる。

3 いろいろなジャンルの本が読める。

4 本の売り上げを増やすことができる。

（2）

みなさんはペットが好きですか。最近は一人暮らしをする人が増え、家族の人数も少なくなってきているためか、ペットを家族の一員のように考えて、かわいがる人が増えているそうです。一軒家であれば特に問題はありませんが、一軒家だけでなくマンションやアパートなどの集合住宅で犬や猫などのペットを飼いたいという人も多いと思います。

しかし、集合住宅でペットを飼うことについては反対の声も多く聞かれますし、ペットをめぐるトラブルもたびたび発生しているようです。集合住宅でペットを飼う場合、鳴き声やにおいなどに十分気をつけなければなりませんし、ペットが苦手な人や、恐怖心を持っている人がいるということを常に忘れてはいけません。自分にとっては子どものように大切なペットでも、他人にとっては必ずしもそうではないのです。そんな中、ペットが好きな人だけが集まるマンションが近年多く誕生しています。ペット共生型マンション、と呼ばれるマンションです。これは、ペットを飼ってもいいマンションではなく、すでにペットを飼っている人、またはこれから飼う予定のある人しか入居できないマンションなのです。これらのマンションでは、初めから犬や猫などのペットを飼うことを前提に設備が作られていることと、ペットを飼う人だけが住んでいるということで、ほかの集合住宅と比べると、ペットに対する理解があり、ほかの住民とトラブルになることが非常に少ないそうです。

逆にペット禁止のマンションもありますから、ペットが好きな人、きらいな人は自分に合った住居を探すのもいい方法ではないでしょうか。

**31** そうの指すものは何か。

1 ペット

2 子ども

3 自分

4 大切

**32** ペット共生型マンションについて正しいものは何か。

1 ペットを飼うことのできるマンション

2 ペットと一緒に暮らすためのマンション

3 ペットをいつでも預けられるマンション

4 多くのペットが共同で暮らすマンション

**33** この文章を書いた人の意見と合っているものは何か。

1 ペットが嫌いな人は集合住宅に住むべきではない。

2 集合住宅では、ペットを飼う人に配慮しなければならない。

3 ペットは子どものように大切に育てなければならない。

4 トラブルを避けるために自分に合った住居を探すのがよい。

**問題6　つぎの文章を読んで、質問に答えなさい。答えは、1・2・3・4から最もよいものをーつえらびなさい。**

真夏のドイツでバスに乗ったことがあります。バスの中にエアコンはなく、ちょっと座っているだけでシャツがびしょびしょになるほどでした。ドイツ人の友人が「ぼくたちはエアコンなしの生活のほうがより優れた生活だと思っているんだよ。」と言いました。同じ時期にアメリカに行ったこともありますが、地下鉄の中が寒くて震えるほどでした。

アメリカ人が快適だと感じる温度は約21度だそうです。これはヨーロッパ人にとってはとても寒く感じる温度です。アメリカ人は1年を通して気温が同じであることを好みますが、ヨーロッパ人は夏はある程度暑く、冬はある程度寒い気温を好むようです。これは、寒い季節、暑い季節にもうまく合わせて生活してきた日本の文化とも似ています。

アメリカでは人がいない部屋でも24時間ずっとエアコンをつけています。旅行で家を空けるときにもスイッチを切らないそうです。そのせいで、他の国よりも多くのエネルギーをエアコンによって使用しています。反対に、ヨーロッパ人は子どもの頃からエアコンなしの生活に慣れているので、暑さに強く、また、エネルギー節約のためなら数日の暑さは我慢しよう、と考えます。

エアコンの使用はもちろん、悪いことばかりではなく、利点もあります。お年寄りや子どもなどは、真夏には暑さで病気が引き起こされることもありますし、暑い部屋で仕事をするよりも、エアコンの効いた部屋のほうが効率も上がります。また、夜にぐっすり眠ることができるので、最終的には長生きにもつながることがいろいろな研究で分かっています。それらを考えたうえで、わたしたちはどのようにエアコンを使用していくべきか、考えていかなければなりません。

**34** 日本の文化とも似ていますとあるが、何が似ているのか。

1 21度が寒いと感じること

2 自然に近い温度を好むこと

3 暑さや寒さに弱いこと

4 四季がはっきりしていること

**35** エアコンの使用について、本文の内容に合っているものはどれか。

1 ヨーロッパ人はお金の節約（せつやく）のためにエアコンを使わない。

2 ヨーロッパ人はエアコン施設（しせつ）の整（ととの）ったアメリカをうらやましく思っている。

3 アメリカ人は夏の間、エアコンをつけっぱなしにすることが多い。

4 アメリカ人は寒さに強いので、夏でも寒いのを好む。

**36** エアコンを使う利点として、述べられていないものはどれか。

1 仕事の効率が上がる。

2 よく眠れる。

3 暑さが原因の病気を防ぐ。

4 ストレスが減り、長生きできる。

**37** この文章のタイトルとして一番ふさわしいものは何か。

1 ヨーロッパとアメリカのエアコン事情

2 地球温暖化（ちきゅうおんだんか）を防止（ぼうし）するには

3 エアコンと健康についての研究結果

4 ヨーロッパとアメリカのエアコン機能についての比較

**問題７　右のページは、「いなかの生活体験」の案内である。これを読んで、下の質問に答えなさい。答えは、１・２・３・４から最もよいものを一つえらびなさい。**

38　原田(はらだ)さんは４月に１泊でいなかの生活を体験(たいけん)したいと思っています。友人と３人で、できるだけ安い住宅(じゅうたく)に泊まると、いくらかかるか。

1　1,800円

2　2,500円

3　4,000円

4　2,200円

39　吉田(よしだ)さんは８月２日から１泊でＡ棟(とう)に申し込んだ。一緒に泊まる友達にその内容を伝えるメモの内容で正しいものはどれか。

1　いなか生活体験(たいけん)に申し込みました。農業体験(たいけん)や乗馬体験(じょうばたいけん)もできるそうです。楽しみですね。宿泊費は２人で1,800円です。

2　いなか生活体験(たいけん)に申し込みました。車がないので、駅に一番近いところに決めました。農業体験(たいけん)も含めて、かかる費用は１人1,300円ずつです。

3　いなか生活体験(たいけん)に申し込みました。町から遠く、自然に囲まれたところを選びました。昼食代だけで農業体験(たいけん)もできます。宿泊費は１人800円です。

4　いなか生活体験(たいけん)に申し込みました。農業体験(たいけん)は500円だそうです。宿泊費は１泊2,000円なので、１人1,000円ずつです。

# いなかの生活体験

かつらぎ町では、５日から２ヵ月間程度、いなか暮らしを体験できる住宅をお貸しします。自然体験をしたり、散歩したり、観光をしたり、一日中ぼーっとしたりなど、使い方は自由です。

## 体験住宅の料金

### • Ａ棟

特徴：近くに病院やレストランがあります。
駅まで徒歩１０分です。
農業体験もできます。（昼食代１人５００円が必要です）

| 夏季 | 1泊2日（2人まで） | 1,600円 |
|---|---|---|
| 冬季 | 1泊2日（2人まで） | 2,000円 |

### • Ｂ棟

特徴：山と川に囲まれています。
農業体験ができます。（無料弁当をこちらで用意します）
バス停が近くにあり、バスで駅まで３０分ぐらいです。

| 夏季 | 1泊2日（2人まで） | 1,800円 |
|---|---|---|
| 冬季 | 1泊2日（2人まで） | 2,300円 |

### • Ｃ棟

特徴：乗馬体験ができます。（昼食代＋体験代：１人２０００円）
駅が近くにないので、車でお越しください。

| 夏季 | 1泊2日（2人まで） | 900円 |
|---|---|---|

※ 上記料金は１部屋２人までの料金です。（１人増えるごとに１泊２００円加算します）
※ 夏季は５月から１０月まで、冬季は１１月から４月までの期間になります。
※ Ｃ棟については、５月から１０月までが利用期間となります。

# N3

# 聴解（ちょうかい）

# （40分）

## 注　意
Notes

1. 試験が始まるまで、この問題用紙を開けないでください。
   Do not open this question booklet until the test begins.

2. この問題用紙を持って帰ることはできません。
   Do not take this question booklet with you after the test.

3. 受験番号（じゅけんばんごう）と名前を下の欄（らん）に、受験票（じゅけんひょう）と同じように書（か）いてください。
   Write your examinee registration number and name clearly in each box below as written on your test voucher.

4. この問題用紙は、全部（ぜんぶ）で１３ページあります。
   This question booklet has 13 pages.

5. この問題用紙にメモをとってもいいです。
   You may make notes in this question booklet.

| 受験番号（じゅけんばんごう） Examinee Registration Number | |
|---|---|

| 名 前 Name | |
|---|---|

# 問題 1

001

問題 1 では、まず質問を聞いてください。それから話を聞いて、問題用紙の 1 から 4 の中から、最もよいものを一つえらんでください。

## れい

1　8時45分

2　9時

3　9時15分

4　9時30分

## 1ばん

1 800円(えん)

2 900円(えん)

3 1,000円(えん)

4 1,050円(えん)

## 2ばん

003

1 新宿駅(しんじゅくえき)の2番出口(ばんでぐち)

2 新宿駅(しんじゅくえき)の3番出口(ばんでぐち)

3 まるやの前(まえ)

4 郵便局(ゆうびんきょく)の前(まえ)

## 3 ばん

004

1 資料を曜日ごとに分ける

2 資料を古い順番に整理する

3 資料の名前を書く

4 ファイルをしまう

## 4 ばん

005

1 辞書

2 乗り物の本

3 歴史の本

4 科学の本

## 5ばん

006

1 週に3回　5時から8時

2 週に4回　5時から8時

3 週に3回　5時から9時

4 週に4回　5時から9時

## 6ばん

007

1

中田　様
午前・午後 11時 05分
さくら出版　様から電話
がありました。
□ お電話ください
☑ また電話します
□ 伝言があります

2

中田　様
午前・午後 01時 00分
第三銀行　様から電話が
ありました。
☑ お電話ください
□ また電話します
□ 伝言があります

3

中田　様
午前・午後 11時 15分
さくら出版　様から電話
がありました。
☑ お電話ください
□ また電話します
□ 伝言があります

4

中田　様
午前・午後 12時 20分
ABC商事　様から電話
がありました。
□ お電話ください
☑ また電話します
□ 伝言があります

# 問題 2

008

**問題 2 では、まず質問を聞いてください。そのあと、問題用紙を見てください。読む時間があります。それから話を聞いて、問題用紙の 1 から 4 の中から、最もよいものを一つえらんでください。**

## れい

1 いそがしくて時間がないから

2 料理がにがてだから

3 ざいりょうがあまってしまうから

4 いっしょに食べる人がいないから

## 1 ばん

1 サッカー

2 水泳(すいえい)

3 テニス

4 ダンス

## 2 ばん

1 目(め)は父親(ちちおや)、鼻(はな)は母親(ははおや)

2 目(め)は母親(ははおや)、鼻(はな)は父親(ちちおや)

3 目(め)も鼻(はな)も父親(ちちおや)

4 目(め)も鼻(はな)も母親(ははおや)

## 3 ばん

011

1 父親が早く帰ってくること

2 祖母がやさしくしてくれること

3 母が家にいること

4 母がご飯を作ってくれること

## 4 ばん

012

1 食費

2 電気代

3 洋服代

4 水道代

## 5ばん

013

1 お礼の電話をしていないから

2 書類を作るのが遅いから

3 遅刻が多いから

4 電話ではなくて、メールをしたから

## 6ばん

014

1 1日2回　3つずつ

2 1日3回　1つずつ

3 1日2回　1つずつ

4 1日3回　3つずつ

# 問題 3

問題 3 では、問題用紙に何もいんさつされていません。この問題は、ぜんたいとしてどんなないようかを聞く問題です。話の前に質問はありません。まず話を聞いてください。それから、質問とせんたくしを聞いて、1 から 4 の中から、最もよいものを一つえらんでください。

－ メモ －

# 問題（もんだい）4

問題（もんだい）4では、えを見（み）ながら質問（しつもん）を聞（き）いてください。やじるし（➡）の人（ひと）は何（なん）と言（い）いますか。1から3の中（なか）から、最（もっと）もよいものを一（ひと）つえらんでください。

## れい

## 1 ばん

## 2 ばん

## 3 ばん

022

## 4 ばん

# 問題 5

問題５では、問題用紙に何もいんさつされていません。まず文を聞いてください。それから、そのへんじを聞いて、１から３の中から、最もよいものを一つえらんでください。

－メモ－

# JLPT

# N3

## 實戰模擬考題 第2回

# 實戰模擬測驗計分卡

計分卡可以用來確認自己的實力落在什麼樣的程度。
實際測驗時，因為是採取相對評分的方式，故可能產生誤差。

## 言語知識（文字・語彙・文法）

| | | 配分 | 滿分 | 答對題數 | 分數 |
|---|---|---|---|---|---|
| 文字・語彙 | 問題 1 | 1 分 8 題 | 8 | | |
| | 問題 2 | 1 分 6 題 | 6 | | |
| | 問題 3 | 1 分 11 題 | 11 | | |
| | 問題 4 | 1 分 5 題 | 5 | | |
| | 問題 5 | 1 分 5 題 | 5 | | |
| 文法 | 問題 1 | 1 分 13 題 | 13 | | |
| | 問題 2 | 1 分 5 題 | 5 | | |
| | 問題 3 | 1 分 5 題 | 5 | | |
| 合計 | | | 58 分 | | |

※ 得分計算：言語知識（文字・語彙・文法）[　]分 ÷58×60 =［　］分

## 讀解

| | | 配分 | 滿分 | 答對題數 | 分數 |
|---|---|---|---|---|---|
| 讀解 | 問題 4 | 3 分 4 題 | 12 | | |
| | 問題 5 | 4 分 6 題 | 24 | | |
| | 問題 6 | 4 分 4 題 | 16 | | |
| | 問題 7 | 4 分 2 題 | 8 | | |
| 合計 | | | 60 分 | | |

## 聽解

| | | 配分 | 滿分 | 答對題數 | 分數 |
|---|---|---|---|---|---|
| 聽解 | 問題 1 | 2 分 6 題 | 12 | | |
| | 問題 2 | 2 分 6 題 | 12 | | |
| | 問題 3 | 3 分 3 題 | 9 | | |
| | 問題 4 | 2 分 4 題 | 8 | | |
| | 問題 5 | 2 分 9 題 | 18 | | |
| 合計 | | | 59 分 | | |

※ 得分計算：聽解［　］分 ÷59×60 =［　］分

# N3

# 言語知識（文字・語彙）

# （30ぷん）

## ちゅうい
Notes

1. しけんが　はじまるまで、この　もんだいようしを　あけないで　ください。
Do not open this question booklet until the test begins.

2. この　もんだいようしを　もって　かえる　ことは　できません。
Do not take this question booklet with you after the test.

3. じゅけんばんごうと　なまえを　したの　らんに、じゅけんひょうと　おなじように　かいて　ください。
Write your examinee registration number and name clearly in each box below as written on your test voucher.

4. この　もんだいようしは、ぜんぶで　7ページ　あります。
This question booklet has 7 pages.

5. もんだいには　かいとうばんごうの　1、2、3 …が　ついて　います。かいとうは、かいとうようしに　ある　おなじ　ばんごうの　ところに　マークして　ください。
One of the row numbers 1, 2, 3 … is given for each question. Mark your answer in the same row of the answer sheet.

| じゅけんばんごう　Examinee Registration Number | |
|---|---|

| なまえ　Name | |
|---|---|

**問題1 ＿＿＿のことばの読み方として最もよいものを、1・2・3・4から一つえらびなさい。**

1 今から木村（きむら）先生の講演を始めます。

1 こうぎ　2 こうし　3 こえん　4 こうえん

2 新しい家の隣に有名な人が住んでいます。

1 むかい　2 となり　3 よこ　4 うしろ

3 息子は山に囲まれた小さい村で生まれました。

1 つまれた　2 さまれた　3 かこまれた　4 つかまれた

4 衣類はあそこの赤い箱の中に入れてください。

1 いるい　2 いぬい　3 うるい　4 うぬい

5 春になって白い色の花が咲きました。

1 におい　2 いろ　3 あじ　4 かたち

6 この木材は家を建てるのに使います。

1 きざい　2 げんざい　3 もくざい　4 すいざい

7 新しくできたスーパーは家から遠いので不便です。

1 とおい　2 おそい　3 ちかい　4 ふかい

8 すぐ緊張するタイプなので、スピーチの前にはどきどきします。

1 かくちょう　2 きんちょう　3 ぎんちょう　4 しゅちょ

**問題2 ＿＿＿のことばを漢字で書くとき、最もよいものを、1・2・3・4から一つえらびなさい。**



9 新しいパソコンは使い方がふくざつでうまく使えない人が多い。

1 副雑　2 福雑　3 復雑　4 複雑

10 今日はいそがしくて、朝から何も食べていません。

1 忘しくて　2 亡しくて　3 忙しくて　4 乏しくて

11 この町のめんせきは思ったほど広くなかった。

1 面接　2 面積　3 面買　4 面責

12 クラスみんながおうえんしてくれてとてもうれしいです。

1 支援　2 皮援　3 応援　4 広援

13 このデザインはあたたかい感じを出しています。

1 厚かい　2 涼かい　3 暑かい　4 暖かい

14 もっていた時計がこわれたのですてました。

1 捨てました　2 拾てました　3 投てました　4 握てました

**問題3　（　　　　）に入れるのに最もよいものを、1・2・3・4から一つえらびなさい。**

15　ゼミ旅行の宿泊を予約する仕事は本田（ほんだ）先輩が（　　　　）くれました。

1　働いて　　2　引き受けて　　3　役立って　　4　受かって

16　友人から結婚式への（　　　　）の手紙が届きました。

1　招待　　2　証明　　3　期待　　4　提案

17　学校前の花屋の店員はいつも（　　　　）していて、見ているとわたしも気分がよくなります。

1　どきどき　　2　いらいら　　3　のろのろ　　4　にこにこ

18　会社と自宅に新聞が毎朝（　　　　）されています。

1　配送　　2　配達　　3　直送　　4　発達

19　お昼は洋食にするか和食にするかまだ（　　　　）います。

1　まよって　　2　まちがって　　3　かって　　4　いって

20　このめがねはパソコンから出ている青い光から目を（　　　　）くれるそうです。

1　とじて　　2　あけて　　3　そらして　　4　まもって

21　うちの犬は家ではうるさいけど、外に出ると（　　　　）なります。

1　こいしく　　2　したしく　　3　なつかしく　　4　おとなしく

22　ずっと同じ（　　　　）で座っていたら肩と腰が痛くなりました。

1　様子　　2　姿勢　　3　印象　　4　間隔

23　紙は箱の形に（　　　　　）合っています。

1　ぴったり　　2　のんびり　　3　ばったり　　4　ゆっくり

24　牛乳の（　　　　　）があるので、牛乳を使った料理はまったく食べません。

1　エネルギー　　2　アレルギー　　3　クリア　　4　キープ

25　ゴミは中が分かるように、（　　　　　）ふくろに入れて出してください。

1　とうめいな　　2　がんじょうな　　3　まっくろな　　4　まっかな

**問題4　＿＿＿に意味が最も近いものを、1・2・3・4から一つえらびなさい。**

**26**　今回の新商品は人気が高く、すぐ売り切れた。

1　全部売れた　　2　全然売れなかった

3　だんだん売れるようになった　　4　よく売れた

**27**　失敗してもやめないで何回もちょうせんしたら、やっとできるようになりました。

1　アクセス　　2　チャレンジ　　3　オープン　　4　セット

**28**　前を走っていた車がいきなり止まってぶつかってしまいました。

1　うっかり　　2　初めに　　3　いつのまにか　　4　突然

**29**　急に知らない人に声をかけられて、びっくりしました。

1　おぼえました　　2　おこりました

3　おどろきました　　4　おしえました

**30**　最近人口が減少してきて、だれもすんでいない空き家が増えています。

1　人が多くなって　　2　人が少なくなって

3　家が多くなって　　4　家が少なくなって

**問題5　つぎのことばの使い方として最もよいものを、1・2・3・4から一つえらびなさい。**

**31**　かざる

1 田中（たなか）さんの部屋は、いろいろな動物の写真がかざってありました。

2 自転車は傘をかざったままで運転するのは危ないです。

3 このベビーいすはテーブルにかざれるので便利です。

4 降りるときはこの赤いボタンをかざってお知らせください。



**32**　貯金（ちょきん）

1 今月のご利用貯金（ちょきん）や月々の請求書などをご確認いただけます。

2 最近貯金（ちょきん）を趣味にしている人が増えているそうです。

3 このサービスをご利用いただくには貯金（ちょきん）会員登録が必要です。

4 韓国は日本より貯金（ちょきん）が安いと言えるのだろうか。

**33**　ちりょう

1 山田（やまだ）先生は丁寧（ていねい）に、時間をかけて病気をちりょうしてくれます。

2 こわれたうで時計はちりょうが必要かどうか調べてもらっています。

3 動けば動くほど、気持ちがちりょうできる方法を教えましょう。

4 今日からみんなに良い印象をあたえる話し方にちりょうしたいです。

**34** ゆたかに

1 最初の計画どおりに家づくりはゆたかにすすんでいます。

2 田舎で暮らすとゆたかに目がよくなるそうです。

3 食事の後、ゆたかに山道を父と歩いてみました。

4 町をゆたかにするためにいろんな産業を行っています。

**35** かくれる

1 新しいレインコートは大きすぎて手がかくれるくらいだ。

2 最近このへんはゴミが増えてゴミをかくれる場所がなくなりそうだ。

3 最近自然環境に興味を持っているので、研究のクラスにかくれました。

4 このパソコンにはファイルを簡単にかくれる機能がついています。

# N3

# 言語知識（文法）・読解

# （70分）

## 注意
Notes

1. 試験が始まるまで、この問題用紙を開けないでください。
Do not open this question booklet until the test begins.

2. この問題用紙を持って帰ることはできません。
Do not take this question booklet with you after the test.

3. 受験番号と名前を下の欄に、受験票と同じように書いてください。
Write your examinee registration number and name clearly in each box below as written on your test voucher.

4. この問題用紙は、全部で18ページあります。
This question booklet has 18 pages.

5. 問題には解答番号の 1 、 2 、 3 …が付いています。解答は、解答用紙にある同じ番号のところにマークしてください。
One of the row numbers 1 , 2 , 3 … is given for each question. Mark your answer in the same row of the answer sheet.

| 受験番号 Examinee Registration Number | |
|---|---|

| 名前 Name | |
|---|---|

**問題1　つぎの文の（　　　　）に入れるのに最もよいものを、1・2・3・4から一つえらびなさい。**

1　会社の近くに新しくできた喫茶店から、毎朝コーヒーのいいにおい（　　　　）しています。

1　を　　2　に　　3　が　　4　は

2　天気予報に（　　　　）、明日の朝は大雪になるそうです。

1　よると　　2　くらべて　　3　聞くと　　4　とって

3　アルバイト店員「店長、熱があるので、今日は（　　　　）休みたいんですが…。」
店長「今日はわたしがいるので、いいよ。お大事に。」

1　できれば　　2　なるほど　　3　こんなに　　4　もし

4　A「きのうの交流会（こうりゅうかい）、何人ぐらい来たの？ 30人ぐらい来たの？」
B「えっ？（　　　　）は来（き）ていないよ。」

1　こんなに　　2　そんなに　　3　あのぐらい　　4　そのように

5　もう大学４年生なのに、卒業後、何が（　　　　）まだ決めていない。

1　してほしいか　　2　しているのか　　3　したいのか　　4　できたのか

6　明日はみんなで一緒に博物館に行くので、10時（　　　　）ここに集まってくださいね。

1　あいだに　　2　あとに　　3　うちに　　4　までに

7　どんなに一生懸命働いても、生活は楽に（　　　　）と思う。

1　なるだろう　　2　なるかもしれない
3　ならないだろう　　4　ならなければならない

**8** （鈴木(すずき)先生の研究室で）

A「あのう、鈴木(すずき)先生に（　　　　）んですが、いらっしゃいますか。」

B「はい。でも、鈴木(すずき)先生は今ほかの学生と話していらっしゃいます。」

1　いただきたい　　2　お会いになりたい

3　まいりたい　　4　お目にかかりたい

**9** A「本田(ほんだ)さんのご主人は何を（　　　　）いるんですか。

B「うちの夫は学生に日本語を教えています。」

1　もうしあげて　　2　おっしゃって　　3　いたして　　4　なさって

**10** 男性社員にはスーツを脱いでもっとリラックスした格好(かっこう)で（　　　　）と社長は言いました。

1　出勤してほしい　　2　出勤したがっている

3　出勤されたい　　4　出勤させてもらいたい

**11** 難しい問題は（　　　　）、解決方法が分からなくなることがある。

1　考えると考えるより　　2　考えれば考えるはず

3　考えるかぎり　　4　考えれば考えるほど

**12** 最近すぐ疲れて、体の調子がよくないので、タバコを（　　　　）と思います。

1　すいすぎにしよう　　2　やめることにしよう

3　やめることになろう　　4　すうことにしよう

**13** A「昨日の留学生交流会(こうりゅうかい)はどうでしたか。」

B「とても楽しかったですよ。あなたも（　　　　）。

1　来るならいいのに　　2　来ればよかったのに

3　来られるならいいのに　　4　来られればいいのに

**問題2　つぎの文の ★ に入れる最もよいものを、1・2・3・4から一つえらびなさい。**

---

（問題例）

つくえの ＿＿＿ ＿＿＿ ＿★＿ ＿＿＿ あります。

1 が　　2 に　　3 上　　4 ペン

（解答のしかた）

1. 正しい答えはこうなります。

| つくえの ＿＿＿ ＿＿＿ ＿★＿ ＿＿＿ あります。<br>3 上　2 に　4 ペン　1 が |
|---|

2. ＿★＿ に入る番号を解答用紙にマークします。

（解答用紙）

| (例) | ① ② ③ ● |
|---|---|

---

**14** 数学を ＿＿＿ ＿＿＿ ＿★＿ ＿＿＿ 進学を決めた。

1 勉強すればするほど　　2 数学学科への

3 と思うようになって　　4 もっと勉強したい

**15** 新しく買ったくつは試着して ＿＿＿ ＿＿＿ ＿★＿ ＿＿＿ 不安です。

1 ので　　2 いない　　3 合うか　　4 サイズが

**16** A「杉本（すぎもと）さんは料理が作れますか。」

B「はい、わたしは料理を作るのは好きですが、 まだ ______ ______ __★__ ______。」

1 母ほど　　2 には　　3 作れません　　4 上手

**17** 母が買ってきたぼうしは ______ ______ __★__ ______ いました。

1 きれいな　　2 して　　3 色を　　4 とても

**18** このパンは作り方が ______、______ __★__ ______ と思います。

1 とても簡単で　　2 一度作ってみよう

3 すぐできるそうなので　　4 初めの人でも

**問題3　つぎの文章を読んで、文章全体の内容を考えて、19 から 23 の中に入る最もよいものを、1・2・3・4から一つえらびなさい。**

わたしの趣味

わたしは車が大好きで、特に、一人でドライブをすることが好きです。

毎日仕事で忙しい日々ですが、少し暇ができると、一人で目的地も決めずに、車で 19 。走りながら、その日の気分によって行き先を決めます。わたしは東京に住んでいるのですが、行き先は近郊にある、温泉で有名な箱根などが多いです。時々海が見たいときは港の方へ行くこともあります。 20 、連休や長い休みになると、もう少し遠くまで行きます。もちろんいつも一人です。車の中で好きな音楽をかけて景色を見ながらドライブするのはとても気持ちがよく、 21 。

わたしは車を運転することと、いつもと少し違う場所に行って、その景色やその土地の食べ物などを楽しむことが好きです。わたしの 22 、目的なく車を走らせることが「エネルギー資源の無駄遣い」に見えるかもしれませんが、これがわたしにとって 23 。

19

1　出かけたりします　　2　出かけたことがあります
3　出かけるそうです　　4　出かけるようです

20

1　たとえば　　2　また　　3　そのため　　4　ところが



21

1　ストレス解消（かいしょう）にします　　2　ストレス解消（かいしょう）にならないそうです
3　ストレス解消（かいしょう）になるでしょう　　4　ストレス解消（かいしょう）にもなります

22

1　この趣味が好きなひとには　　2　この趣味をもっている人には
3　この趣味が理解できない人には　　4　この趣味が理解できる人には

23

1　一番楽しかったです
2　一番楽しいかもしれません
3　一番の楽しみなのです
4　一番の楽しみだろうと思います

**問題4　つぎの(1)から(4)の文章を読んで、質問に答えなさい。答えは、1・2・3・4から最もよいものを一つえらびなさい。**

（1）

これは、留学生のヤンさんが大学の掲示板にはった募集広告である。

今月末に突然帰国することになりました。

そこで、わたしの代わりにこの部屋に住んでくれる学生の方を探しています。

・入居は２月15日以降に可能です。

・２月に引越しをしても、家賃は３月分から払います。

・家賃は６万で、入居時に３か月分の家賃を先に払います。

・部屋は広めのワンルームで、机やベッドなどの家具はついています。

・大学までは自転車で15分ぐらいです。

ご興味のある方は、ぜひ、ご連絡ください。なお、女性に限らせていただきます。

03−8768−9876　ヤン

**24**　この広告の内容に合っていないものはどれか。

1　2月に入居した場合、2月分の家賃は必要ない。

2　大学生なら、だれでも入居することができる。

3　入居したときに、18万円を払わなくてはならない。

4　部屋にベッドがあるので、買わなくてもよい。

（2）

これはごみの捨て方について書かれたものである。

住民のみなさんへのお願い

ごみ出しのルールとマナーを守り、住みやすい町をつくりましょう。

・きちんと分別して出します。（分別されていないごみは収集しません）

・ふたのついたバケツに名前を書き、その中に入れて出します。

（バケツはごみ収集後に必ず持って帰ってください）

・ごみの収集日は火曜日と金曜日の早朝から朝８時までです。

・前日のごみ出しは迷惑（めいわく）になりますので、やめましょう。

・ごみ捨て場の掃除担当の人は忘れないようにお願いします。

町内（ちょうない）会長　安田（やすだ）

**25**　この町のごみ捨てのルールはどれか。

1　ごみを入れる容器（ようき）はふたがあるものと決まっている。

2　ゴミ捨て場は、毎回、町の人全員で掃除をする。

3　ごみの収集は早い時間に来るので、前の日に出してもよい。

4　ごみの収集日は平日と週末にそれぞれ１回ずつである。

（3）

　この家を購入したとき、家の周りにはスーパーマーケットが一つしかありませんでしたが、十分だと考えていました。何より近いし、野菜や肉が安いので満足していました。ところが最近、＿＿＿＿＿＿＿＿。いつも同じものしか売っていないから、自然と料理の内容は決まってしまいます。それで、時々運転のできる友達に乗せてもらって遠くの大型スーパーに行くようになりました。見たことのない食材やお菓子などが珍しく、見ているだけでとても楽しいです。でも、結局は近くのスーパーのほうが安いので、そちらで買ってしまいます。

**26**　＿＿＿＿＿＿＿＿の部分にはどんなことばが入るのが適当か。

1　どんどん新しいスーパーができました

2　みるみる物価が上がってきました

3　だんだん飽きてきてしまいました

4　急にまた引っ越すことになりました

（4）

わたしの家の朝ごはんはおいしい。それは、家族のルールがあるからだ。わたしは学校が終わってから遅くまでサッカーの練習をしている。兄は大学の友達と遊んだり、アルバイトをしたりしている。母は趣味の料理教室に通っていて、父は遅くまで働いて、帰りにお酒を飲んでくることもある。家族の生活がばらばらだから、朝ごはんだけはゆっくり一緒に食べることが決まりになっている。だから、母は朝ごはんに一番力を入れているのだ。

27　「わたし」の家の朝ごはんがおいしい理由は何か。

1　朝ごはんを食べる前に、みんなで運動をするから

2　母が料理教室に通っているから

3　それぞれが好きなものを食べられるから

4　母が朝ごはんを一番一生懸命作るから

**問題5　つぎの(1)と(2)の文章を読んで、質問に答えなさい。答えは、1・2・3・4から最もよいものを一つえらびなさい。**

（1）

くだものは体にどのような影響を与えるのでしょうか。わたしは五年間くだものだけを食べながら、そのことを自分の体を使って実験しています。くだものだけで栄養のバランスは大丈夫なのですかとよく心配されますが、わたしは非常に健康です。

くだものは甘いのでたくさん食べないほうがいいと思われそうですが、糖の量はごはんよりもずっと少ないですし、自然の糖分なので、太りにくく、体への負担が少ないのです。そして肌がきれいになります。骨の強さも調べてもらいましたが、普通の人よりも骨が丈夫だという結果が出て、医者も驚いていました。

くだものの食べ方には大事なポイントがあります。それは、その時期のくだものを食べることです。季節のものが一番栄養が豊富だからです。それから、健康のためには、食事の前に食べるのがいいです。また、朝起きてすぐに水分の多いくだものを食べるのもおすすめです。くだものは消化がよいため、食べても眠くなりにくく、頭がはっきりします。だから、大事なビジネスの話をする前にはくだものを食べるといいです。

28 「わたし」はなぜくだものだけを食べているか。

1 ビジネスで成功したいから

2 くだものは栄養（えいよう）のバランスがいいから

3 くだものの食べ方について研究しているから

4 くだものが体に与える影響（えいきょう）を調べたいから



29 くだものの食べ方についてこの文章と合っているものは何か。

1 朝ごはんをくだものだけにすると、健康によい。

2 食後のデザートに食べると、健康によい。

3 季節のくだものを食べることが栄養には一番よい。

4 眠いときに食べると眠くなくなる。

30 なぜ、大事なビジネスの話をする前にくだものを食べるとよいと言っているか。

1 食べるのに時間がかからないから

2 たくさん食べても眠くなりにくいから

3 リラックス効果があり、緊張しないから

4 消化がよいので、お腹が痛くなりにくいから

（2）

わたしが日本に来て、気に入ったものがあります。それは「足湯」です。簡単に言うと、足だけ入る温泉なのですが、温泉旅館に泊まったときに、入ったことがあります。無料で入れて、外の景色も楽しめるので、とても気持ちがよかったです。

最近、足湯カフェというものが、東京都内にも次々とオープンしたそうです。とても話題になっていると聞いたので、わたしも行ってみました。そのお店は、デパートの中にあって、とてもおしゃれで、若い女性が多く見られました。普通のカフェのようですが、いすに座ると足元にはお湯があって、みんな靴下を脱いでズボンをひざまで上げて、足をつけていました。わたしも、お茶とデザートを注文し、のんびりとリラックスしました。

足を温めるとさまざまな効果があるそうです。マッサージ効果があるので、足の疲れを取るのにもいいですし、全身の疲れにも効果があります。ストレス解消にもいいですし、風邪をひきにくくしたり、やせやすい体を作ったりするそうです。

隣に座っていた女性に話しかけたら、「会社帰りによく来ますよ。温泉まで行く時間がないから、ここでストレス解消しています」と言っていました。仕事や人間関係でストレスの多い時代に生きているわたしたちにはこのようなカフェがぴったりだと思いました。

31　とても話題になっているとあるが、何が話題となっているか。

1　東京都内に温泉がオープンしたこと

2　無料で入れる足湯が東京にもできたこと

3　足湯(あしゆ)に入れるカフェが次々とできたこと

4　足だけ入れる温泉があるということ

32　足湯(あしゆ)の効果として正しくないものはどれか。

1　疲労(ひろう)回復

2　ストレス解消(かいしょう)

3　ダイエット効果

4　風邪を治す

33　この文章を書いた人の考えと合っているものはどれか。

1　足湯(あしゆ)カフェは景色が楽しめてよかった。

2　足湯(あしゆ)カフェがもっと近くにできてほしい。

3　足湯(あしゆ)カフェより温泉のほうがリラックスできた。

4　足湯(あしゆ)カフェは疲れた現代人に合っている。

**問題6　つぎの文章を読んで、質問に答えなさい。答えは、1・2・3・4から最もよいものをーつえらびなさい。**

きのう、小学校１年生の娘が学校から帰ってきたので、「おかえり。連絡ノートを出してね」と言いました。娘が、連絡ノートをかばんの中から取り出したとき、かばんの中から見たことのない新しい色鉛筆が出てきました。わたしは娘に、「それ、どうしたの？」と言いました。娘はしばらく黙ったあとに何か言おうとしていましたが、わたしはそれを待てませんでした。

「間違えて持ってきちゃったんでしょう？」と言いながら、箱の裏を見ると、同じクラスの友達の名前が書いてありました。ぬすんできたわけではないのだなと安心しながら、「お友達に借りて、返さないでそのまま持ってきちゃったの？ お友達、困っているんじゃない？」と言いました。すると、ずっと黙っていた娘がようやく「違うよ」と答えました。「何が違うの？」と聞くと、娘は「お母さんは、人の話を聞かないで勝手に決めるから嫌！」と言って、怒って行ってしまいました。

わたしは自分の子どものころを思い出しました。一生懸命勉強したのに、テストの点数が悪かったとき、「勉強しないからだ」と父親に怒られて、とても嫌だったことがあったのですが、娘の表情はそのときの自分に似ていました。

あとから話を聞くと、その友達と色鉛筆を一日交換したのだそうです。入っている色が少しずつ違ったので、お互いに使ってみたくなったようです。「だったら、そうやって早く言えばいいじゃない」とつい言ってしまいましたが、まだ娘は６歳です。考えたことをうまく伝えられないこともあるのだろうと、あとから考えて、娘に悪いことをしたと思いました。

34　それを待てませんでしたとあるが、そのときの「わたし」の気持ちをよく表すのはどれか。

1　早く連絡ノートを見せてほしい。

2　早く質問に答えてほしい。

3　早く色鉛筆を見せてほしい。

4　早く友達に色鉛筆を返したい。



35　「違うよ」のあとに続くことばとして合っているものはどれか。

1　この色鉛筆(いろえんぴつ)は友達のではない。

2　わたしは色鉛筆(いろえんぴつ)をぬすんでいない。

3　返し忘れたのではない。

4　お母さんとわたしの考え方は違う。

36　とても嫌だったとあるが、何が嫌だったのか。

1　一生懸命勉強したのに、テストの点数が悪かったこと

2　勉強をしなくて、父親に怒られたこと

3　頑張って勉強したのに、してないと言われたこと

4　勉強しなかったせいで、いい点数が取れなかったこと

37　「わたし」はどうして娘に悪いことをしたと思ったのか。

1　娘が色鉛筆をぬすんだことを強くしかりすぎたから

2　自分の気持ちをうまく娘に伝えられなかったから

3　娘の言うことを嘘だと疑ったから

4　娘の話をゆっくり聞かなかったから

**問題７　右のページは、「花火大会」の案内である。これを読んで、下の質問に答えなさい。答えは、１・２・３・４から最もよいものを一つえらびなさい。**

38　吉田(よしだ)さんは平日のサークル活動が終わったあとに、みんなで花火大会に行くことにした。最初から見たいが、サークルは６時半までで、学校から野田(のだ)駅までは電車で３０分かかる。お金がかからないものを希望している。吉田(よしだ)さんの希望に合う花火大会はいくつあるか。

1　ない　　2　１つ　　3　２つ　　4　３つ

39　アリさんは②の記念公園の花火大会に行くことにした。この花火大会について正しくないものはどれか。

1　チケットは、事前に窓口に行って購入(こうにゅう)することができる。
2　この花火大会は、入場者全員が座って見ることができる。
3　会場へはバスで行くこともできるし、車で行くこともできる。
4　チケットが残っていれば、当日に購入(こうにゅう)することも可能だ。

### ① ふるさと祭り花火大会

日にち　8月8日（月曜日）

※ 雨天の場合は9日に行います。

時間　　18：50～20：10

花火の打ち上げ数：1,500発

交通：野田駅から徒歩5分、駐車場なし

### ② 記念公園花火大会

日にち　8月15日（月曜日）

時間　　19：20～20：30

花火の打ち上げ数：8,000発

交通：野田駅からバスで5分。駐車場有り（1台700円）

※ 入場にはチケットが必要です。（全席指定 1,000円）

※ チケットは当日購入可能ですが、売り切れることもありますので、事前に電話かインターネット予約をおすすめします。お支払いは当日窓口でお願いします。予約番号を必ずお持ちください。

### ③ 大田川花火大会

日にち　8月27日（土曜日）

時間　　20：00～21：00

花火の打ち上げ数：3,000発

交通：野田駅から徒歩30分
　　　駐車場有り（1台500円、19時から20時まで利用可能）

### ④ 野田湾花火大会

日にち　8月16日（火曜日）

時間　　20：30～21：30

花火の打ち上げ数：6,000発

交通：野田駅から徒歩10分

※ 途中に飲み物や食べ物を買う店はありませんので、事前に駅前でご購入ください。

# N3

# 聴解

# （40分）

## 注　意

Notes

1. 試験が始まるまで、この問題用紙を開けないでください。
   Do not open this question booklet until the test begins.

2. この問題用紙を持って帰ることはできません。
   Do not take this question booklet with you after the test.

3. 受験番号と名前を下の欄に、受験票と同じように書いてください。
   Write your examinee registration number and name clearly in each box below as written on your test voucher.

4. この問題用紙は、全部で１３ページあります。
   This question booklet has 13 pages.

5. この問題用紙にメモをとってもいいです。
   You may make notes in this question booklet.

| 受験番号 Examinee Registration Number | |
|---|---|

| 名 前 Name | |
|---|---|

# 問題 1

034

問題 1 では、まず質問を聞いてください。それから話を聞いて、問題用紙の 1 から 4 の中から、最もよいものを一つえらんでください。

## れい

1　8時45分

2　9時

3　9時15分

4　9時30分

## 1ばん

035

1 会議室を予約する

2 昼食を食べる

3 会議をする

4 資料を準備する

## 2ばん

036

1 プリンターを修理する

2 技術担当者が訪問する

3 技術担当者が電話をする

4 電話で修理の方法を教える

## 3ばん

037

1 伊藤さんに電話をする

2 友達との約束を変える

3 店長に連絡をする

4 サークルの練習に行く

## 4ばん

038

1 病院に行く

2 宿題をする

3 夕食を食べる

4 サッカーの練習に行く

## 5ばん

1 3,400円
2 2,400円
3 1,000円
4 3,000円

## 6ばん

1 仕事をする
2 女の人とご飯を食べる
3 一人でご飯を食べる
4 女の人を待つ

# 問題 2

041

問題2では、まず質問を聞いてください。そのあと、問題用紙を見てください。読む時間があります。それから話を聞いて、問題用紙の1から4の中から、最もよいものを一つえらんでください。

## れい

1　いそがしくて時間がないから

2　料理がにがてだから

3　ざいりょうがあまってしまうから

4　いっしょに食べる人がいないから

## 1ばん

042

1 ピアノ

2 バイオリン

3 ギター

4 ドラム

## 2ばん

043

1 気が短くて、すぐ怒る子ども

2 しっかりした子ども

3 よく忘れ物をする子ども

4 まじめで勉強のできる子ども

## 3ばん

044

1 料理(りょうり)がおいしいこと

2 温泉(おんせん)があること

3 海(うみ)が近(ちか)いこと

4 部屋(へや)がきれいなこと

## 4ばん

045

1 仕事(しごと)が多(おお)いから

2 夜遅(よるおそ)くまで働(はたら)くから

3 出張(しゅっちょう)が多(おお)いから

4 社長(しゃちょう)が嫌(きら)いだから

## 5 ばん

1 書類（しょるい）

2 携帯電話（けいたいでんわ）

3 財布（さいふ）

4 名刺（めいし）



## 6 ばん

1 甘（あま）いアイスコーヒー

2 甘（あま）くないアイスコーヒー

3 甘（あま）いホットコーヒー

4 甘（あま）くないホットコーヒー

# 問題3

**問題3では、問題用紙に何もいんさつされていません。この問題は、ぜんたいとしてどんなないようかを聞く問題です。話の前に質問はありません。まず話を聞いてください。それから、質問とせんたくしを聞いて、1から4の中から、最もよいものを一つえらんでください。**

－ メモ －

# 問題(もんだい) 4

問題(もんだい) 4では、えを見(み)ながら質問(しつもん)を聞(き)いてください。やじるし（➡）の人(ひと)は何(なん)と言(い)いますか。1から3の中(なか)から、最(もっと)もよいものを一(ひと)つえらんでください。



## れい

## 1 ばん

## 2 ばん

# 3ばん

# 4ばん

# 問題5

**問題5では、問題用紙に何もいんさつされていません。まず文を聞いてください。それから、そのへんじを聞いて、1から3の中から、最もよいものを一つえらんでください。**

－メモ－

# JLPT N3

## 實戰模擬考題 第3回

# 實戰模擬測驗計分卡

計分卡可以用來確認自己的實力落在什麼樣的程度。

實際測驗時，因為是採取相對評分的方式，故可能產生誤差。

## 言語知識（文字・語彙・文法）

| | | 配分 | 滿分 | 答對題數 | 分數 |
|---|---|---|---|---|---|
| 文字・語彙 | 問題 1 | 1 分 8 題 | 8 | | |
| | 問題 2 | 1 分 6 題 | 6 | | |
| | 問題 3 | 1 分 11 題 | 11 | | |
| | 問題 4 | 1 分 5 題 | 5 | | |
| | 問題 5 | 1 分 5 題 | 5 | | |
| 文法 | 問題 1 | 1 分 13 題 | 13 | | |
| | 問題 2 | 1 分 5 題 | 5 | | |
| | 問題 3 | 1 分 5 題 | 5 | | |
| 合計 | | | 58 分 | | |

※ 得分計算：言語知識（文字・語彙・文法）[　]分 ÷58×60 = [　]分

## 讀解

| | | 配分 | 滿分 | 答對題數 | 分數 |
|---|---|---|---|---|---|
| 讀解 | 問題 4 | 3 分 4 題 | 12 | | |
| | 問題 5 | 4 分 6 題 | 24 | | |
| | 問題 6 | 4 分 4 題 | 16 | | |
| | 問題 7 | 4 分 2 題 | 8 | | |
| 合計 | | | 60 分 | | |

## 聽解

| | | 配分 | 滿分 | 答對題數 | 分數 |
|---|---|---|---|---|---|
| 聽解 | 問題 1 | 2 分 6 題 | 12 | | |
| | 問題 2 | 2 分 6 題 | 12 | | |
| | 問題 3 | 3 分 3 題 | 9 | | |
| | 問題 4 | 2 分 4 題 | 8 | | |
| | 問題 5 | 2 分 9 題 | 18 | | |
| 合計 | | | 59 分 | | |

※ 得分計算：聽解 [　]分 ÷59×60 = [　]分

# N3

# 言語知識（文字・語彙）

# （30ぷん）

## ちゅうい
Notes

1. しけんが　はじまるまで、この　もんだいようしを　あけないで　ください。
Do not open this question booklet until the test begins.

2. この　もんだいようしを　もって　かえる　ことは　できません。
Do not take this question booklet with you after the test.

3. じゅけんばんごうと　なまえを　したの　らんに、じゅけんひょうと　おなじように　かいて　ください。
Write your examinee registration number and name clearly in each box below as written on your test voucher.

4. この　もんだいようしは、ぜんぶで　7ページ　あります。
This question booklet has 7 pages.

5. もんだいには　かいとうばんごうの 1 、2 、3 …が　ついて　います。かいとうは、かいとうようしに　ある　おなじ　ばんごうの　ところに　マークして　ください。
One of the row numbers 1, 2, 3 … is given for each question. Mark your answer in the same row of the answer sheet.

| じゅけんばんごう　Examinee Registration Number | |
|---|---|

| なまえ　Name | |
|---|---|

**問題1　＿＿＿のことばの読み方として最もよいものを、1・2・3・4から一つえらびなさい。**

1　知らない漢字は辞書でしらべて<u>記録</u>しておきます。

1 きらく　2 きりゃく　3 きろく　4 きりょく

2　おばあさんの家には小さい<u>池</u>があります。

1 みずうみ　2 みなと　3 なみ　4 いけ

3　新しい<u>技術</u>は去年よりかなりよくなりました。

1 きじゅつ　2 ぎじゅつ　3 きじつ　4 ぎじつ

4　この車はきめられた場所に<u>移動</u>してください。

1 いどう　2 いど　3 いどん　4 うつど

5　ゆかに長く<u>座る</u>と足がいたくなる。

1 うつる　2 すわる　3 ねる　4 たてる

6　友達を空港まで車で<u>迎え</u>にいった。

1 つたえ　2 わらえ　3 むかえ　4 くわえ

7　新しい<u>植物</u>を見つけたらここに書いてください。

1 しょくぶつ　2 しょくもつ　3 ちょくぶつ　4 ちょくもつ

8　彼女は<u>掃除</u>をすることがにがてだそうだ。

1 そうじ　2 そうじょ　3 しょうじ　4 しょうじょ

**問題 2 ＿＿＿のことばを漢字で書くとき、最もよいものを、1・2・3・4 からーつえらびなさい。**

9 このころ、学校問題がちゅうもくをあつめている。

1 着目　2 主目　3 注目　4 集目

10 子どものじこを聞いたかぞくは、みんな泣いていた。

1 時故　2 事故　3 自故　4 地故

11 スピードがおちないように運転するのが大切です。

1 落ちない　2 滞ちない　3 下ちない　4 渡ちない

12 父はしっぱいすることは悪くないと言いました。

1 失敗　2 失販　3 失財　4 失則

13 最近成績があまりのびなくてなやんでいます。

1 進び　2 昇び　3 上び　4 伸び

14 まもなく出発するので、早くじょうしゃしてください。

1 上車　2 上者　3 乗車　4 乗者

**問題3　（　　　　）に入れるのに最もよいものを、1・2・3・4から一つえらびなさい。**

15　人間は経験を（　　　　）ことによって、精神的にも成長するのである。

1　つもる　　2　ふえる　　3　かさねる　　4　せまる

16　新しい携帯には過去の（　　　　）を記録しておける機能（きのう）もついているそうです。

1　起動　　2　行動　　3　始動　　4　変動

17　引っ越しのために部屋のものはできるだけ（　　　　）つもりで片づけを始めた。

1　へらす　　2　よる　　3　きる　　4　ひろう

18　ここは人が通る道なので、ものをおくと（　　　　）になります。荷物はあそこに置いてください。

1　ひま　　2　じゃま　　3　じみ　　4　ひつよう

19　彼女は日が（　　　　）からの美しい空を、ずっとながめていた。

1　くれて　　2　おわって　　3　あけて　　4　すぎて

20　手に（　　　　）をしたので、病院に行って医者に治してもらいました。

1　きず　　2　けが　　3　あな　　4　びょうき

21　新商品のサンプルは（　　　　）でおくりましたので、届きましたらお知らせください。

1　輸入　　2　輸出　　3　配送　　4　郵便

22　店には、世界各国の有名な音楽が（　　　　）いる。

1　聞いて　　2　楽しんで　　3　流れて　　4　売って

23 いくらおもしろい話でも同じ話ばかり聞かされると（　　　　）します。

1 さっぱり　　2 うきうき　　3 はらはら　　4 うんざり

24 このくつは大きすぎです。もう少し小さい（　　　　）のくつは、ありませんか。

1 カーテン　　2 ユーモア　　3 サイズ　　4 ソフト

25 デパートの店員さんはとても（　　　　）方で、荷物を運ぶのを手伝ってくれた。

1 ふるい　　2 したしい　　3 やさしい　　4 いそがしい

**問題4　＿＿＿に意味が最も近いものを、1・2・3・4から一つえらびなさい。**

**26**　会場に入るときは入場券をていじしてください。

1　見て　　2　あげて　　3　買って　　4　見せて

**27**　短い時間に作ったものだけど、彼女の作品は見事だった。

1　きびしかった　　2　ただしかった

3　すばらしかった　　4　めずらしかった

**28**　このレポートを完成するには少なくとも４人は必要です。

1　さいこう４人　　2　さいてい４人　　3　ちょうど４人　　4　正確に４人

**29**　この音楽を聞くと心と体がリラックスします。

1　落ち着きます　　2　元気になります

3　やらせられます　　4　目がさめます

**30**　新商品のサンプルは入り口で配りますので、受け取ってください。

1　価格　　2　材料　　3　資料　　4　見本

**問題5　つぎのことばの使い方として最もよいものを、1・2・3・4から一つえらびなさい。**

**31**　収集

1　ゴミを収集しやすくするために、区域を１０のブロックに分けています。

2　全国でアルバイトを収集しているコンビニが調べられます。

3　地球環境のために、お客様がお使いになったスプーンは収集しています。

4　最近は親子に収集を教えてくれる教室もあるそうです。

**32**　伝言

1　なぜかいつも人と伝言を続けようとしても続かないときがあります。

2　就職活動での伝言では事前準備がかぎとなります。

3　この赤いボタンを押すと伝言メッセージが再生できます。

4　鈴木さんの論文伝言だけが来週に延期されました。

**33**　外す

1　これは燃えないゴミなので、別のところに外して置いてください。

2　部屋に細かいゴミが落ちていたので、掃除機で外した。

3　風呂に入る前に腕時計を外した後、どこに置いたか忘れてしまいました。

4　電気がつかなくなったので、電球を外して新しいものと替えました。

**34**　影響

1　ダイエットを始めるので一番影響がある運動を教えてください。

2　大学院ではメディアの影響問題について研究しています。

3　受検のお申込みから影響のお知らせが届くまでの流れがのっています。

4　この乗り物は高いところまで上がるので、身長影響をしています。

35　ぶつける

1　友達（ともだち）にさよならと手をぶつけました。

2　ダイエットの鍵（かぎ）をぶつけているのは「米」だそうです。

3　豊富な実験で経験（けいけん）をぶつけて、ITスペシャリストになりたいと思っています。

4　机の角に頭をぶつけてけがをしてしまった。

# N3

## 言語知識（文法）・読解

## （70分）

### 注　意
Notes

1. 試験が始まるまで、この問題用紙を開けないでください。
Do not open this question booklet until the test begins.

2. この問題用紙を持って帰ることはできません。
Do not take this question booklet with you after the test.

3. 受験番号と名前を下の欄に、受験票と同じように書いてください。
Write your examinee registration number and name clearly in each box below as written on your test voucher.

4. この問題用紙は、全部で１８ページあります。
This question booklet has 18 pages.

5. 問題には解答番号の 1 、 2 、 3 …が付いています。解答は、解答用紙にある同じ番号のところにマークしてください。
One of the row numbers 1, 2, 3 … is given for each question. Mark your answer in the same row of the answer sheet.

| 受験番号 Examinee Registration Number | |
|---|---|

| 名 前 Name | |
|---|---|

**問題１　つぎの文の（　　　　）に入れるのに最もよいものを、１・２・３・４から一つえらびなさい。**

1　学校生活（　　　　）、コミュニケーションは重要であると思います。

1　について　　2　において　　3　にくらべて　　4　にしたがって

2　駅前の店のラーメンは、濃い味が好きな人（　　　　）いいかもしれません。

1　にとっては　　2　にくらべては　　3　とたいしては　　4　として

3　子どもが３歳になったとき、新しい仕事をしようと思ったのですが、近所の保育園（ほいくえん）は（　　　　）いっぱいであきらめました。

1　いまにも　　2　少しも　　3　すでに　　4　たしかに

4　家の近くにあるレストランにはたくさんのイタリアワインがあります。値段は少し高いですが、ほかのレストランではあまり飲めないもの（　　　　）です。

1　だけ　　2　ばかり　　3　しか　　4　のみ

5　わたしは飛行機が苦手なので、乗ったらすぐ音楽を聞きながら（　　　　）いいと思っています。

1　寝れば　　2　寝るなら　　3　寝るしか　　4　寝るより

6　今朝、目覚まし時計がならなかった（　　　　）、１時間も寝坊してしまった。

1　はずで　　2　一方で　　3　せいで　　4　場合

7　テレビを見るときや本を読むとき、姿勢が悪くなっていませんか。今回は姿勢をより楽にして座れるいすを（　　　　）。

1　ご紹介になります　　2　ご紹介いたします

3　ご紹介なさいます　　4　ご紹介いらっしゃいます

**8** A「ね、卒業してもう３年だね。」

B「うん､そうだね。わたしは先生が最後に（　　　　　）言葉が忘れられないよ。」

1 うかがった　　2 もうしあげた　　3 おっしゃった　　4 お話しした

**9** （バスで）

A「あのう、荷物が多いですね。これ（　　　　　）。」

B「じゃ、これだけお願いします。」

1 持ちましょうか　　2 お持ちしますか

3 持っていいですか　　4 持ちませんか



**10** 明日授業があるか（　　　　　）は朝６時までに学校のホームページでお知らせします。

1 どこでも　　2 どうにも　　3 どうか　　4 どうして

**11** （駅前で）

A「あら、ここでタバコを吸ったらだめなんじゃない？」

B「いや、ここではタバコを（　　　　　）よ。」

1 吸ってはいけないらしい　　2 吸ってもいいらしい

3 吸わないといけないようだ　　4 吸わなくてもいいようだ

**12** （会社で）

山田（やまだ）「部長、午後の会議に必要な資料がまだできてないんですが…。」

部長（ぶちょう）「あ、そう。でももう時間がないから、じゃ、（　　　　　）ね。」

1 あったほうがいい　　2 ないままやるしかない

3 あるままするしかない　　4 しないまましたほうがいい

**13** わが社では来年から社員の自転車通勤をすすめて（　　　　　）そうです。

1 いかないようになる　　2 いくそうになる

3 いかないことにする　　4 いくことにする

**問題2　つぎの文の＿★＿に入れる最もよいものを、1・2・3・4から一つえらびなさい。**

---

（問題例）

つくえの ＿＿＿ ＿＿＿ ＿★＿ ＿＿＿ あります。

1 が　　2 に　　3 上　　4 ペン

（解答のしかた）

1. 正しい答えはこうなります。

| つくえの ＿＿＿ ＿＿＿ ＿★＿ ＿＿＿ あります。<br>3 上　2 に　4 ペン　1 が |
|---|

2. ＿★＿に入る番号(ばんごう)を解答(かいとう)用紙にマークします。

（解答用紙）

| (例(れい)) | ① ② ③ ● |
|---|---|

---

**14**　あの美術館はいつも ＿＿＿、＿＿＿ ＿★＿ ＿＿＿ 行ってください。

1　から　　2　すいている時間を

3　確認して　　4　こんでいるので

**15**　桜の ＿＿＿ ＿＿＿、＿★＿ ＿＿＿ 思い出します。

1　見ると　　2　日本に　　3　絵を　　4　来たころを

**16** 春から留学する娘には、勉強 ＿＿＿ ＿＿＿ ＿★＿ ＿＿＿ できない経験をしてほしいと思います。

1 でしか　　2 以外　　3 にも　　4 その国

**17** 料金のお振込み（ふりこ）を ＿＿＿ ＿＿＿、＿★＿ ＿＿＿ お送りします。

1 案内を　　2 後　　3 詳しい　　4 確認した

**18** 苦手な科目でいい成績がとれなくてもいいので、＿＿＿ ＿＿＿ ＿★＿ ＿＿＿ 思っている。

1 得意なことを　　2 やりたいと　　3 やらせて　　4 娘には

**問題3　つぎの文章を読んで、文章全体の内容を考えて、［19］から［23］の中に入る最もよいものを、1・2・3・4から一つえらびなさい。**

日本で感動したこと

週末、友達と母のプレゼントを買いに日本のデパートに行きました。母が好きな赤いバラのハンカチを買うことにしました。店内を探しても見つからなかったので、店員に探してもらいました。［19］をレジに持っていって渡したら、店員はわたしに「ご自分で使いますか」、「プレゼントですか」と［20］。わたしは、疑問に思いながら、「母のプレゼントです」と答えました。［21］、店員さんはハンカチを丸くまいて一本のピンク色のひもを出しました。そのひもの上にハンカチをおいてリボンの形に結びはじめました。ただ20秒で包んだのにハンカチはいつの間にかきれいなバラの形になりました。

帰国したら家族に［22］。でも、言葉だけでは伝わらないと思うので、このプレゼントを母に渡しながら家族にも［23］。

19

1 それ　2 あれ　3 そっち　4 あっち

20

1 言い返しました
2 言わせました
3 言いました
4 言い直してくれました

21

1 実は　2 すると　3 ところで　4 例えば

22

1 この話をしたことでした
2 この話をしていたからでした
3 この話をしたいです
4 この話をしていたみたいでした

23

1 見せるだろうと思っていました
2 見せようと思っています
3 見せるだろうと思うはずです
4 見せようと思ったかもしれません

**問題４　つぎの（1）から（4）の文章を読んで、質問に答えなさい。答えは、1・2・3・4から最もよいものを一つえらびなさい。**

（1）

これは、木村さんがジョンさんの家族に渡したメモである。

> ジョンさん
>
> こんにちは。けがの具合はどうですか。
>
> 試験の日を変更することについてですが、山本先生の国際論は残念ながら無理でした。代わりにレポートを出すそうで、必ず20日までにメールで送るようにとのことです。
>
> レポートに必要な本は「国際論入門１」です。
>
> もし持っていなかったら、わたしが図書館で借りてきますので、このメモを読んだら、電話してください。
>
> 吉田先生は大丈夫だそうです。治ったらすぐに先生の研究室を訪ねてください。
>
> それでは、お大事に。
>
> 木村

**24**　ジョンさんは、まず何をしなければならないか。

1　木村さんに電話をする。

2　図書館で本を借りる。

3　山本先生にメールをする。

4　吉田先生の研究室に行く。

（2）

これは、社内運動会についてのメールである。

実行委員のみなさんへ

先日は会場探しお疲れ様でした。

運動会シーズンで、なかなか会場が見つからず、苦労したでしょう。

さて、注文する予定だったお弁当と飲み物なのですが、実は予算が減らされることになってしまいました。すみませんが、１人1,000円でもう一度探してもらえますか。

競技（きょうぎ）は去年と同じものにします。それから、プログラムはこちらで作成します。お手数をかけますが、よろしくおねがいします。

中田（なかだ）

25　実行委員会がしなければいけないことは何か。

1　運動会の会場を予約すること

2　もう少し安いお弁当を探すこと

3　参加費の1,000円を集めること

4　運動会の種目（しゅもく）を決めること

（3）

わたしは先月、漢字検定の１級に合格しました。わたしの国は漢字を使う国ではありませんが、わたしは漢字が大好きです。漢字の形は絵のようで、とても芸術的だと思います。そして、一つ一つの文字に意味があり、それがいくつか集まって、また別の意味を持った字を作ります。それが、パズルのようで楽しいのです。また、漢字の意味が分かると、その漢字を使った単語の意味も分かります。それが、とても面白いです。

**26**　この文章は何について書かれた文章か。

1　漢字の勉強を始めたきっかけ

2　漢字の勉強方法

3　漢字の魅力

4　漢字試験の難しさ

（4）

テレビでオリンピックの入場行進(こうしん)を見ながら、わたしはあることに気がついた。選手たちの表情は非常にいきいきしているのだが、観客(かんきゃく)のほうを見ていないのだ。多くの選手たちが、手に持ったスマートフォンの画面を見ていた。仲間(なかま)と肩を組(く)みながら、自分たちの写真を撮っている。たしかにいい記念にはなるだろうが、少し違和感(いわかん)を感じた。しかしこの時代、例え通話(つうわ)していたとしてもめずらしいことではないのかもしれない。若い選手たちのこれからに期待したい。

27　あることとは何か。

1　選手たちの表情がいきいきしていること
2　観客(かんきゃく)が選手のほうをあまり見ていないこと
3　電話をしながら行進(こうしん)する選手がいたこと
4　多くの選手がスマホで写真を撮っていること

**問題５　つぎの（1）と（2）の文章を読んで、質問に答えなさい。答えは、1・2・3・4から最もよいものを一つえらびなさい。**

（1）

「やる気」についてこんな実験が行われた。まず、パズルが好きな子どもたちを二つのグループに分ける。そして、少し難しいパズルを与える。子どもたちが夢中になってパズルをしている途中で、一つのグループの子どもたちにだけ、このように言う。「そのパズルを完成させたら、お金をあげるよ」そしてもう一つのグループには何も言わずにそのままにしておく。さて、パズルを完成させたのはどちらだろうか。

意外に感じるかもしれないが、完成させたのは何も言わなかったグループだった。人間のやる気は「それをしてみたいという気持ちや、知りたいという好奇心」を持つことでしか、長続きがしないそうだ。お金をくれると言われたグループは、途中からその目的が「お金」に変わってしまい、やる気を持続させることができなかったのだ。そして途中で飽きてしまって、パズルをやめてしまった。だから、やる気を持ち続けさせるためには、その途中でほめたり、物やお金をあげる約束をするのではなく、何もしないのがよい。

これは大人でも同じだそうだ。例えば、何かの研究でも、賞をもらおうとか、給料を上げてもらおうとか、そういった目的ですると途中であきらめてしまうことが多いが、本当に好奇心からくる気持ちだけで続けた結果、何か大きな発見につながったりすることはよくあることだ。

**28** この実験(じっけん)で明らかにしたいことは何か。

1 お金を与えると、子どもの能力は上がるのか。

2 ほめ言葉とお金のどちらがやる気を向上させるのか。

3 金額(きんがく)が大きくなると、やる気も大きくなるのか。

4 やる気を持続(じぞく)させるのは「好奇心(こうきしん)」か「お金」か。

**29** 子どものやる気を持続(じぞく)させるために、親はどうすればよいか。

1 賞を与える。

2 ずっとほめ続ける。

3 何もしない。

4 目標を持たせる。

**30** <u>好奇心(こうきしん)からくる気持ち</u>と合っているものはどれか。

1 賞を取りたいという気持ち

2 ほめられたいという気持ち

3 知らないことを知りたいという気持ち

4 出世(しゅっせ)したいという気持ち

（2）

わたしは名刺をもらうと、その日のうちにその名刺にその人の特徴（とくちょう）や会った場所などを簡単に記入します。なぜなら、わたしは仕事の関係でとてもたくさんの人に会うのですが、人の名前や顔を覚えるのが苦手だからです。以前、こんなことがありました。

仕事の帰りに、駅で電車を待っていると、女の人がわたしに向かって「田中（たなか）さん、お久しぶりですね」と話しかけてきました。でも、わたしは彼女のことを思い出すことができませんでした。

仕事関係の人だったら失礼ですから、「誰ですか」とは聞くことができません。わたしは困って名刺を取り出しました。「そういえばわたし、この間、名刺を新しくしたんですよ。」と言いながら、名刺を差し出すと、その女性は「そうですか」と笑顔で受け取りました。そして、「あ、じゃあ、わたしも」と言って、財布を取り出して、名刺を１枚くれました。わたしは「うまくいってよかった」と心の中で思いました。その名刺を見て、ようやく彼女が取引先の会社の社員だと思い出しました。

その女性と別れたあと、もらった名刺に急いで「12月23日、新宿（しんじゅく）駅前で偶然、ショートカット」と書きました。それ以来「名刺メモ」をしています。一度頭の中で思い出してから、確認することによって、人の顔や名前を忘れることがずいぶん少なくなり、今ではわたしの習慣になっています。

31　名刺を取り出しましたとあるが、なぜ名刺を出したのか。

1　新しい名刺を渡したかったから

2　相手も名刺をくれることを期待したから

3　話すことがなくなって困ったから

4　初めて会う人だから

32　「わたし」の名刺メモの内容と合っているものはどれか。

1　1月10日、3時、第3会議室

2　5月8日、新商品のプレゼン、背が高い

3　東京（とうきょう）銀行、25000円入金

4　田中（たなか）です。よろしくお願いします。

33　この文章の内容と合っているものはどれか。

1　「わたし」は人の顔や名前を覚えるのが得意だ。

2　「わたし」は名刺に簡単なあいさつを書いて渡すのが習慣だ。

3　「わたし」は知らない人に話しかけられて困ったことがある。

4　「わたし」はもらった名刺に必ずその人の特徴（とくちょう）をメモする。

**問題6　つぎの文章を読んで、質問に答えなさい。答えは、1・2・3・4から最もよいものをーつえらびなさい。**

この町は、人口が約1,７００人の小さな町です。町の面積の８６％が山で、６５歳以上の高齢者が人口の半分です。ところが、この町は、お年寄りが元気でいきいきと働いていて、みんなが笑顔です。この町では山にある葉や花などを取ってきて、全国の日本料理屋などに出しています。

このビジネスは、１９８６年にスタートし、現在では年間２億6,000万円も売り上げています。この町の２００以上の農家がかかわっていて、働いている人の平均年齢は70歳です。このビジネスのポイントは、商品がとても軽く、女性や高齢者でも簡単に運べることです。そしてお金がかからないので、失敗したときの損害が少ないこともいい点です。最初は「こんなものがお金になるのか」と反対していた農家の人たちも、今はみんな『昔は落ち葉の掃除が嫌だったが、いまは金を拾っているようなもんだ』と言って喜んでいます。

この町はもともとみかんで有名な地域でしたが、若者がどんどん出て行って、みかん農家をする人はいなくなってしまいました。町の収入がなくなり、町がなくなるかもしれないという状況になりました。町の人が集まって、どうすれば町を守れるかと悩んだ結果、このビジネスが生まれました。

高齢者や女性たちに仕事ができ、収入ができたことで、町の雰囲気はずっと明るくなりました。老人ホームの利用者数が減り、町の老人ホームはなくなりました。このビジネスは、町を経済的に豊かにしただけでなく、お年寄りの心も体も健康にしたのです。

**34** <u>このビジネス</u>とはどんな仕事なのか。

1 山で取れる山菜（さんさい）や野菜を利用した日本食レストランの経営（けいえい）

2 落ちている葉や花を拾ってきて、日本料理屋に売る仕事

3 山の草木（そうもく）や花で作った花束（はなたば）を全国に届ける仕事

4 自然の材料で作った工芸品（こうげいひん）をインターネットで販売する仕事

**35** このビジネスが成功した理由として正しくないものはどれか。

1 商品が自然の中に存在するので、簡単に手に入る。

2 商品が軽いので、お年寄り（としよ）にも扱いやすい。

3 元手（もとで）がかからないので、リスクが少ない。

4 農家（のうか）の人が成功を信じて、努力した。

**36** このビジネスを始めるきっかけとなったことは何か。

1 多くの若者が町を出て行ったこと

2 みかんの売り上げが減少したこと

3 山林（さんりん）の環境が汚染（おせん）されていたこと

4 高齢者（こうれいしゃ）の多くが病気になったこと

**37** このビジネスが町に与えた影響（えいきょう）について正しいものはどれか。

1 このビジネスのおかげで、町に若者が増えて、活気が戻った。

2 仕事をすることで高齢者（こうれいしゃ）が元気になり、町が明るくなった。

3 このビジネスのおかげで町が有名になり、観光客が増えた。

4 このビジネスで出た利益（りえき）で、みかんの栽培（さいばい）を続けられることになった。

**問題７　右のページは、「スタジオサエキ成人式キャンペーン」の案内である。これを読んで、下の質問に答えなさい。答えは、１・２・３・４から最もよいものを一つえらびなさい。**

**38**　ヤンさんは成人式の記念写真を撮るつもりだ。次の条件で予約可能な日は何日あるか。

・できるだけ安い費用で撮りたい

・２月15日までに受け取りたい

1　２日　　2　３日　　3　４日　　4　５日

**39**　安井（やすい）さんは２月４日にこのスタジオで成人式の写真を撮った。写真は「六つ切り」を２枚購入（こうにゅう）。着物とドレスを１着ずつ着た。かかった費用はいくらか。

1　27,000円　　2　18,500円　　3　23,000円　　4　22,500円

# スタジオサエキ

成人式キャンペーン　1月10日から２月10日まで
大人の仲間入りとなる成人の日。20歳の記念を写真に残しませんか。

## 《キャンペーン特典》

1　撮影代：13,000円のところを期間中の平日のみ8,500円で撮影できます。
2　写真代：大きさによって決まります。
- 八つ切り：4,000円
- 六つ切り：5,000円
- 四つ切り：6,000円
- 半切り：10,000円

3　衣装代：期間中の衣装レンタル（通常１着 2,000円）が無料。
何着でも着ることができます。

## 【予約状況】

○：予約可能

1月

| 月 | 火 | 水 | 木 | 金 | 土 | 日 |
|---|---|---|---|---|---|---|
| | | | | | | 1× |
| 2× | 3× | 4× | 5○ | 6○ | 7○ | 8○ |
| 9○ | 10○ | 11○ | 12× | 13× | 14○ | 15× |
| 16× | 17× | 18× | 19○ | 20× | 21× | 22○ |
| 23○ | 24○ | 25○ | 26○ | 27○ | 28○ | 29○ |
| 30○ | 31○ | | | | | |

2月

| 月 | 火 | 水 | 木 | 金 | 土 | 日 |
|---|---|---|---|---|---|---|
| | | 1○ | 2× | 3× | 4× | 5○ |
| 6○ | 7○ | 8○ | 9○ | 10× | 11× | 12○ |
| 13○ | 14○ | 15○ | 16○ | 17○ | 18○ | 19○ |
| 20○ | 21○ | 22○ | 23○ | 24○ | 25○ | 26○ |
| 27○ | 28○ | 29○ | | | | |

※　予約時に10％の予約金をいただきます。残りは撮影当日にお支払いください。
※　写真は撮影から４週間後から受け取れます。

ご予約、お問い合わせは　06−4732−0989まで

# N3

# 聴解（ちょうかい）

# （40分）

## 注　意
Notes

1. 試験が始まるまで、この問題用紙を開けないでください。
   Do not open this question booklet until the test begins.

2. この問題用紙を持って帰ることはできません。
   Do not take this question booklet with you after the test.

3. 受験番号（じゅけんばんごう）と名前を下の欄（らん）に、受験票（じゅけんひょう）と同じように書（か）いてください。
   Write your examinee registration number and name clearly in each box below as written on your test voucher.

4. この問題用紙は、全部（ぜんぶ）で１３ページあります。
   This question booklet has 13 pages.

5. この問題用紙にメモをとってもいいです。
   You may make notes in this question booklet.

| 受験番号（じゅけんばんごう） Examinee Registration Number | |
|---|---|

| 名 前 Name | |
|---|---|

# 問題１

**問題１では、まず質問を聞いてください。それから話を聞いて、問題用紙の１から４の中から、最もよいものを一つえらんでください。**

## れい

1　8時45分

2　9時

3　9時15分

4　9時30分

## 1ばん

1　4部

2　5部

3　6部

4　7部



## 2ばん

1　仕事をやめる

2　正社員として働く

3　他の会社に就職する

4　パートとして働く

## 3 ばん

070

1 ぶどう

2 りんごとスイカ

3 ぶどうとりんごとスイカ

4 りんご

## 4 ばん

071

1 論文(ろんぶん)を書(か)く

2 研究室(けんきゅうしつ)に行(い)く

3 先生(せんせい)にメールをする

4 論文(ろんぶん)を書(か)き直(なお)す

## 5ばん

072

1 飛行機を予約する

2 新幹線を予約する

3 バスを予約する

4 ホテルを予約する



## 6ばん

073

1 家で寝る

2 テレビを見る

3 海に行く

4 美術館に行く

# 問題 2

074

問題２では、まず質問を聞いてください。そのあと、問題用紙を見てください。読む時間があります。それから話を聞いて、問題用紙の１から４の中から、最もよいものを一つえらんでください。

## れい

1 いそがしくて時間がないから

2 料理がにがてだから

3 ざいりょうがあまってしまうから

4 いっしょに食べる人がいないから

## 1ばん

1 1月(がつ)

2 2月(がつ)

3 8月(がつ)

4 9月(がつ)



## 2ばん

1 街(まち)が寒(さむ)かったこと

2 いろんな国(くに)の人(ひと)がいること

3 東京(とうきょう)より街(まち)が小(ちい)さかったこと

4 道(みち)をよくたずねられたこと

## 3ばん

077

1 人の名前を覚えること

2 人の顔を覚えること

3 人を笑わせること

4 人に話しかけること

## 4ばん

078

1 英語能力が高いから

2 自分の意見を主張できるから

3 まじめだから

4 人の話がよく聞けるから

## 5 ばん

1 アルバイト

2 お祭(まつ)り

3 国内旅行(こくないりょこう)

4 海外旅行(かいがいりょこう)

## 6 ばん

1 数学(すうがく)

2 国語(こくご)

3 体育(たいいく)

4 音楽(おんがく)

# 問題3

**問題3では、問題用紙に何もいんさつされていません。この問題は、ぜんたいとしてどんなないようかを聞く問題です。話の前に質問はありません。まず話を聞いてください。それから、質問とせんたくしを聞いて、1から4の中から、最もよいものを一つえらんでください。**

－ メモ －

# 問題4

問題４では、えを見ながら質問を聞いてください。やじるし（➡）の人は何と言いますか。1から3の中から、最もよいものを一つえらんでください。

## れい

## 1ばん

## 2ばん

# 3ばん

# 4ばん

# 問題5

**問題5では、問題用紙に何もいんさつされていません。まず文を聞いてください。それから、そのへんじを聞いて、１から３の中から、最もよいものを一つえらんでください。**

ーメモー

# JLPT
# N3

實戰模擬考題 第4回

# 實戰模擬測驗計分卡

計分卡可以用來確認自己的實力落在什麼樣的程度。
實際測驗時，因為是採取相對評分的方式，故可能產生誤差。

## 言語知識（文字・語彙・文法）

| | | 配分 | 滿分 | 答對題數 | 分數 |
|---|---|---|---|---|---|
| 文字・語彙 | 問題 1 | 1 分 8 題 | 8 | | |
| | 問題 2 | 1 分 6 題 | 6 | | |
| | 問題 3 | 1 分 11 題 | 11 | | |
| | 問題 4 | 1 分 5 題 | 5 | | |
| | 問題 5 | 1 分 5 題 | 5 | | |
| 文法 | 問題 1 | 1 分 13 題 | 13 | | |
| | 問題 2 | 1 分 5 題 | 5 | | |
| | 問題 3 | 1 分 5 題 | 5 | | |
| 合計 | | | 58 分 | | |

※ 得分計算：言語知識（文字・語彙・文法）[ ]分 ÷58×60 = [ ]分

## 讀解

| | | 配分 | 滿分 | 答對題數 | 分數 |
|---|---|---|---|---|---|
| 讀解 | 問題 4 | 3 分 4 題 | 12 | | |
| | 問題 5 | 4 分 6 題 | 24 | | |
| | 問題 6 | 4 分 4 題 | 16 | | |
| | 問題 7 | 4 分 2 題 | 8 | | |
| 合計 | | | 60 分 | | |

## 聽解

| | | 配分 | 滿分 | 答對題數 | 分數 |
|---|---|---|---|---|---|
| 聽解 | 問題 1 | 2 分 6 題 | 12 | | |
| | 問題 2 | 2 分 6 題 | 12 | | |
| | 問題 3 | 3 分 3 題 | 9 | | |
| | 問題 4 | 2 分 4 題 | 8 | | |
| | 問題 5 | 2 分 9 題 | 18 | | |
| 合計 | | | 59 分 | | |

※ 得分計算：聽解 [ ]分 ÷59×60 = [ ]分

# N3

# 言語知識（文字・語彙）

# （30ぷん）

## ちゅうい
Notes

1. しけんが　はじまるまで、この　もんだいようしを　あけないで　ください。
   Do not open this question booklet until the test begins.
2. この　もんだいようしを　もって　かえる　ことは　できません。
   Do not take this question booklet with you after the test.
3. じゅけんばんごうと　なまえを　したの　らんに、じゅけんひょうと　おなじように　かいて　ください。
   Write your examinee registration number and name clearly in each box below as written on your test voucher.
4. この　もんだいようしは、ぜんぶで　７ページ　あります。
   This question booklet has 7 pages.
5. もんだいには　かいとうばんごうの　1、2、3　…が　ついて　います。かいとうは、かいとうようしに　ある　おなじ　ばんごうの　ところに　マークして　ください。
   One of the row numbers 1, 2, 3 … is given for each question. Mark your answer in the same row of the answer sheet.

| じゅけんばんごう　Examinee Registration Number | |
|---|---|

| なまえ　Name | |
|---|---|

**問題1　＿＿＿のことばの読み方として最もよいものを、1・2・3・4から一つえらびなさい。**

**1**　この件はもっと簡単に処理しましょう。

1　しょち　　2　しょり　　3　そち　　4　そり

**2**　ちからを少し抜いてください。

1　といて　　2　むいて　　3　だいて　　4　ぬいて

**3**　くつに砂が入って歩きにくかった。

1　かい　　2　いわ　　3　すな　　4　なみ

**4**　新しいパソコンは今までのより価格は少し高いです。

1　かがく　　2　ねかく　　3　ねだん　　4　かかく

**5**　この会社はどんどん成長していきます。

1　せいなが　　2　ぜいなが　　3　せいちょう　　4　ぜいちょう

**6**　アンケートの結果をレポートに入れます。

1　けつが　　2　けつか　　3　けっが　　4　けっか

**7**　去年使っていたかばんのほうが少し軽いと思います。

1　かるい　　2　ひくい　　3　ふかい　　4　ほそい

**8**　会社が郊外にうつったために、今は２時間もかけて通っている。

1　こがい　　2　こうがい　　3　こかい　　4　こうそと

**問題2　＿＿＿のことばを漢字で書くとき、最もよいものを、1・2・3・4から一つえらびなさい。**

9　父は大学でけいえい学を勉強したそうです。

1　経営　　2　経映　　3　経官　　4　経英

10　わたしのしょうらいの夢は画家になることでした。

1　生来　　2　招来　　3　未来　　4　将来

11　海の近くの旅館にとまった。

1　伯まった　　2　泊まった　　3　拍まった　　4　迫まった

12　宮本（みやもと）先生のゆびはながくてきれいです。

1　顔　　2　肩　　3　指　　4　背

13　せんたくした服がもうかわいたので、なかに入れてください。

1　消濯　　2　洗曜　　3　洗濯　　4　選濯

14　友達を誘（さそ）いましたが、ことわられました。

1　断られました　　2　困られました　　3　取られました　　4　破られました

**問題3　（　　　　　）に入れるのに最もよいものを、1・2・3・4から一つえらびなさい。**

15　友達とけんかをしてしまったので、先に（　　　　　）と思っています。

1　なおしたい　　2　あやまりたい
3　あたえたい　　4　わたしたい

16　今日は気温が高くて、みんな（　　　　　）をかきながら電車を待っていた。

1　涙　　2　汗　　3　ごみ　　4　歯

17　掃除のあと、手が（　　　　　）食器（しょっき）のほうも洗ってくださいね。

1　あげたら　　2　いそがしかったら
3　あいたら　　4　ひまだったら

18　いつ来られるか、明日の（　　　　　）を教えてください。

1　具合　　2　合間　　3　都会　　4　都合

19　この薬は水と飲むこともできますが、このまま飲むともっと（　　　　　）だと言われています。

1　感情的　　2　効果的　　3　積極的　　4　具体的

20　彼はぼうえき会社の社長で、服をアメリカに（　　　　　）している。

1　輸出　　2　外出　　3　出張　　4　来日

21　今日の（　　　　　）が無事におわってほっとしています。

1　うちあわせ　　2　とりあつかい　　3　もちあわせ　　4　まちあわせ

22　荷物が多くなったので袋を二つに（　　　　　）妹と一緒に持ちました。

1　やぶって　　2　わって　　3　わけて　　4　かぶって

23　息子は（　　　　　）ひとりで電車に乗れるようになりました。

1　きっと　　2　やっと　　3　ずっと　　4　ぜひ

24　出版（　　　　　）の会場は10階のイベントホールです。

1　アパート　　2　パーティー　　3　カレンダー　　4　アイスクリーム

25　鈴木（すずき）さんは話し方がとても（　　　　　）で分かりやすいです。

1　ていねい　　2　あんしん　　3　だいじ　　4　ひつよう

**問題4　＿＿＿に意味が最も近いものを、1・2・3・4から一つえらびなさい。**

**26**　参加者リストからいらない名前は<u>削除</u>しました。

1　キャンセル　　2　オープン　　3　カット　　4　チャレンジ

**27**　わたしの周りには<u>冷静な</u>人があまりいないです。

1　しつこい　　2　落ち着いた　　3　冷たい　　4　するどい

**28**　昨日聞いた吉田（よしだ）先生の授業（じゅぎょう）は難しくて<u>さっぱり</u>わからなかった。

1　ぜんぜん　　2　あまり　　3　すこし　　4　すぐに

**29**　最近ストレスのせいか<u>髪がぬけて</u>心配です。

1　髪が増えて　　2　髪が少なくなって

3　頭が痛くなって　　4　髪がしろくなって

**30**　木村（きむら）さんは<u>お金にかんしてはけちな</u>人です。

1　お金を出したがる　　2　お金がきらいな

3　お金をほしがる　　4　お金を出すのをいやがる

**問題5　つぎのことばの使い方として最もよいものを、1・2・3・4から一つえらびなさい。**

31　ゆでる

1　森林が少なくなって太陽の光が地球をゆでています。

2　このスープはジャガイモをゆでて手間をかけて作ったものです。

3　このくつしたは5分で足もとをゆでてくれます。

4　今朝、冷たくなったスープをゆでてゆっくり飲みました。

32　すく

1　このごろ少しやせたせいかズボンがすいていた。

2　今日は週末なので売上（うりあ）げがすいています。

3　彼女は顔がすいているから、きっといろんな人を知っているだろう。

4　学校の帰りにお菓子を食べたので、お腹があまりすいていません。

33　辞める

1　どうして会社を辞めたいのか真剣に考えたことがありますか。

2　連休あけだから、すごい渋滞ですぐ辞めて戻ってきました。

3　先生に進学の相談をしようと頼んだら辞められた。

4　できたら一回時間を辞めてみたいと思ったことありますか。

34　がっかり

1　山田（やまだ）先生の出版記念会にはがっかりしながら参加することができません。

2　街（まち）で偶然（ぐうぜん）、先生と会ってとてもがっかりしました。

3　娘の結婚相手は、わたしが思ったような人だったのでがっかりしました。

4　希望する会社に就職（しゅうしょく）できなかったことで、そんなにがっかりすることはないと思う。

35　しずむ

1　リンク上でしずむと手が冷たいだけでなく、他の利用者のスケート靴などでけがをする場合もあります。

2　この事故で電柱が２本もしずんでしまって現在道路が渋滞しております。

3　ここは海にしずむ美しい夕暮れが見られる最高の観光スポットです。

4　公園でしずんだ人を助けるときは気をつける必要があります。

# N3

# 言語知識（文法）・読解

# （70分）

## 注　意
Notes

1. 試験が始まるまで、この問題用紙を開けないでください。
   Do not open this question booklet until the test begins.

2. この問題用紙を持って帰ることはできません。
   Do not take this question booklet with you after the test.

3. 受験番号と名前を下の欄に、受験票と同じように書いて
   ください。
   Write your examinee registration number and name clearly in each box below as written on your test voucher.

4. この問題用紙は、全部で１８ページあります。
   This question booklet has 18 pages.

5. 問題には解答番号の 1 、 2 、 3 …が付いています。解答は、解答用紙にある同じ番号のところにマークしてください。
   One of the row numbers 1, 2, 3 … is given for each question. Mark your answer in the same row of the answer sheet.

| 受験番号 Examinee Registration Number | |
|---|---|

| 名前 Name | |
|---|---|

**問題１　つぎの文の（　　　　　）に入れるのに最もよいものを、１・２・３・４から一つえらびなさい。**

**1**　これは娘が先週学校で書いた「友達（　　　　　）の手紙」という作文です。

1　から　　2　が　　3　に　　4　まで

**2**　もし熱が（　　　　　）この赤い飲み薬を飲んでください。

1　出たら　　2　出すと　　3　出るまで　　4　出しても

**3**　角をまがったら子どもが（　　　　　）飛び出してきたので、急ブレーキをかけた。

1　おそらく　　2　いきなり　　3　ぜひとも　　4　まったく

**4**　昨日は、旅行の初日だったので、軽く買い物を（　　　　　）食事をしました。

1　したら　　2　したから　　3　しても　　4　してから

**5**　（学校で）

林（はやし）「ねえ、さっき先生に怒られていたよね。」

森（もり）「うん、すごくきびしく言われたの。」

林（はやし）「大丈夫？確かにあなたも悪いけど、先生の（　　　　　）言い方はひどいと思わない？」

1　こんな　　2　あれ　　3　あんな　　4　こう

**6**　（電話で）

A「もしもし。今駅に着いたんだけど、どこにいる？」

B「ええと、『さくら堂』（　　　　　）本屋、知ってる？そこにいるよ。」

1　という　　2　と　　3　だって　　4　なんか

**7**　今日は卒業式なので祖母に買って（　　　　　）スカーフをして行こう。

1　さしあげた　　2　くださった　　3　もらった　　4　くれた

**8**　A「青木君、この資料、部長に渡してくれませんか。部長が（　　　　　）そうです。」

B「はい、分かりました。」

1　いたい　　2　いただきたい　　3　ご覧になりたい　　4　お聞きになりたい

**9**　弟「お兄さん、ここはさっき教えてくれたA数式だよね。」

兄「いや、違うよ。ここはB数式でしょう。さっき教えた（　　　　　）、もう忘れちゃったの？」

1　あとなのに　　2　ばかりなんだから

3　あとだから　　4　ばかりなのに

**10**　A「この小包み、わたしが（　　　　　）。

B「頼んでいいですか。じゃ、お願いします。」

1　出してきましょうか。　　2　出していきましょうか。

3　出したらいいですか。　　4　出さないといけませんか。



**11**　上田先生「あら、山下さん。お久しぶりです。」

山下「本当にお久しぶりです。いきなり駅前で先生に（　　　　　）とは思いませんでした。」

1　お見えになる　　2　拝見できる　　3　お目にかかる　　4　ご覧になる

**12**　最近、「熱がひどく（　　　　　）早めに病院に行きなさい。」と母にしつこく言われました。

1　なるあいだに　　2　ならないうちに　　3　ならないまえに　　4　なるころに

**13**　母「みちこ、あの人、内田君じゃない？」

娘「えっ、いや、内田君は大阪の祖母のうちに遊びにいくと言ったから、ここに（　　　　　）」

1　いるんじゃない　　2　いるはずかもしれない

3　いるはずがない　　4　いないはずがない

**問題 2　つぎの文の ＿★＿ に入れる最もよいものを、1・2・3・4 から一つえらびなさい。**

---

（問題例）

つくえの ＿＿＿ ＿＿＿ ＿★＿ ＿＿＿ あります。

1 が　　2 に　　3 上　　4 ペン

（解答のしかた）

1. 正しい答えはこうなります。

つくえの ＿＿＿ ＿＿＿ ＿★＿ ＿＿＿ あります。
3 上　2 に　4 ペン　1 が

2. ＿★＿ に入る番号（ばんごう）を解答（かいとう）用紙にマークします。

（解答用紙）　（例（れい））　①　②　③　●

---

**14**　この ＿＿＿ ＿＿＿ ＿★＿ ＿＿＿ います。

1　さまざまな　　2　技術が　　3　ロボットには　　4　使われて

**15**　今住んでいるアパートは線路（せんろ）の近くにあって、住みはじめたころは、電車の通る ＿＿＿ ＿＿＿ ＿★＿ ＿＿＿ が、すぐ気にならなくなった。

1　うるさいと　　2　こともあった　　3　音がして　　4　思った

**16**　（会社で）

A「最近仕事が多くて大変です。」

B「＿＿＿ ＿＿＿ ＿★＿ ＿＿＿。」

1　食事は　　2　忙しくても　　3　してください　　4　どんなに

**17** 息子は先月新しいパソコンを ＿＿＿ ＿＿＿ ＿★＿、＿＿＿ 別のものがほしいといっている。

1 ばかりな　2 買った　3 のに　4 もう

**18** （デパートで）

客「すみません。子ども服売り場はどこですか。」

店員「はい、３階の ＿＿＿ ＿＿＿ ＿★＿ ＿＿＿。」

1 ございます　2 お手洗いの　3 近く　4 に

**問題3　つぎの文章を読んで、文章全体の内容を考えて、[19] から [23] の中に入る最もよいものを、1・2・3・4から一つえらびなさい。**

ごみの日

わたしの町では、月曜日と木曜日に「もえるごみ」を [19] 。「もえるごみ」は スーパーでくれるふくろや包装紙、[20] 肉やたまごのパックなどのことです。 これらがたまると大変なので、うちではなるべく減らそうとしています。うちだけでなく、「もえるごみ」を減らすために友達の家では、スーパーやコンビニに買い物に行くとき、買い物ぶくろを持っていって、みせのふくろはもらわないようにしているそうです。わたしもデパートで何 [21] 買ったとき、店員に「ふくろは要りません。」と言っています。これだけでも結構役に立つと母は言いました。

そして、「もえないごみ」は水曜日にだけ出すことができます。「もえないごみ」にはあきかんやびんなどがあります。それらは集めて工場でリサイクルして、もう一度使うことができます。そのために、きれいに洗って、分けて [22] 。ごみはすててしまえばごみですが、リサイクルすればりっぱな [23] 。

**19**

1　出すことになっています　　2　捨てるはずです
3　出すことにします　　4　捨てるそうです

**20**

1　ところが　　2　まだ　　3　そして　　4　たとえば

**21**

1　も　　2　だけ　　3　より　　4　か

**22**

1　出してもいいです　　2　出さなくてはいけません
3　出そうと思っていました　　4　出さないようにしています

**23**

1　ごみになってしまうのです　　2　資源になりました
3　資源になります　　4　ごみになるそうです

**問題４　つぎの（1）から（4）の文章を読んで、質問に答えなさい。答えは、1・2・3・4から最もよいものを一つえらびなさい。**

（1）

これは、高橋さんが安田先生へ送ったメールである。

安田先生

お世話になります。ゼミの４年の高橋です。

水曜日の先生のゼミについてなのですが、就職説明会と日程が重なってしまいました。今回は第一志望の会社なので、申し訳ありませんが、お休みさせていただきたいと思います。

また、レポートは来週のゼミの時に提出してもよろしいでしょうか。

お手数をおかけして申し訳ございませんが、よろしくお願いします。

経済学部経営学科４年　高橋和人

**24**　メールの内容と合っているものはどれか。

1　就職説明会の日程のお知らせ

2　ゼミを欠席することの連絡

3　レポートについての質問

4　希望の会社に内定したことの報告

（2）

これは、国際交流会館で行われる「ふるさと市」のお知らせである。

---

国際交流会館「ふるさと市」のお知らせ

今年もふるさと市を開催します！！

日時：11月10日（土曜日）

時間：午前9時 ～ 午後2時

【販売できるもの】

① 留学生のみなさんが、国から持ってきた本や服などで、必要がなくなったもの

② 手作りのアクセサリー、絵、作品

※ 日本人の学生も参加できます。

※ 購入価格以上の値段で売ることは禁止です。

※ 食品の販売はできません。

たくさんのご参加をお待ちしています。

---

**25** ふるさと市では何をするか。

1 さまざまな国からの留学生が、国の料理を作って売る。

2 留学生や日本人学生が自国のリサイクル品を販売する。

3 学生の手作りの商品をオークション形式で販売する。

4 各国の留学生が民族衣装を着て、文化交流をする。

（3）

わたしが会社を作ったのは３年前です。以前は建築会社の営業社員だったのですが、自分の会社を持って、自分の力を試してみたいという夢をかなえるために、会社を辞めました。今は小さなリフォーム会社の社長をしています。会社員の時代には大変だったことも、自分の責任で会社を動かしていると考えると、大変だとは感じません。わたしは、どんな仕事でも社会のためになる仕事がしたいと考えています。利益（りえき）のためだけでなく、社会のために働くこと、地域で一番のリフォーム会社になることが今の目標です。

**26** 本文の内容と合っているものはどれか。

1 「わたし」は３年前に建築会社に就職しました。

2 「わたし」は前の仕事よりも、今の仕事のほうが大変だと感じます。

3 「わたし」は仕事を通じて社会の役に立ちたいと思っています。

4 「わたし」は会社のために働いて、将来は社長になりたいと思っています。

（4）

わたしの趣味は写真を撮ることですが、本格的なカメラを持っているわけではなく、携帯で撮っています。町で見つけた面白いものや、見た人がつい笑ってしまうような、そんな写真をよく撮っています。子どもや動物は、想像もしなかったような面白い写真が撮れることがあるので、よく撮ります。過去の記録（きろく）や思い出を残すために写真を撮る人も多いと思いますが、わたしは友達と一緒に笑うために写真を撮っているのです。

**27** この文章を書いた人はどうして写真を撮るのか。

1 子どもの成長を記録するため

2 写真を撮ることが面白いから

3 写真展を開きたいから

4 友達と笑いを共有するため

**問題５　つぎの（１）と（２）の文章を読んで、質問に答えなさい。答えは、１・２・３・４から最もよいものを一つえらびなさい。**

（1）

先日、わたしが家を出ようとすると、母が「今日、天気予報で雨だって。これ、持っていきなさい」と、わたしに傘を渡そうとしましたが、わたしは要らないと言い、そのまま出かけました。外に出ると、空は曇っていて、今にも雨が降りそうでした。そして、すぐに激しい雨が降ってきて、かばんをかさ代わりにして待ち合わせの駅まで走って行ったのですが、あっという間に服がびしょびしょになってしまいました。玄関先での不満そうな母の顔が頭に浮かびました。

わたしは荷物が増えるのが好きではありません。それに、まだ起きていないことを心配するのも好きではありません。雨がすでに降っていれば、傘は当然差して行きますが、降っていなければ持って行きません。だから、旅行に行くときに、洋服を汚すかもしれないとか、ホテルのシャンプーが髪に合わないかもしれないとか、けがをするかもしれないとか、そういったことを先に心配して、あれこれ大きい荷物を持ってくる友人を不思議に感じるぐらいです。でもその友人は、その心配性のおかげで、かばんの中にはいつもたくさんのものが入っているので、困ったときにみんなに頼りにされています。わたしも、友人のそんなところを見習わないといけないのかもしれません。

28 「わたし」が傘を要らないと言った理由は何か。

1 友人に借りればいいと思ったから

2 天気予報が当たらないと思っていたから

3 出るときには、雨が降っていなかったから

4 かばんの中にすでに入っていたから

29 不満そうな母の顔とあるが、母が不満そうな顔をしたのはなぜか。

1 天気が悪いのに「わたし」が出かけたから

2 「わたし」が母の助言（じょげん）を聞かなかったから

3 「わたし」が母と一緒に出かけなかったから

4 母は雨の日が好きではないから

30 そんなところとは、どんなところか。

1 心配性（しんぱいしょう）でいろんなものを持ち歩いているところ

2 やさしくて人を助けることが好きなところ

3 素直（すなお）で母の言うことをよく聞くところ

4 みんなのためによく働き、頼りがいのあるところ

（2）

わたしたちの町はゴミのポイ捨てが多い。通学路（つうがくろ）の途中には空き缶やペットボトルがたくさん捨てられている。見た目も悪いし、嫌な臭いがする。拾っても拾っても、次々に捨てられる。そこで、わたしはこういったゴミをどうしたらなくすことができるか考えてみた。

最初に考えたのは、町にポスターを貼（は）ることだ。ポスターを通して、ポイ捨てをやめるように市民として呼びかけるのだ。しかし、ポイ捨てがいけないことだというのは、多分みんな頭では分かっていて、それでもしているのを見ると、これが<u>いい方法かどうか分からない</u>。次に、罰金（ばっきん）を払わせるという方法を考えた。それには、カメラで撮影しなければならない。しかし、多数のカメラを設置するには莫大（ばくだい）な金額が必要で、あまり現実的でない。

では、ゴミ箱の設置はどうだろう。近くにゴミ箱があれば、わざわざ道路にポイ捨てすることはあまり考えにくい。ゴミ箱が近くにあるだけで、ゴミのポイ捨てがかなり減るのではないだろうか。しかし、この方法にも問題はあり、＿＿＿＿＿＿がその一つだ。ゴミ箱を燃えるゴミとリサイクル用の２つを置けば解決するが、それでは数を増やすのが大変だ。もし、この案が何かで採用されるならば、このあたりが課題となるだろう。

**31** いい方法かどうか分からないとあるが、それはなぜか。

1 ポスターを貼（は）るのに、時間やお金がかかるから

2 ポスターを貼（は）っても、あまり見る人がいないから

3 ポスターで呼びかけなくても、ポイ捨てはいけないと知っているから

4 ポスターを貼（は）る場所が、あまりないから

**32** この文章を書いた人が考えた方法と合うものはどれか。

1 ゴミを持ち帰るための袋を配布すること

2 道にゴミを捨てないように監視員を配置すること

3 ゴミ拾いのボランティアを導入すること

4 ゴミを捨てた人に、お金を払わせること

**33** ＿＿＿＿＿＿に入る言葉は何か。

1 費用をどうするか

2 分別をどうするか

3 数をどうするか

4 安全管理をどうするか

**問題6　つぎの文章(ぶんしょう)を読んで、質問に答えなさい。答えは、1・2・3・4から最もよいものをーつえらびなさい。**

わたしは日本に来てもう３年たちます。わたしが日本に来たばかりのとき、困ったことがたくさんありました。

ある日、わたしは昼ごはんを食べるために一人で学校の近くの店に入りました。食べ終わって支払いをしようとすると、お金を忘れたことに気がつきました。しまった、と思い、店員さんを呼びました。「財布を忘れたので、支払いができません。すみませんが、明日お金を払わせてもらえませんか」と言いたかったのですが、言葉が出てきません。そこでわたしは困った顔をしながら「お金、ないです。明日、明日」と言いました。店員さんは理解してくれましたが、小さい子どもになったような気がして、本当に恥ずかしかったです。

また、こんなこともありました。学校からの帰りにバスを乗り間違えて、知らない場所に来てしまったのです。あたりはもう真っ暗で、ここはどこだろう、どうやって帰ろう、と思いながら歩いていると、幸い交ばんを見つけました。しかし、交ばんで何と言っていいのか分かりません。「どうしましたか。何かお困りですか」と聞かれ、ようやく「バスが…どこ…わたしの家…」と言うと、おまわりさんが「住所、分かりますか」と言うので、あわててわたしの住所を書いた紙を見せると、「大丈夫ですよ」と言って、わたしをパトカーに乗せて家まで送り届けてくれました。

それからも、たくさんの困ったことがありました。でも、そのたびに、いろんな人が助けてくれました。わたしはたくさんの人の優しさに支えられて生きているのだとありがたく思います。だから、わたしも人の役に立ちたいです。

**34** この文章では何が原因で困ったことが書かれているか。

1 日本の文化が分からなかったこと

2 日本語ができなかったこと

3 日本人の友達がいなかったこと

4 まだ若かったこと

**35** 恥ずかしかったですとあるが、何が恥ずかしかったのか。

1 小さい子どもに笑われたこと

2 お金が足りなかったこと

3 言いたいことが店員に通じなかったこと

4 簡単な単語しか話せなかったこと

**36** 「バスが…どこ…わたしの家…」とあるが、本当は何と言いたかったのか。

1 バスがなくなったので、家に連れて行ってほしい。

2 バスを間違えたので、家への帰り方を教えてほしい。

3 家の場所が分からないので、わたしの家の住所を教えてほしい。

4 バスを降りる場所を間違えたので、家に連絡してほしい。

**37** この文章の内容と合っているものはどれか。

1 「わたし」は日本に来たばかりで日本語が上手でない。

2 「わたし」は日本語の問題で困ったときは英語で話す。

3 「わたし」は助けてくれたたくさんの人に感謝している。

4 「わたし」は日本語の勉強をしなかったことを後悔している。

**問題7　右のページは、「サマーキャンプ募集」の案内である。これを読んで、下の質問に答えなさい。答えは、1・2・3・4から最もよいものを一つえらびなさい。**

**38**　このキャンプが条件に合う人は何人いるか。

| A　アリさん | B　キムさん |
|---|---|
| a　日本の大学に在学中<br>b　日本人だけでなく、たくさんの国の友達を作りたい<br>c　社会人の友人と一緒に参加できるキャンプを探している | a　韓国の大学に在学中<br>b　夏休みに日本に行って、日本人の友達を作りたい<br>c　大学生が多く参加するキャンプを探している |
| C　広田（ひろだ）さん | D　長野（ながの）さん |
| a　大学１年生<br>b　英語だけの環境の中で英語の会話力をのばしたい<br>c　３泊４日で参加できるキャンプを探している | a　高校２年生<br>b　いろんな価値観（かちかん）を持った人たちと交流したい<br>c　３万円以内で行けるキャンプを探している |

1　０人

2　１人

3　２人

4　３人

**39**　このキャンプについて正しいものはどれか。

1　夏休みにみんなで勉強をするためのキャンプである。

2　募集の人数は特に決まっていない。

3　８月３日にキャンセルした場合、キャンセル料はかからない。

4　参加費を振り込むと、案内のパンフレットをもらうことができる。

## サマーキャンプ募集

ワールドサマーキャンプは、日本の高校生や大学生が、世界各地からの留学生と共に過ごすことで、お互い（たが）の文化や価値観（かちかん）を知り、共有することを目的としています。夏休みは勉強などで忙しい時期だと思いますが、国際交流はもちろん、学校だけでは出会えない、多くの友達ができ、想像以上の楽しさです。友達・兄弟を誘っての参加も大歓迎です。みなさまのご参加を心よりお待ちしています。

**【募集要項】**

日程：８月９日（火）～８月12日（金）
会場：青少年の家
募集対象：国内在住（ざいじゅう）の大学生、高校生、留学生（国籍（こくせき）は問いません）
　　　　　異文化交流に興味と意欲を持っている方
参加費：30,000円（参加費、交通費、国内旅行保険を含む）
募集締切（しめきり）：定員になりしだい終了

**【キャンセル料】**

| | |
|---|---|
| １週間前まで | なし |
| ３日前まで | 50％ |
| 前日・当日 | 全額 |

**【お問い合わせ】**

TEL：03－6206－1915（平日9：00～17：00）

**【参加までの流れ】**

① お電話でお申し込みをします。
② 指定口座へのお振込（ふりこ）みをします。
③ お支払いが確認できしだい、パンフレットを送付（そうふ）します。

※ 参加費は出発の10日前までにお振込（ふりこ）みください。

第4回

# N3

# 聴解（ちょうかい）

# （40分）

## 注　意
Notes

1. 試験が始まるまで、この問題用紙を開けないでください。
Do not open this question booklet until the test begins.

2. この問題用紙を持って帰ることはできません。
Do not take this question booklet with you after the test.

3. 受験番号（じゅけんばんごう）と名前を下の欄（らん）に、受験票（じゅけんひょう）と同じように書（か）いてください。
Write your examinee registration number and name clearly in each box below as written on your test voucher.

4. この問題用紙は、全部（ぜんぶ）で１３ページあります。
This question booklet has 13 pages.

5. この問題用紙にメモをとってもいいです。
You may make notes in this question booklet.

| 受験番号（じゅけんばんごう） Examinee Registration Number | |
|---|---|

| 名前 Name | |
|---|---|

# 問題 1

100

問題1では、まず質問を聞いてください。それから話を聞いて、問題用紙の1から4の中から、最もよいものを一つえらんでください。

## れい

1　8時45分

2　9時

3　9時15分

4　9時30分

## 1 ばん

101

1 箱を教室に運ぶ

2 部活に行く

3 箱の数を確認する

4 教室の窓を閉める



## 2 ばん

102

1 布の白いリュック

2 革の茶色いリュック

3 革の黒いリュック

4 布の黒いリュック

## 3ばん

103

1 食券を買う

2 店員にお金を払う

3 お金を両替する

4 銀行に行く

## 4ばん

104

1 都心のマンション

2 郊外のマンション

3 都心のアパート

4 郊外のアパート

## 5ばん

105

1 病院(びょういん)に行(い)く

2 薬(くすり)を飲(の)む

3 会社(かいしゃ)で休(やす)む

4 家(うち)に帰(かえ)る



## 6ばん

106

1 お弁当(べんとう)の材料(ざいりょう)を買(か)う

2 お弁当(べんとう)を作(つく)る

3 お菓子(かし)を買(か)う

4 洗濯(せんたく)をする

# 問題 2

107

問題 2 では、まず質問を聞いてください。そのあと、問題用紙を見てください。読む時間があります。それから話を聞いて、問題用紙の 1 から 4 の中から、最もよいものを一つえらんでください。

## れい

1 いそがしくて時間がないから

2 料理がにがてだから

3 ざいりょうがあまってしまうから

4 いっしょに食べる人がいないから

## 1ばん

108

1 日本円をドルに換えたい

2 日本円をユーロに換えたい

3 ドルを日本円に換えたい

4 ユーロを日本円に換えたい



## 2ばん

109

1 会社の商品が売れているから

2 新しい商品を考えなければならないから

3 山田さんの仕事もしているから

4 後輩が仕事でミスをしたから

## 3ばん

110

1 チケットが高いから

2 チケットが取れないから

3 コンサートの場所が遠いから

4 ＤＶＤのほうがよく見えるから

## 4ばん

111

1 新聞記者になるため

2 大学院に入るため

3 医者になるため

4 弁護士になるため

## 5 ばん

1 絵
2 野球
3 水泳
4 絵と水泳



## 6 ばん

1 クラス会の連絡をするため
2 仕事を紹介するため
3 久しぶりに話がしたかったから
4 映画に誘うため

# 問題 3

問題 3 では、問題用紙に何もいんさつされていません。この問題は、ぜんたいとしてどんなないようかを聞く問題です。話の前に質問はありません。まず話を聞いてください。それから、質問とせんたくしを聞いて、1 から 4 の中から、最もよいものを一つえらんでください。

ー メモ ー

# 問題4

問題4では、えを見ながら質問を聞いてください。やじるし(➡)の人は何と言いますか。1から3の中から、最もよいものを一つえらんでください。

## れい

## 1ばん

## 2ばん

## 3ばん

## 4ばん

# 問題5

**問題5では、問題用紙に何もいんさつされていません。まず文を聞いてください。それから、そのへんじを聞いて、1から3の中から、最もよいものを一つえらんでください。**

－メモ－

# JLPT
# N3
## 實戰模擬考題 第5回

# 實戰模擬測驗計分卡

計分卡可以用來確認自己的實力落在什麼樣的程度。
實際測驗時，因為是採取相對評分的方式，故可能產生誤差。

## 言語知識（文字・語彙・文法）

| | | 配分 | 滿分 | 答對題數 | 分數 |
|---|---|---|---|---|---|
| 文字・語彙 | 問題 1 | 1 分 8 題 | 8 | | |
| | 問題 2 | 1 分 6 題 | 6 | | |
| | 問題 3 | 1 分 11 題 | 11 | | |
| | 問題 4 | 1 分 5 題 | 5 | | |
| | 問題 5 | 1 分 5 題 | 5 | | |
| 文法 | 問題 1 | 1 分 13 題 | 13 | | |
| | 問題 2 | 1 分 5 題 | 5 | | |
| | 問題 3 | 1 分 5 題 | 5 | | |
| 合計 | | | 58 分 | | |

※ 得分計算：言語知識（文字・語彙・文法）[　]分 ÷58×60 = [　]分

## 讀解

| | | 配分 | 滿分 | 答對題數 | 分數 |
|---|---|---|---|---|---|
| 讀解 | 問題 4 | 3 分 4 題 | 12 | | |
| | 問題 5 | 4 分 6 題 | 24 | | |
| | 問題 6 | 4 分 4 題 | 16 | | |
| | 問題 7 | 4 分 2 題 | 8 | | |
| 合計 | | | 60 分 | | |

## 聽解

| | | 配分 | 滿分 | 答對題數 | 分數 |
|---|---|---|---|---|---|
| 聽解 | 問題 1 | 2 分 6 題 | 12 | | |
| | 問題 2 | 2 分 6 題 | 12 | | |
| | 問題 3 | 3 分 3 題 | 9 | | |
| | 問題 4 | 2 分 4 題 | 8 | | |
| | 問題 5 | 2 分 9 題 | 18 | | |
| 合計 | | | 59 分 | | |

※ 得分計算：聽解 [　]分 ÷59×60 = [　]分

# N3

# 言語知識（文字・語彙）

# （30ぷん）

## ちゅうい
Notes

1. しけんが　はじまるまで、この　もんだいようしを　あけないで　ください。
   Do not open this question booklet until the test begins.

2. この　もんだいようしを　もって　かえる　ことは　できません。
   Do not take this question booklet with you after the test.

3. じゅけんばんごうと　なまえを　したの　らんに、じゅけんひょうと　おなじように　かいて　ください。
   Write your examinee registration number and name clearly in each box below as written on your test voucher.

4. この　もんだいようしは、ぜんぶで　7ページ　あります。
   This question booklet has 7 pages.

5. もんだいには　かいとうばんごうの　1、2、3　…が　ついて　います。かいとうは、かいとうようしに　ある　おなじ　ばんごうの　ところに　マークして　ください。
   One of the row numbers 1, 2, 3 … is given for each question. Mark your answer in the same row of the answer sheet.

| じゅけんばんごう　Examinee Registration Number | |
|---|---|

| なまえ　Name | |
|---|---|

**問題1　＿＿＿のことばの読み方として最もよいものを、1・2・3・4から一つえらびなさい。**

1　毎日犬のシートを変えるのは面倒です。

1 めんどう　2 めんとう　3 めいどう　4 めいとう

2　会議が終わったら、電気を消してください。

1 うつして　2 しめして　3 さして　4 けして

3　応援するために、かるく肩をたたいてあげました。

1 あき　2 かた　3 あくび　4 いき

4　妹はしょうらい偉い人になりたいそうです。

1 えらい　2 にがい　3 いい　4 ありがたい

5　友人に子どもが生まれて、お祝いのプレゼントを買いました。

1 おさいわい　2 おねがい　3 おいわい　4 おしまい

6　自然環境を求めてこの町に来ました。

1 もとめて　2 みとめて　3 まとめて　4 つとめて

7　最近うちの近くで大きい事件がよく起きます。

1 じじょう　2 じこ　3 じけん　4 じたい

8　10年後、この会社で成功したいです。

1 じっこう　2 じょうこ　3 せいこう　4 せんこう

**問題２　＿＿＿のことばを漢字で書くとき、最もよいものを、１・２・３・４から一つえらびなさい。**

**9**　このこうこくで、新商品に人気があつまっている。

1　広告　　2　公伝　　3　拾告　　4　宣伝

**10**　レストランのメニューにきんがくが書いてありません。

1　金須　　2　金頭　　3　金額　　4　金顔

**11**　彼の音楽を聞くといつもねむくなります。

1　疲く　　2　寝く　　3　眼く　　4　眠く

**12**　この写真集にはふしぎな動物がいっぱいのっている。

1　不思疑　　2　不思擬　　3　不思義　　4　不思議

**13**　子どもが花びんをつよくなげました。

1　投げました　　2　曲げました　　3　割げました　　4　払げました

**14**　もう一度テストを受けるきかいをあたえたいです。

1　機械　　2　機会　　3　期回　　4　期会

**問題3　（　　　　）に入れるのに最もよいものを、1・2・3・4から一つえらびなさい。**

15　この薬には、頭痛に特によく（　　　　）成分が入っています。

1　聞く　　2　効く　　3　解く　　4　書く

16　公園の近くを通りたいんですが、道が（　　　　）車は通れません。

1　こまかくて　　2　ひろくて　　3　ほそくて　　4　ちいさくて

17　どんなに大変でも、先生になるという夢は（　　　　）ください。

1　とめないで　　2　とまらないで

3　うんざりしないで　　4　あきらめないで

18　この町は海に近く、外国との（　　　　）によって発展してきたそうです。

1　貿易　　2　交通　　3　環境　　4　留学

19　多くの学生と両親から（　　　　）される教師になりたいと思っています。

1　尊敬　　2　反対　　3　参加　　4　賛成

20　面接試験でいい印象を（　　　　）ためには、表情も服も重要です。

1　あげる　　2　うける　　3　くれる　　4　あたえる

21　最近目が悪くなってきたのは、年を（　　　　）せいであると思う。

1　過ぎた　　2　取った　　3　明けた　　4　食べた

22　火を消すのを忘れていたので、やいていた魚が（　　　　）しまった.

1　こわれて　　2　かれて　　3　こげて　　4　とけて

23　資料が（　　　　）にならないようにクリップをつけました。

1　ばらばら　　2　うきうき　　3　にこにこ　　4　はらはら

24　入り口で発表会の（　　　　）を受け取ったら席にお座りください。

1　ノック　　2　マンション　　3　パスポート　　4　パンフレット

25　わたしはすっぱいものが（　　　　）なので、みかんはあまり食べません。

1　清潔　　2　苦手　　3　上手　　4　頑丈

**問題４　＿＿＿に意味が最も近いものを、１・２・３・４から一つえらびなさい。**

**26**　このサイトは旅行プランを立てるのにとても便利です。

1　意見　　2　理由　　3　計画　　4　決まり

**27**　明日大事な試験があるので、本田（ほんだ）さんはおそらくパーティーに出席しないだろう。

1　たしかに　　2　たぶん　　3　たとえ　　4　もちろん

**28**　急に必要となったので、友達にしゃっきんをしました。

1　お金を貸しました　　2　お金をあげました
3　お金を借りました　　4　お金をもらいました。

**29**　牛乳を飲みやすくするために温めました。

1　味をあまくしました　　2　味をにがくしました
3　温度をひくくしました　　4　温度を高くしました

**30**　昨日はやることがなくてとてもつまらない一日だった。

1　おもしろい　　2　たのしい
3　かなしい　　4　たいくつな

**問題5　つぎのことばの使い方として最もよいものを、1・2・3・4から一つえらびなさい。**

31　中身

1　図書館は小学校の中身に位置しています。

2　母には中身で父と映画を見に行ってきました。

3　台風は山の中身地位まで影響（えいきょう）を与（あた）えた。

4　あの箱の中身が何か知っていますか。

32　仲直り

1　先日出したレポートの日本語を仲直りしてもらった。

2　テレビの画面がでないので、仲直りしてください。

3　手にけがをしたので、病院に行って医者に仲直りしてもらった。

4　友達とけんかをしてしまったので、謝って仲直りしたい。

33　囲む

1　現代の人間はコンピューターに囲まれて他人とあまり話さなくなっている。

2　カメラを囲んで見ると、ものが違って見えるときがあります。

3　母の誕生日プレゼントを店員にきれいに囲んでくれるように頼みました。

4　来年の予算は２おくえんを囲むと言われています。

34　立派

1　彼女は目立つことが好きで、いつも立派な服を着ている。

2　最近国際交流もだんだん立派になっている。

3　時間がすぎてパーティーはだんだん立派になってきった。

4　彼は確かに立派な人だと思うけど、今回のことに関してだけは間違っていると思う。

35　ふせぐ

1　全部食べ終わったお皿は店員に頼んでふせいでもらいました。

2　現在のわたしたちにとって、もっとも重要なことは地球環境をふせぐことです。

3　この道路でよく起きる交通事故をふせぐために地域の代表が集まって話し合いをしている。

4　子どもが近くでふせいでいるのかうるさくて昼寝（ひるね）ができない。

# N3

# 言語知識（文法）・読解

# （70分）

## 注　　意
Notes

1. 試験が始まるまで、この問題用紙を開けないでください。
Do not open this question booklet until the test begins.

2. この問題用紙を持って帰ることはできません。
Do not take this question booklet with you after the test.

3. 受験番号と名前を下の欄に、受験票と同じように書いてください。
Write your examinee registration number and name clearly in each box below as written on your test voucher.

4. この問題用紙は、全部で１８ページあります。
This question booklet has 18 pages.

5. 問題には解答番号の 1 、 2 、 3 …が付いています。解答は、解答用紙にある同じ番号のところにマークしてください。
One of the row numbers 1, 2, 3 … is given for each question. Mark your answer in the same row of the answer sheet.

| 受験番号　Examinee Registration Number | |
|---|---|

| 名前　Name | |
|---|---|

**問題1　つぎの文の（　　　　）に入れるのに最もよいものを、1・2・3・4から一つえらびなさい。**

**1**　奥さんがやせたほうがいいと何度も言いましたが、田中（たなか）さんは（　　　　）心配していませんでした。

1　必ず　　2　非常に　　3　かえって　　4　あまり

**2**　鈴木（すずき）さんは仕事の時間が変わってから、夜遅く食事をする（　　　　）なって1年で10キロも太りました。

1　ために　　2　ように　　3　うちに　　4　あいだに

**3**　A町の図書館には、本（　　　　）、雑誌やCDなどもおいてある。

1　によって　　2　に比べて　　3　のことで　　4　のほかに

**4**　わたしは明日から話し方が学べる学校に通う（　　　　）と決めました。

1　ようになろう　　2　ことになる　　3　ことにしよう　　4　ことがある

**5**　もしあなたが（　　　　）、わたしも一緒に歌います。

1　歌いながら　　2　歌ったら　　3　歌っても　　4　歌うと

**6**　（道で）

A「明日、息子さんとうちに遊びに来ませんか。」

B「ありがとうございます。何時（　　　　）がいいですか。」

1　しか　　2　だけ　　3　ごろ　　4　ばかり

**7**　今朝の天気予報によると今年の冬は去年の冬よりあまり（　　　　）です。

1　寒くならないそう　　2　寒くなるらしい

3　寒いらしい　　4　寒くするそう

**8**　（学校で）

学生「先生、先に出したレポートを（　　　　　）。」

先生「あ、あの説明じゃちょっと分かりにくいな。」

学生「では、もう一度書いてきます。」

1　読んでいただけましたか　　2　お読みしましたか

3　拝見しましたか　　4　うかがいましたか

**9**　A「あのう、すみません、何か書くものを貸してくれませんか。」

B「こんなボールペンで（　　　　　）どうぞ。

1　いいと　　2　よくても　　3　いいけど　　4　よければ

**10**　お母さんは、前からフランスに（　　　　　）と言ってたので今回一緒に旅行するつもりです。

1　行きたがる　　2　ほしがる　　3　行きたい　　4　ほしかった

**11**　A「東京(とうきょう)銀行の山下(やました)と申しますが、山本(やまもと)課長は（　　　　　）。」

B「お約束ですか。」

1　おりますか　　2　ご覧になりますか。

3　まいりますか　　4　いらっしゃいますか

**12**　最低限(さいていげん)のコミュニケーションの技術(ぎじゅつ)は強制的にでも子どもに（　　　　　）と思う。

1　覚えるようになれる　　2　覚えさせなければならない

3　覚えさせられなければならない　　4　覚えられるようにさせる

**13**　やせるために朝ごはんをたくさん食べ、晩ごはんは少なくしたり、野菜を多くして、肉はなるべく（　　　　　）います。

1　食べるようになって　　2　食べられるようになって

3　食べるようにして　　4　食べないようにして

**問題 2　つぎの文の ＿★＿ に入れる最もよいものを、1・2・3・4 から一つえらびなさい。**

---

（問題例）

つくえの ＿＿＿ ＿＿＿ ＿★＿ ＿＿＿ あります。

1 が　　2 に　　3 上　　4 ペン

（解答のしかた）

1. 正しい答えはこうなります。

| つくえの ＿＿＿ ＿＿＿ ＿★＿ ＿＿＿ あります。<br>3 上　2 に　4 ペン　1 が |
|---|

2. ＿★＿ に入る番号（ばんごう）を解答（かいとう）用紙にマークします。

（解答用紙）

| (例（れい）) | ①　②　③　● |
|---|---|

---

**14**　清水（しみず）さんは旅行に ＿＿＿ ＿＿＿ ＿★＿ ＿＿＿ くれる。

1　おみやげを　　2　買ってきて　　3　たびに　　4　行く

**15**　（電話で）

A「もしもし、みほ、ごめん。 ＿＿＿ ＿＿＿ ＿★＿ ＿＿＿ 進まない。
約束の時間に結構（けっこう）遅れそう。」

B「あ、そう。分かった。」

1　道が渋滞していて　　2　全然前に

3　車が　　4　工事のせいで

**16** もう少しお金が ＿＿＿ ＿＿＿ ＿★＿ ＿＿＿ 思います。

1 行こう　2 世界旅行に　3 と　4 たまったら

**17** 休みの日は、出かけて友達と食事をしたり映画を ＿＿＿ ＿＿＿、＿★＿ ＿＿＿ 一日中家ですごしています。

1 か　2 見にいったりする

3 どこにも出かけずに　4 または

**18** 今回の彼の新作は、友情がテーマになっている ＿＿＿ ＿＿＿ ＿★＿ ＿＿＿ 大きく違う。

1 発表されてきた　2 という点で

3 彼の作品とは　4 これまでに

**問題3　つぎの文章を読んで、文章全体の内容を考えて、［19］から［23］の中に入る最もよいものを、1・2・3・4から一つえらびなさい。**

日本の電車

日本では電車は、「快速」「急行」「各駅」などに分けられています。でも、日本で、はじめて電車に乗ったとき、わたしはその言葉の意味がまだ分かりませんでした。それで、電車を分けずに［19］。

あさ、出勤するとき、ホームの決められた場所でよく見ないで来た電車にそのまま乗りました。それでも目的地にきちんと着きました。［20］、夕方帰宅するときは、わたしが降りる駅に止まらず過ぎていってしまいました。

その日の夜、友達は止まる駅が一番少ないのは「快速」、その次は「急行」、すべての駅にとまるのが「各駅」だと説明してくれました。電車の中には追加料金をはらう電車［21］あるそうです。でも、それを理解してうまく使えば、通勤時間が短くできるということが分かりました。

今はもう慣れて、うまく［22］が、それでも時々急いでいるときは間違えて［23］。

**19**

1 乗ってしまったのです

2 乗ってしまったからです

3 乗ってしまったかもしれません

4 乗ってしまったからかもしれません

**20**

1 また　　2 たとえば　　3 それに　　4 ところが

**21**

1 も　　2 と　　3 だけ　　4 より

**22**

1 使えることになりました

2 使えるようになりました

3 使おうと思っています

4 使えるだろうと思います

**23**

1 乗るだろうと思います

2 乗ったのでしょうか

3 乗ったことがあります

4 乗ってしまったりします

**問題4　つぎの（1）から（4）の文章を読んで、質問に答えなさい。答えは、1・2・3・4から最もよいものを一つえらびなさい。**

（1）

これは、山根部長が部下へ送ったメールである。

プレゼンテーション準備の件

先日のプレゼンテーション、お疲れ様でした。

よかった点、また、気になった点がありましたので、次回のために、参考にしてください。

よかった点は声の大きさと、話すときの態度です。コミュニケーションがよく取れていて、取引先も興味を持って聞いてくれていました。ただ、資料の量は調節が必要です。情報が多すぎて、逆にポイントが分かりにくくなっていました。

全体的にはよかったと思いますので、この調子で次回も頑張ってください。

山根

**24**　部下が直さなければならない点は何か。

1　相手に分かりやすいように大きな声で話すこと

2　資料を減らして、ポイントを明確にすること

3　もっと写真などを多く入れて、見やすい資料にすること

4　相手ともっと積極的なコミュニケーションをとること

（2）

これはバレーボールのメンバー募集の広告である。

メンバー募集

湘南(しょうなん)クラブでは一緒にバレーボールをする仲間を募集しています。

3ヵ月後の試合に出てくれるメンバーが足りなくて困っています。

わたしたちに力を貸してください！

練習日：毎週水曜日・土曜日

場所：梅(うめ)が丘(おか)小学校　体育館

会費：月1,000円

試合前なので休まず参加できる、やる気のある方。

経験者の方なら週末だけでもかまいません。

初めての方もやさしいコーチが一からていねいに教えます。

ご希望の方はまずはお気軽(きがる)に見学に来てください。

ご連絡をお待ちしています。

**25**　このクラブでは、どんな人を募集しているか。

1　未経験者で、練習に必ず参加できる人

2　経験者で、バレーボールを教えることができる人

3　未経験者で、土曜日だけ練習に参加できる人

4　バレーボールが上手で試合だけでも出れる人

（3）

今年70になる母を見ていて、いつもすごいなあと思うことがあります。飛行機や電車の中で隣に座った人や、スーパーでちょっと立ち話をした人など、短い時間でも誰とでもすぐに仲良くなってしまうことです。それも、同年代の人だけでなく、40代でも30代でも関係ありません。母に「コツ」を聞くと、あまり年齢は考えないで、自分のほうから積極的に話しかけて、相手に興味を持つことかしらね、と答えてくれました。

26　すごいなあと思うことがありますとあるが、それは何か。

1　スーパーで安い品物を見つけること

2　どこへでも、積極的に旅行に行くこと

3　すぐに誰とでも親しくなること

4　どんなことにでも興味を持つこと

（4）

昨日、学校の帰りに、ある小さな個人商店で飲み物を買いました。それは５つの飲み物が１パックになっているものです。とてものどが渇いていたので、すぐに１つ飲んだのですが、家に帰ってから、もう１つ飲もうとしたとき、賞味期限（しょうみきげん）が５日も過ぎていることに気がつきました。お腹を壊さないかと心配しながら、残りの４つを持ってお店に行きました。お店の人は棚の中から新しい商品を取り出し、わたしにくれました。

**27** お店に行きましたとあるが、なぜお店に行ったのか。

1 のどが渇いたので、飲み物を買うために行った。

2 お店の商品でお腹を壊したので文句を言いに行った。

3 お店で買った商品が古かったので新しいものに交換してもらいに行った。

4 お店で買った商品の数が足りなかったのでもらいに行った。

**問題５　つぎの（1）と（2）の文章を読んで、質問に答えなさい。答えは、1・2・3・4から最もよいものを一つえらびなさい。**

（1）

わたしが初めて台湾を訪れたとき、季節は夏でとにかく暑かった。ファンだった歌手の握手会があると聞き、すぐに飛行機のチケットを取ったのだ。当日、会場に少し早く着きすぎてしまったわたしは、何をして時間をつぶそうかと考えた。おいしい料理やスイーツもいいと思ったが、台湾に来たら一度行ってみたい場所があった。それはある映画の舞台となった場所で、景色が非常に美しく、ぜひそこで記念撮影をしたいと思った。幸い何とか歩ける距離だったので、地図を片手にわたしは歩き始めた。

しかし、思った以上の暑さで持っていた水はすぐになくなった。道もよく分からない。本当にたどり着けるのかと＿＿＿＿＿＿歩いていると、小さな会社の前を通りかかった。たまたま人がいたので、地図を指差しながら、「ここに行きたい」と下手な中国語で話すと、ここをまっすぐ行くと、丘があるからそこを登ると一番上にある、と教えてくれた。

わたしは暑さで倒れそうになりながらひたすら歩いた。そして、坂の入り口まで来ると、なぜか、さっきの人がバイクを止めて立っていた。そしてわたしの姿を見つけると、この坂は歩いて登るのは大変だから、と言い、わたしを乗せてくれたのだ。わたしはとても感動して、お礼を言った。このことは今でもずっと忘れられない思い出だ。

28 「わたし」が台湾（たいわん）に行った目的は何か。

1 好きな歌手のイベントに参加するため

2 おいしい料理やスイーツを食べるため

3 映画の舞台で写真を撮るため

4 実際に中国語を使ってみるため

29 ＿＿＿＿＿＿に入ることばとして適切なものは何か。

1 感動しながら

2 わくわくしながら

3 店を探しながら

4 不安になりながら

30 このこととはどんなことか。

1 気温がとても高く、つらかったこと

2 美しい景色の前で写真を撮ったこと

3 現地の人が親切にしてくれたこと

4 わたしの中国語が通じたこと

（2）

わたしの先生は物を大切にする人です。穴のあいたくつ下はていねいに直してはき、何年も同じ服を大切に着ます。先生のだんなさんも同じように物を大切にする人だそうです。

ある日二人で、お金をおろしに銀行へ行った帰り，後ろから来た男にいきなりお金の入った封筒を奪（うば）われてしまったことがあったそうです。中には数百万円もの大金が入っていました。あわてて交番に届けに行ったのですが、二人の着ているものがあまりにも質素（しっそ）だったので、「そんな大金を持っていたはずがない」と、おまわりさんに信じてもらえなかったそうです。

このおまわりさんのような人は多いと思います。人が人を判断するとき、持っているものや着ている服、家庭の環境、学歴（がくれき）、成績などでその価値を判断することがよくあると思います。でも、わたしは、できることが多い人や持っている物が多い人が偉（えら）いわけではないと思っています。だから、そういうことで人に対する態度を変える人はあまり心がきれいではないと思います。誰にでも変わらず接することのできる、暖かい心を持った人が本当に価値のある人なのではないでしょうか。

**31** 二人の身なりがあまりにも質素(しっそ)だったのはなぜか。

1 着るものに興味がないから

2 新しい服を買うお金がないから

3 同じ服を大事に着続けていたから

4 男に服を盗まれてしまったから

**32** このおまわりさんのような人とはどんな人か。

1 自分の仕事をきちんとしない人

2 すぐに嘘をつく人

3 人の話を信じない人

4 人を外見で判断する人

**33** この文章を書いた人の考えと合っているものはどれか。

1 人の価値は心で決まる。

2 価値のない人間はいない。

3 家庭環境は大事である。

4 収入と学歴(がくれき)は関係がない。

**問題６　つぎの文章を読んで、質問に答えなさい。答えは、１・２・３・４から最もよいものをーつえらびなさい。**

飛行機の中で具合が悪くなる人は、１つの航空会社だけでも、毎年２００人を超えます。

５～６年前、国際線の飛行機に乗ったときのことです。乗務員さんが「お客様の中に、お医者様はいらっしゃいませんか。」と言いながら、席を回っていました。しかし、誰も手を上げる人がいませんでした。それは、そのとき本当に医者がいなかったからかもしれません。でも、ひょっとしたら、乗っていても名乗り出なかっただけかもしれません。

わたしの知り合いに医者がいます。医者はいつでも人を助けたいという気持ちを持っているそうですが、それでも飛行機で名乗り出るには少し迷うそうです。それは、飛行機の中の医療機器がきちんと揃っていないからです。患者を診るための機器が十分でないので、正しく診断することもできないし、正しく処置をすることも難しいのです。そして、十分な医療行為ができないまま、亡くなってしまった場合、または悪化してしまった場合、その医者が訴えられる可能性もあります。医者にとっても難しい選択なのです。また、わたしたちの立場から考えても、「わたしは医者です」と言って出てきた人が、本当に医者かどうかを確認することができないのは、恐ろしいことだと思います。

最近、航空会社への医者の登録制度ができたそうです。これによって、事前に飛行機の中に医者がいるかどうかが分かっている状態になりました。でも、日本に３０万人いる医者の中で、この制度に登録している医者は６，０００人で、あまり多いとはいえません。それは、先ほど述べた問題が一番大きな原因です。

今後、この問題が解決して、登録する医者が増えれば、より安心して飛行機に乗ることができるようになるかもしれません。ただ、何よりも重要なことは、海外旅行をしたり、用事があって飛行機に乗るときなどに、自分の体調をよく見極めることだと思います。ときにはキャンセルしたり、延期したりすることも必要です。自分の体は自分が守るという気持ちが大事だと思います。

**34** 乗っていても名乗り出なかっただけかもしれませんとあるが、この文章を書いた人はなぜそう考えるのか。

1 医者も、お金をもらわないで働きたくないだろうから
2 施設の整っていない飛行機で患者を診るのはリスクがあるから
3 本物の医者かどうか疑われるのが嫌だと思うから
4 旅行中に仕事をするのは面倒だと思うから

**35** 医者の登録制度ができたことによって、どんな問題が解決するか。

1 飛行機の中で高度な医療行為をすることができる。
2 病人が発生してから医者を探す必要がなくなる。
3 いつでも安心して飛行機に乗ることができる。
4 飛行機の中に必ず医者が乗るようになる。

**36** 登録する医者を増やすためにはどうしたらいいと言っているか。

1 登録制度を簡単にする。
2 患者を診察した医者にお金を払う。
3 患者を正しく見るための施設を整える。
4 登録した医者の飛行機代を無料にする。

**37** この文章を書いた人が一番大切だと思っていることは何か。

1 飛行機に乗る人自身が自分の健康状態を知って判断すること
2 より多くの医者が登録制度に参加すること
3 医者が人を助けたいという気持ちをもっと強く持つこと
4 飛行機の中で具合が悪くなったら、すぐに乗務員に伝えること

**問題 7　右のページは、大学の大学会館に掲示された「アルバイトの求人広告」である。これを読んで、下の質問に答えなさい。答えは、1・2・3・4から最もよいものを一つえらびなさい。**

**38**　大学生のひろこさんは、子どもや動物が好きで、どちらかに関わるアルバイトがしたいと思っている。動物に関する専門知識、子どもの教育に関する専門知識はない。学校があるので、週に２、３回を希望。パソコンのスキルはない。ひろこさんの条件に合うアルバイトはどれか。

1　①　　2　②　　3　③　　4　④

**39**　掲示された求人広告に応募したい場合、学生はまず、何をしなければならないか。

1　学生会館に連絡をして、企業などに連絡を取ってもらう。
2　アルバイトを希望する企業などに自分で連絡を取る。
3　学生会館で、雇用契約書（こようけいやくしょ）を発行してもらう。
4　アルバイトを希望する企業に、雇用契約書（こようけいやくしょ）を送る。

### ◉　アルバイト①　ペットショップ

・仕事内容：接客(せっきゃく)、清掃、散歩などのペットのお世話
・時給：950円
・土日できる方大歓迎(だいかんげい)
・週４日、５時間以上できる方

### ◉　アルバイト②　塾(じゅく)の講師(こうし)

・仕事内容：小学生の算数、国語の指導
・時給：1,500円
・週３回、１回60分

### ◉　アルバイト③　動物病院

・仕事内容：動物病院の受付、清掃
・時給：800円
・週１回から可能(かのう)
・ワード、エクセルできる方
・未経験者可能(かのう)

### ◉　アルバイト④　ペンション

・仕事内容：ペンション内のレストランで調理補助(ちょうりほじょ)
・時給：1,050円
・１日８時間労働(ろうどう)
・施設内の寮(りょう)に住み込みで働きます。光熱費(こうねつひ)、食費は無料です。

### ―　学生のみなさんへ　―

・大学会館事務所は大学より、アルバイトの求人情報の掲示を委託(いたく)されています。
・希望するアルバイトがある場合は、自分で直接連絡をしてください。
・採用された場合は、必ず雇用契約書(こようけいやくしょ)をもらってください。ない場合の契約(けいやく)はしないでください。
・採用後に、大学１階の大学会館まで、ご連絡お願いします。

# N3

# 聴解

# （40分）

## 注　意
Notes

1. 試験が始まるまで、この問題用紙を開けないでください。
Do not open this question booklet until the test begins.

2. この問題用紙を持って帰ることはできません。
Do not take this question booklet with you after the test.

3. 受験番号と名前を下の欄に、受験票と同じように書いてください。
Write your examinee registration number and name clearly in each box below as written on your test voucher.

4. この問題用紙は、全部で１３ページあります。
This question booklet has 13 pages.

5. この問題用紙にメモをとってもいいです。
You may make notes in this question booklet.

| 受験番号　Examinee Registration Number | |
|---|---|

| 名 前　Name | |
|---|---|

# 問題(もんだい) 1

問題(もんだい)1では、まず質問(しつもん)を聞(き)いてください。それから話(はなし)を聞(き)いて、問題用紙(もんだいようし)の1から4の中(なか)から、最(もっと)もよいものを一(ひと)つえらんでください。

## れい

1　8時(じ)45分(ふん)

2　9時(じ)

3　9時(じ)15分(ふん)

4　9時(じ)30分(ぷん)

## 1 ばん

134

1 配達を頼む

2 外食をする

3 料理教室に行く

4 コンビニのお弁当を食べる

## 2 ばん

135

1 ボールペンを交換する

2 ボールペンを修理する

3 違うデザインのものを買う

4 お金を返してもらう

## 3ばん 136

1 ビール

2 ジュース

3 ピザ

4 お菓子

## 4ばん 137

1 Ｓサイズを買う

2 他のワンピースを買う

3 試着してから決める

4 何も買わない

## 5 ばん

138

1 肉

2 テント

3 食器

4 車

## 6 ばん

139

2

3

4

# 問題 2

140

**問題 2 では、まず質問を聞いてください。そのあと、問題用紙を見てください。読む時間があります。それから話を聞いて、問題用紙の 1 から 4 の中から、最もよいものを一つえらんでください。**

## れい

1 いそがしくて時間がないから

2 料理がにがてだから

3 ざいりょうがあまってしまうから

4 いっしょに食べる人がいないから

## 1 ばん

141

1 サークルが遅く終わったから
2 電車の事故があったから
3 バスが渋滞していたから
4 友達とご飯を食べていたから

## 2 ばん

142

1 飾るのが好きではないから
2 めんどうくさいから
3 ペットが写真を倒すから
4 見せるのが恥ずかしいから

## 3ばん

143

1 先生が親切だから

2 あまり待たなくていいから

3 院長と知り合いだから

4 お菓子をくれるから

## 4ばん

144

1 水に住む生き物の絵

2 川をきれいにするアイデア

3 海をテーマにした作文

4 魚の面白い写真

## 5ばん

145

1 食事を減らす

2 階段を利用する

3 スポーツをする

4 甘いものを食べない

## 6ばん

1 バスに乗る

2 タクシーに乗る

3 歩く

4 迎えに来てもらう

# 問題3

問題3では、問題用紙に何もいんさつされていません。この問題は、ぜんたいとしてどんなないようかを聞く問題です。話の前に質問はありません。まず話を聞いてください。それから、質問とせんたくしを聞いて、1から4の中から、最もよいものを一つえらんでください。

－ メモ －

# 問題4

問題４では、えを見ながら質問を聞いてください。やじるし（➡）の人は何と言いますか。1から3の中から、最もよいものを一つえらんでください。

## れい

## 1 番（ばん）

## 2 番（ばん）

## 3番（ばん）

154

## 4番（ばん）

# 問題 5

問題 5 では、問題用紙に何もいんさつされていません。まず文を聞いてください。それから、そのへんじを聞いて、 1 から 3 の中から、最もよいものを一つえらんでください。

ーメモー

J L P T

# N3 實戰模擬考題 第1回 解答

## 言語知識（文字・語彙） P. 11

問題 1　1 ②　2 ①　3 ①　4 ③　5 ④　6 ②　7 ④　8 ①

問題 2　9 ④　10 ④　11 ①　12 ③　13 ②　14 ①

問題 3　15 ④　16 ③　17 ④　18 ④　19 ③　20 ①　21 ③　22 ②　23 ④　24 ④　25 ①

問題 4　26 ①　27 ③　28 ①　29 ②　30 ④

問題 5　31 ②　32 ③　33 ④　34 ②　35 ①

---

## 言語知識（文法）・讀解 P. 19

問題 1　1 ④　2 ②　3 ①　4 ④　5 ①　6 ②　7 ③　8 ②　9 ①　10 ④　11 ③　12 ②　13 ③

問題 2　14 ② (3124)　15 ② (4123)　16 ① (4213)　17 ③ (4132)　18 ④ (1243)

問題 3　19 ③　20 ①　21 ②　22 ④　23 ③

問題 4　24 ④　25 ③　26 ③　27 ②

問題 5　28 ③　29 ④　30 ①　31 ④　32 ②　33 ④

問題 6　34 ②　35 ③　36 ④　37 ①

問題 7　38 ④　39 ②

---

## 聽解 P. 39

問題 1　1 ③　2 ①　3 ③　4 ④　5 ③　6 ①

問題 2　1 ②　2 ①　3 ④　4 ①　5 ①　6 ③

問題 3　1 ③　2 ②　3 ③

問題 4　1 ①　2 ②　3 ①　4 ③

問題 5　1 ②　2 ①　3 ③　4 ①　5 ③　6 ②　7 ①　8 ①　9 ②

## 問題１　P. 40

001

**問題１では、まず質問を聞いてください。それから話を聞いて、問題用紙の１から４の中から、最もよいものを一つえらんでください。**

### れい

**ホテルで会社員の男の人と女の人が話しています。女の人は明日何時までにホテルを出ますか。**

M　では、明日は、９時半に事務所にいらしてください。

F　はい、ええと、このホテルから事務所まで、タクシーでどのぐらいかかりますか。

M　そうですね、３０分もあれば着きますね。

F　じゃあ、９時に出ればいいですね。

M　あ、朝は道が混むかもしれません。１５分ぐらい早めに出られたほうがいいですね。

F　そうですか。じゃあ、そうします。

**女の人は明日何時までにホテルを出ますか。**

### 1ばん

002

**レストランで女の人が注文をしています。女の人はいくら支払いますか。**

F　すみません。ランチセットにコーヒーは付いてるんですか。

M　いいえ。ランチはすべて８００円なんですが、コーヒーとデザートは別で、それぞれプラス１００円ずつで付けることができます。

F　あ、じゃあ、両方お願いします。コーヒーを紅茶に変えられますか。アイスで。

M　すみません。アイスはプラス５０円になります。

F　じゃあ、ホットでいいです。

M　かしこまりました。

**女の人はいくら支払いますか。**

### 2ばん

003

**男の人と女の人が話しています。二人はどこで会いますか。**

M　来週の木曜日の約束、大丈夫？

F　うん。場所、どうしようか。新宿駅の改札口はどう？　３番出口だっけ、２番出口だっけ。

M　映画館に一番近いのは２番だよ。でも、ちょっと、人が多すぎない？「まるや」ってお店の前にしようよ。郵便局の横の。

F　「まるや」なくなったでしょ。

M　えっ。そうなんだ。じゃあ、やっぱり改札口にしよう。

F　分かった。

**二人はどこで会いますか。**

### 3ばん

004

**会社で女の先輩と男の後輩が話しています。男の後輩はこのあと、まず何をしますか。**

F　資料の整理、しておいてくれたよね？

M　はい。曜日に分けてファイルを作りました。

F　今年のものと去年のものと分けてある？

M　ええ。今年のがこの緑のファイルで、去年のがこっちの青のファイルです。どうぞ。

F　ああ、ちゃんと日付の古い順に入ってるね。じゃあ、これ、ここに資料のタイトルを書いて本棚にしまっておいて。

M　分かりました。

**男の後輩はこのあと、まず何をしますか。**

### 4ばん

005

**本屋で女の人が子どもの入学祝いを選んでいます。女の人はどんな本を買いますか。**

F　すみません。今度小学生になる息子の入学祝いなんですけど。

M　小学生ですか。漫画のセットはいかがですか。

F　えっ、漫画はちょっと…。

M　漫画といっても、勉強に役立つものなんです。こちらの科学シリーズが人気です。

F　あ、なるほど。楽しく学習できるのね。

M　はい。あとは、こういう乗り物の本もよく売れています。

F　そういうの、大好きだから、家にいっぱいあるのよ。

M　そうですか。あとは、こういった歴史の本のセットはどうですか。

F　うーん。さっきの漫画にするわ。

M　かしこまりました。

**女の人はどんな本を買いますか。**

### 5ばん

006

**アルバイトの面接で、男の学生が店長と話しています。学生はどのぐらい働きますか。**

F　アルバイトは初めて？

M　いいえ。1年生の夏休みに少しだけコンビニで働いたことがあります。

F　そう。うちはできれば、週に4日以上働いてほしいんだけど、どうかな？

M　あのう、サークルの練習が週3回あって、週1回は休みたいんです。

F　じゃあ、週3回か。分かった。何時間ぐらいできる？

M　5時から8時までなら大丈夫です。

F　ちょっと短いな。9時まで無理？

M　大丈夫です。

F　じゃあ、それでお願いね。

M　はい。よろしくお願いします。

**学生はどのぐらい働きますか。**

### 6ばん

007

**男の人が会社に電話をしています。男の人へのメモはどれですか。**

F　はい。ABC商事です。

M　もしもし、中田です。

F　あ、中田さん、お疲れ様です。

M　あの、私に電話が来ませんでしたか。

F　ちょっと待ってください。メモを確認しますね。

えーと、さくら出版様からですね。またかけなおすそうですが。

M　それだけですか。第三銀行から1時ごろ返事をいただくことになってるんです。

F　うーん、他にはないですね。電話が来たら、すぐにご連絡します。

M　いえ。私のほうからかけてみます。

**男の人へのメモはどれですか。**

## 問題2　P. 44

**問題2では、まず質問を聞いてください。そのあと、問題用紙を見てください。読む時間があります。それから話を聞いて、問題用紙の1から4の中から、最もよいものを一つえらんでください。**

### れい

**女の人と男の人がスーパーで話しています。男の人はどうして自分で料理をしませんか。**

F　あら、田中君、お買い物？

M　うん、夕飯を買いにね。

F　お弁当？　自分で作らないの？　時間ないか。

M　いや、そうじゃないんだ。

F　じゃあ、作ればいいのに。

M　作るのは嫌いじゃないんだ。でも、一人だと…。

F　材料が余っちゃう？

M　それはいいんだけど、一生懸命作っても一人で食べるだけじゃ、なんか寂しくて。

F　それもそうか。

**男の人はどうして自分で料理をしませんか。**

### 1ばん

009

**高校生の男の子と女の子が話しています。男の子は何を習いたいですか。**

M　ねえ、ちょっと聞きたいんだけど。

F　何？

M　田中さんが通ってるスポーツクラブ、泳げない人も入れるの？

F　入れるけど、全然泳げないの？

M　うん。でも、やってみたいと思って。

F　テニス部の練習だけでも忙しいのに、無理じゃない？

M　田中さんだって、ダンスの教室も通ってるんでしょ。

F　まあね。やりたいならやってみたら？

**男の子は何を習いたいですか。**

### 2ばん

**男の人と女の人が話しています。女の人は誰に似ていますか。**

M　田中さんのお父さん、この間初めてみたけど、田中さんとそっくりだね。

F　そう？ 目が似てるから、よく似てるって言われるけど…。性格は全然違うんだけどね。

M　そうなんだ。僕は顔も性格もすべて母に似てるんだ。

F　へえ。私も鼻は母かな。性格も母に似てるの。おとなしいところとかね。

M　あはは。そうなんだ。

**女の人は誰に似ていますか。**

### 3ばん

011

**小学生の男の子が話をしています。男の子は何が嬉しいと言っていますか。**

M　今、僕は両親と祖母と一緒に住んでいます。お父さんはいつも忙しくて、家にはあまりいません。お母さんも仕事があるので、おばあちゃんがいつも僕たち兄弟の世話をしてくれます。おばあちゃんはとてもやさしいです。でも、お父さんとお母さんが遅く帰ってくるので少しさびしいです。週末になると、お母さんの仕事が休みなので、お母さんがご飯を作ってくれます。あまり上手ではないですが、ぼくは、それが一番嬉しいです。

**男の子は何が嬉しいと言っていますか。**

### 4ばん

012

**女の人と男の人が話しています。女の人は何を節約しますか。**

F　今度、友達の結婚式があって、ちょっとお金がかかるんだ。だから、明日からしばらく節約しないと。

M　え、そうなの。

F　うん。しばらく外食をやめる。実は、あまり料理は好きじゃないけどね。でも結婚式に着るドレス買っちゃったから、仕方ないよ。

M　もっと他の方法にしたら。シャワーの時間を短くするとか、電気をつけっぱなしにしないとか。

F　あはは。それだけじゃあ、あんまり節約にならないよ。

M　そっか。

**女の人は何を節約しますか。**

**5ばん** 013

**会社で女の人が男の先輩と話しています。女の人はどうして注意されましたか。**

M 田中さん、今、何をやってるの？
F あ、部長に頼まれた書類を作っています。
M それより、昨日のお礼の電話はした？
F あ、まだです。今、メールしておきます。
M だめだよ。すぐにしないと、失礼だよ。それにメールじゃなくて電話して。メールでは気持ちが伝わらないでしょう。
F 分かりました。申し訳ありません。
M お礼の電話が遅くなったこともちゃんと謝っておくように。
F はい。

**女の人はどうして注意されましたか。**

**6ばん** 014

**レストランで女の人が母親と話しています。母親は薬をどのように飲みますか。**

F1 お母さん、薬持ってきた？ 昼ご飯のあと、まだ薬飲んでいないでしょう。
F2 うん。朝、飲んだから、あとは夜、飲めばいいのよ。
F1 あれ、そうだった？
F2 うん。前の薬は1日3回、3つずつ飲んでたんだけど、多すぎて嫌だったから変えてもらったの。これは1つでいいの。
F1 お母さん、薬嫌いだもんね。
F2 そうね、なるべく飲みたくないわね。

**母親は薬をどのように飲みますか。**

## 問題3 P. 48

015

**問題3では、問題用紙に何もいんさつされていません。この問題は、ぜんたいとしてどんなないようかを聞く問題です。話の前に質問はありません。まず話を聞いてください。それから、質問とせんたくしを聞いて、1から4の中から、最もよいものを一つえらんでください。**

**れい**

**女の人が友達の家に来て話しています。**

F1 田中です。
F2 あ、はい。昨日友達が泊まりに来てたんで、片付いてないけど、入って。
F1 あ、でもここで。すぐ帰るから。あのう、この前借りた本なんだけど、ちょっと破れちゃって。
F2 え、本当？
F1 うん、このページなんだけど。
F2 あっ、うん、このくらいなら大丈夫、読めるし。
F1 ほんと？ ごめん。これからは気をつけるから。
F2 うん、いいよ。ねえ、入ってコーヒーでも飲んでいかない？
F1 ありがとう。

**女の人は友達の家へ何をしに来ましたか。**

1 謝りに来た。
2 本を借りに来た。
3 泊まりに来た。
4 コーヒーを飲みに来た。

### 1ばん

016

**男の人が女の人に本の感想を聞いています。**

M この間貸した本、読みましたか。

F はい。あっという間に読みました。やっぱりすごいですね。

M そうそう。だからあの作家の本はよくテレビドラマにもなりますよね。

F そうなんです。この間ドラマを見てすごく感動して、それで本も読みたいと思ったんですよ。

M ぼくもそう。でもぼくはドラマのほうが面白かったなあ。

F 私は本もよかったです。

M 本は最後があまりよくなかったんですよ。

F そうですか。ああいう終わり方も悪くないと思いますよ。

**女の人はその本についてどう思っていますか。**

1 ドラマより本のほうがいい。
2 本よりドラマのほうがいい。
3 ドラマも本もいい。
4 ドラマも本もよくない。

### 2ばん

017

**携帯ショップで男の人が店員と話しています。**

F いらっしゃいませ。携帯電話をお探しですか。

M いえ、この電話、何もしていないのに、画面が変わってしまうんです。

F ちょっと見せてください。ああ、本当ですね。修理に出しますか。

M そうしたいんですけど、どのぐらいかかりますか。

F 多分、1週間ぐらいかかります。部品を交換しなくてはいけないと思うので、6,000円ぐらいかかると思いますよ。

M 結構かかるんですね。じゃあ、ちょっと考えて、また来ます。あ、電池が切れそう。すみませんが、ちょっと充電してもらってもいいですか。

F はい。じゃあ、少しお預かりしますね。

**男の人は何をしに来ましたか。**

1 携帯電話を買うため
2 携帯電話を直すため
3 使い方を質問するため
4 携帯電話を充電するため

### 3ばん

018

**女の人が留守番電話にメッセージを入れています。**

F もしもし。斉藤です。さっき、旅行から帰ってきました。演劇のチケット、取っていただいてありがとうございました。それで、あの、友達と行く予定だったんですけど、その友達が急な用事ができちゃって、よかったら、一緒に行きませんか。これ、今、すごく人気がある演劇で、きっと楽しめると思うんです。メッセージ聞いたら、連絡ください。それじゃ。

**女の人が一番言いたいことは何ですか。**

1 旅行から帰ってきたこと
2 友達に用事ができたこと
3 一緒に演劇に行きたいこと
4 演劇の人気が高いこと

## 問題 4 P. 49

019

問題４では、えを見ながら質問を聞いてください。やじるし（➡）の人は何と言いますか。１から３の中から、最もよいものを一つえらんでください。

### れい

ホテルのテレビが壊れています。何と言いますか。

1　テレビがつかないんですが。
2　テレビをつけてもいいですか。
3　テレビをつけたほうがいいですよ。

### 1 ばん

020

会社に遅刻しました。何と言いますか。

1　申し訳ありません。
2　お久しぶりです。
3　お世話になりました。

### 2 ばん

021

授業中に、気分が悪くなったので帰りたいです。先生に何と言いますか。

1　具合が悪いので、早退するのはいいですか。
2　体調が悪いので、早退させてください。
3　すみませんが、早退させてもいいですか。

### 3 ばん

022

友達のノートが見たいです。何と言いますか。

1　ノートちょっと見せてくれない？
2　ノートちょっと見てくれる？
3　ノートちょっと見ようか。

### 4 ばん

023

子どもが学校に行きます。子どもは何と言いますか。

1 お帰りなさい。
2 いってらっしゃい。
3 行ってきます。

## 問題 5 P. 52

024

問題５では、問題用紙に何もいんさつされていません。まず文を聞いてください。それから、そのへんじを聞いて、１から３の中から、最もよいものを一つえらんでください。

### れい

すみません、今、時間、ありますか。

1　ええと、１０時２０分です。
2　ええ。何ですか。
3　時計はあそこですよ。

### 1 ばん

025

お母さんはお元気ですか。

1　はい、いいですよ。
2　はい、おかげさまで。
3　はい、お元気です。

### 2 ばん

026

もう、お腹いっぱいですか。

1　はい、ごちそうさまでした。
2　はい、お腹がすきました。
3　はい、いただきます。

### 3 ばん

027

お母さん、動物を飼っちゃだめ？

1　いいけど、大事に使うんだよ。
2　ああ、それなら、そこに置いてあるよ。
3　だめだめ、世話が大変なんだから。

**4ばん** 028

**ご注文は何になさいますか。**

1　焼き魚定食を一つ。

2　3,000円になります。

3　この靴をください。

**5ばん** 029

**何時ごろ戻りますか。**

1　ずいぶん、遅かったね。

2　3時に出発します。

3　お昼までには帰ります。

**6ばん** 030

**明日の午後あいてる？**

1　うん。午後からだって。

2　ごめん、ちょっと用事がある。

3　じゃあ、映画館の前でね。

**7ばん** 031

**明日までその本借りていい？**

1　どうぞ。必ず返してね。

2　ありがとう。助かるよ。

3　図書館で借りてきたよ。

**8ばん** 032

**毎日、暑い日が続きますね。**

1　早く涼しくなってほしいですね。

2　もうすっかり冬ですね。

3　じゃあ、傘を貸しましょうか。

**9ばん** 033

**会議の時間、変更になりましたよ。**

1　はい、理解しました。

2　はい、了解しました。

3　はい、変更しました。

JLPT

# N3 實戰模擬考題 第2回 解答

## 言語知識（文字・語彙） P.55

問題1 1 ④ 2 ② 3 ③ 4 ① 5 ② 6 ③ 7 ① 8 ②

問題2 9 ④ 10 ③ 11 ② 12 ③ 13 ④ 14 ①

問題3 15 ② 16 ① 17 ④ 18 ② 19 ① 20 ④ 21 ④ 22 ② 23 ① 24 ② 25 ①

問題4 26 ① 27 ② 28 ④ 29 ③ 30 ②

問題5 31 ① 32 ② 33 ① 34 ④ 35 ①

---

## 言語知識（文法）・讀解 P.63

問題1 1 ③ 2 ① 3 ① 4 ② 5 ③ 6 ④ 7 ③ 8 ④ 9 ④ 10 ① 11 ④
12 ② 13 ②

問題2 14 ③ (1432) 15 ④ (2143) 16 ② (1423) 17 ③ (4132) 18 ③ (1432)

問題3 19 ① 20 ② 21 ④ 22 ③ 23 ③

問題4 24 ② 25 ① 26 ③ 27 ④

問題5 28 ④ 29 ③ 30 ② 31 ③ 32 ④ 33 ④

問題6 34 ② 35 ③ 36 ③ 37 ④

問題7 38 ② 39 ①

---

## 聽解 P.83

問題1 1 ① 2 ③ 3 ② 4 ② 5 ④ 6 ①

問題2 1 ② 2 ③ 3 ③ 4 ③ 5 ④ 6 ③

問題3 1 ② 2 ① 3 ②

問題4 1 ③ 2 ② 3 ① 4 ②

問題5 1 ① 2 ② 3 ③ 4 ① 5 ② 6 ① 7 ② 8 ③ 9 ①

## 問題１　P. 84

034

**問題１では、まず質問を聞いてください。それから話を聞いて、問題用紙の１から４の中から、最もよいものを一つえらんでください。**

### れい

**ホテルで会社員の男の人と女の人が話しています。女の人は明日何時までにホテルを出ますか。**

M　では、明日は、９時半に事務所にいらしてください。

F　はい、ええと、このホテルから事務所まで、タクシーでどのぐらいかかりますか。

M　そうですね、３０分もあれば着きますね。

F　じゃあ、９時に出ればいいですね。

M　あ、朝は道が混むかもしれません。１５分ぐらい早めに出られたほうがいいですね。

F　そうですか。じゃあ、そうします。

**女の人は明日何時までにホテルを出ますか。**

### １ばん

035

**会社で女の人と男の人が話しています。男の人は、このあとまず何をしますか。**

F　新商品の案、部長に見せましたか。

M　はい。さっき返事をもらいました。あれでオーケーだそうです。

F　本当ですか！　ああ、よかった。じゃあ、さっそく会議ですね。

M　じゃあ、資料の準備をしますね。

F　あ、その前にお昼ご飯にしましょうか。

M　もうそんな時間ですか。じゃあ、会議室だけ先に予約しちゃいます。

F　お願いします。

**男の人は、このあとまず何をしますか。**

### ２ばん

036

**男の人がプリンターのお客様センターに電話をしています。お客様センターでは、このあとどうしますか。**

F　はい。ＡＢＣ電気、お客様センターです。

M　すみません、プリンターの修理をお願いしたいんですが。

F　どのような状態でしょうか。

M　紙が入っていかないんです。

F　かしこまりました。技術担当の者に代わります。少々お待ちください。

M　はい。

F　申し訳ありませんが、今、他の電話に出ているので、あとでこちらからお電話してもよろしいでしょうか。

M　分かりました。

**お客様センターではこのあとどうしますか。**

### ３ばん

037

**アルバイト先で男の学生と女の学生が話しています。女の学生はこのあと何をしますか。**

M　うわ、困ったなあ。どうしよう。

F　どうしたの？

M　来週、サークルの発表会なんだけどさ、アルバイトがあるの忘れてて。

F　そうなの？　何曜日？

M　土曜日。１３日。

F　１３日かあ。代わってあげたいけど、私もその日、友達と約束があるんだ。

M　そうか。じゃあ、伊藤さんに聞いてみようかな。

F　伊藤さん、その日だめだったと思う。うーん、仕方ない。私が友達に電話するよ。多分、他の日にできると思う。

M　ほんと悪いね。ごめんね。店長には僕から言っておくから。

F　うん。その代わり、14日のアルバイト、代わってね。

M　もちろん。

**女の学生はこのあと何をしますか。**

## 4ばん

038

**母親から男の子の留守番電話にメッセージが入っています。男の子がしなければならないことは何ですか。**

F　もしもし、さとし。お母さんだけど…。今、病院に来てるんだけどね、病院がすごく混んでてね。もうちょっとかかりそう。えーと、夕食、何がいいかな。なんか、さとしの好きなもの買っていくね。宿題をして、待っててね。今日、サッカーの練習あるでしょう。それまでには間に合うと思うけど、急いで帰るね。じゃあね。

**男の子がしなければならないことは何ですか。**

## 5ばん

039

**デパートで女の人が店員と話しています。女の人はいくら支払いますか。**

M　お会計が3,400円になります。ポイントカードはお持ちですか。

F　はい。持っています。どうぞ。

M　ポイントが1,000円分あるので、使うこともできますが、どうしますか。

F　あ、会計から1,000円ひいてもらえるってことですか。

M　はい。そうです。

F　いえ、今日は大丈夫です。あっ、小銭がない。すみません、400円分だけポイントでおねがいします。

M　はい。かしこまりました。

**女の人はいくら支払いますか。**

## 6ばん

040

**会社で男の人と女の人が話しています。男の人は、これからまずどうしますか。**

F　お昼ご飯、もう食べました？

M　いえ、まだです。

F　じゃあ、一緒に行きませんか。

M　仕事がちょっと残っていて、あと5分か10分ぐらいで終わると思うんですが。

F　うーん、じゃあ、先に食堂に行ってますね。

M　はい。終わったら、すぐ行きます。

**男の人は、これからまずどうしますか。**

# 問題2　P. 88

041

**問題2では、まず質問を聞いてください。そのあと、問題用紙を見てください。読む時間があります。それから話を聞いて、問題用紙の1から4の中から、最もよいものを一つえらんでください。**

## れい

**女の人と男の人がスーパーで話しています。男の人はどうして自分で料理をしませんか。**

F　あら、田中君、お買い物？

M　うん、夕飯を買いにね。

F　お弁当？ 自分で作らないの？ 時間ないか。

M　いや、そうじゃないんだ。

F　じゃあ、作ればいいのに。

M　作るのは嫌いじゃないんだ。でも、一人だと…。

F　材料が余っちゃう？

M　それはいいんだけど、一生懸命作っても一人で食べるだけじゃ、なんか寂しくて。

F　それもそうか。

**男の人はどうして自分で料理をしませんか。**

## 1ばん

042

**女の人と男の人が話しています。女の人はどんな楽器を習っていますか。**

F　今までずーっとピアノを習いたいと思っていたんだけどね。

M　うんうん。言ってたね。

F　でも、ピアノを買うのも、大変だし、他の楽器を始めたんだ。

M　え、なになに？バイオリンとか？

F　あ、どうして分かったの？

M　だって、クラシック好きでしょう？だから、そういうの好きなんじゃないかなって思って。

F　そうなの。でも、ギターもかっこいいよね。ドラムもいいなあ。

M　ギターは僕もやったことあるよ。あんまり上手じゃないけど。

**女の人はどんな楽器を習っていますか。**

## 2ばん

043

**会社で男の人と女の人が話しています。男の人は子どものとき、どんな子どもでしたか。**

F　伊藤さんが、仕事でミスしたの、見たことないですね。子どものときから、そんなにしっかりしていたんですか。

M　どちらかというと、よく怒られてましたね。うっかりしてることが多かったんです。

F　え、今からはちょっと想像ができないです。

M　そうですか。

F　ええ。勉強のできる、まじめな子、って感じ。

M　自分では、ちゃんと準備したつもりなんですけど、学校に行くと教科書がないとか、鉛筆がないとか、よくありましたよ。

F　へえ。ちょっと、安心しました。

**男の人は子どものとき、どんな子どもでしたか。**

## 3ばん

044

**男の人と女の人が旅館を探しています。二人が旅館を選ぶときに一番大切なことは何ですか。**

M　ここはどう？部屋もすごくきれいだし、広いよ。

F　料理の評判はどう？

M　この雑誌では、評価は高いよ。温泉も広いし、いいんじゃない。

F　あれ、でもここ、海から遠いよ。

M　あ、本当だ。歩いていける距離じゃないとね。

F　うん。他のところを探そう。

M　そうだね。

**二人が旅館を選ぶときに一番大切なことは何ですか。**

## 4ばん

**男の人と女の人が話しています。男の人が仕事がつらいのはどうしてですか。**

F　新しい会社、慣れた？大変なんだって？

M　もう、本当に辞めたいんだけど、まだ入ったばかりだし…。

F　毎日、残業なんでしょ？

M　それはいいんだけど、出張が多いんだよ。家にほとんど帰れない月もあってさ。

F　それはつらいね。社長はいい人そうだけどね。

M　まあね。だから、辞めにくいんだよね。

**男の人が仕事がつらいのはどうしてですか。**

### 5ばん

046

**会社で男の人と女の人が話しています。男の人が今日なくしたものは何ですか。**

M　あ、しまった。

F　え、どうしたの？

M　さっき、ひかり工業に行った帰りに、タクシー乗ったじゃないですか。そのとき、タクシーの中に紙袋、置いてきちゃいました。

F　大事な書類でも入ってたの？

M　いえ、もらった名刺を…。

F　どうして、すぐに財布に入れないの？

M　つい、持っていた紙袋に入れちゃって。

F　この間も、タクシーで財布なくしたでしょう。

M　そうなんです。実は、携帯を落としたこともあるんです。

F　しっかりしてよ。

**男の人が今日なくしたものは何ですか。**

### 6ばん

047

**男の人と女の人が話しています。女の人はどんなコーヒーを飲みますか。**

M　お疲れ様です。何か飲みますか。

F　あ、ありがとうございます。

M　コーヒーでいいですか。暑いから、氷入れましょうか。

F　あ、温かいのでいいです。エアコンで体冷えちゃって。

M　お砂糖は入れますか。

F　はい。たくさん入れてください。

M　ミルクはどうします？

F　それも入れてください。

M　はい、これでいいですか。

F　ありがとう。

**女の人はどんなコーヒーを飲みますか。**

## 問題３　P. 92

048

**問題３では、問題用紙に何もいんさつされていません。この問題は、ぜんたいとしてどんなないようかを聞く問題です。話の前に質問はありません。まず話を聞いてください。それから、質問とせんたくしを聞いて、１から４の中から、最もよいものを一つえらんでください。**

### れい

**女の人が友達の家に来て話しています。**

F1　田中です。

F2　あ、はい。昨日友達が泊まりに来てたんで、片付いてないけど、入って。

F1　あ、でもここで。すぐ帰るから。あのう、この前借りた本なんだけど、ちょっと破れちゃって。

F2　え、本当？

F1　うん、このページなんだけど。

F2　あっ、うん、このくらいなら大丈夫、読めるし。

F1　ほんと？ ごめん。これからは気をつけるから。

F2　うん、いいよ。ねえ、入ってコーヒーでも飲んでいかない？

F1　ありがとう。

**女の人は友達の家へ何をしに来ましたか。**

1　謝りに来た。
2　本を借りに来た。
3　泊まりに来た。
4　コーヒーを飲みに来た。

### 1ばん

049

**男の人と女の人が話しています。**

F　あ、これこれ。知ってます？ 私、昨日行ってきたんですよ。

M　あ、どうでした？ 私も見に行くかどうか迷ってるところなんですよ。

F　すごくよかったです。アニメだけど、大人も感動すると思います。

M　本当ですか。水曜日は1，０００円だし、明日行ってみようかな。

F　ええ。週末は子どもも多いから、ちょっとうるさいかもしれません。だから、平日がおすすめです。

M　じゃあ、早速明日行ってみます。楽しみだなあ。

**二人は何について話をしていますか。**

1　美術館
2　映画
3　演劇
4　遊園地

### 2ばん

050

**男の人と女の人が出張で大阪に来ました。**

F　大阪に来るのは、何回目？

M　ぼくは3回目ですね。前回は研修旅行でした。部長は結構来てますよね。

F　何かおいしいものでも食べて帰りたいわね。

M　それどころじゃないですよ。山本商事の社長、怒ってましたよ。どうしてあんな基本的なミスをするんだって。

F　とにかく謝るしかないわね。

M　工場の管理の方法をもう少し考えたほうがいいですね。

F　そうね。急ぎましょう。

**二人は何をしに来ましたか。**

1　社長へ謝るため
2　社長に製品の説明をするため
3　研修のため
4　工場を見学するため

### 3ばん

051

**男の人が話しています。**

M　私は3年前にこの町に引っ越してきました。雪がとても多い地域で、去年は記録的な大雪が降りました。ここに来る前は東京でサラリーマンをしていましたが、ストレスで体調が悪くなって、新しい仕事を探しました。今の仕事は農業で、米を作っています。とても大変な仕事ですが、前よりもずっと健康になりました。私は、ここに来てよかったと思っています。

**男の人はここに引っ越してきたことをどう考えていますか。**

1　仕事が楽なので、よかった
2　健康になったので、よかった
3　仕事が大変なので、よくなかった
4　雪が多いので、よくなかった

## 問題4　P. 93

052

**問題4では、えを見ながら質問を聞いてください。やじるし（➡）の人は何と言いますか。1から3の中から、最もよいものを一つえらんでください。**

**れい**

**ホテルのテレビが壊れています。何と言いますか。**

1　テレビがつかないんですが。
2　テレビをつけてもいいですか。
3　テレビをつけたほうがいいですよ。

**1ばん**　053

**友達と映画に行きたいです。何と言いますか。**

1　映画、見に行くね。
2　映画、見に行ってもいいですか。
3　映画、一緒に行かない?

**2ばん**　054

**飛行機のチケットをキャンセルします。何と言いますか。**

1　キャンセルするんですが。
2　キャンセルしたいんですが。
3　キャンセルいたしますが。

**3ばん**　055

**誕生日のお祝いをもらいました。何と言いますか。**

1　ありがとうございます。
2　おめでとうございます。
3　お祝い申し上げます。

**4ばん**　056

**先生に相談したいです。何と言いますか。**

1　先生、ちょっとご相談していただけませんか。
2　先生、ちょっとご相談があるんですが。
3　先生、ちょっとご相談なさいますか。

## 問題5　P. 96

057

**問題5では、問題用紙に何もいんさつされていません。まず文を聞いてください。それから、そのへんじを聞いて、1から3の中から、最もよいものを一つえらんでください。**

**れい**

**すみません、今、時間、ありますか。**

1　ええと、10時20分です。
2　ええ。何ですか。
3　時計はあそこですよ。

**1ばん**　058

**お願いしていた書類、いつできますか。**

1　午前中に必ず終わらせます。
2　私のほうからもお願いしておきます。
3　できたら、連絡してください。

**2ばん**　059

**髪の毛はどのぐらい切りますか。**

1　それはちょっと切りすぎです。
2　3センチぐらいお願いします。
3　そうですね、3ヶ月に1回です。

**3ばん**　060

**図書館行くの？ これも一緒に返してくれる？**

1　うん。じゃあ、行こうか。
2　ごめんね。ありがとう。
3　いいよ。返しておくよ。

**4ばん**　061

**また近いうちにお会いしましょう。**

1　はい。またご連絡差し上げます。
2　そうですか。それは残念ですね。
3　ええ。先週会ったばかりですよ。

### 5ばん

062

**どうして電話をくれないの？**

1　今度買ってあげるね。
2　忙しかったんだよ。
3　田中さんからお電話です。

### 6ばん

063

**私が持ちましょうか。**

1　大丈夫です。ありがとう。
2　ええ。もう少し待ちましょう。
3　ちょっと持ってもいいですか。

### 7ばん

064

**これ、おいしいです。作り方、教えてください。**

1　駅前のケーキ屋さんです。
2　じゃあ、レシピ、渡しますね。
3　私も初めて食べました。

### 8ばん

065

**来月から留学するんだって？**

1　そうですか。うらやましいですね。
2　はい。3泊4日でアメリカに行きます。
3　はい。頑張って勉強してきます。

### 9ばん

066

**顔色悪いですよ。大丈夫ですか。**

1　ええ。ちょっと熱があって。
2　私のせいじゃありませんよ。
3　いえいえ、それほどでも。

JLPT

# N3 實戰模擬考題 第3回 解答

## 言語知識（文字・語彙） P. 99

問題 1　1 ③　2 ④　3 ②　4 ①　5 ②　6 ③　7 ①　8 ①

問題 2　9 ③　10 ②　11 ①　12 ①　13 ④　14 ③

問題 3　15 ③　16 ②　17 ①　18 ②　19 ①　20 ②　21 ④　22 ③　23 ④　24 ③　25 ③

問題 4　26 ④　27 ③　28 ②　29 ①　30 ④

問題 5　31 ①　32 ③　33 ③　34 ②　35 ④

---

## 言語知識（文法）・讀解 P. 107

問題 1　1 ②　2 ①　3 ③　4 ②　5 ①　6 ③　7 ②　8 ③　9 ①　10 ③　11 ②　12 ②　13 ④

問題 2　14 ③ (4231)　15 ② (3124)　16 ④ (2341)　17 ③ (4231)　18 ③ (4132)

問題 3　19 ①　20 ③　21 ②　22 ③　23 ②

問題 4　24 ①　25 ②　26 ③　27 ④

問題 5　28 ④　29 ③　30 ③　31 ②　32 ②　33 ④

問題 6　34 ②　35 ④　36 ①　37 ②

問題 7　38 ①　39 ③

---

## 聽解 P. 127

問題 1　1 ②　2 ②　3 ①　4 ③　5 ①　6 ③

問題 2　1 ①　2 ④　3 ②　4 ④　5 ③　6 ②

問題 3　1 ④　2 ③　3 ③

問題 4　1 ①　2 ③　3 ①　4 ②

問題 5　1 ③　2 ②　3 ①　4 ③　5 ①　6 ③　7 ③　8 ①　9 ②

## 問題１ P. 128

067

**問題１では、まず質問を聞いてください。それから話を聞いて、問題用紙の１から４の中から、最もよいものを一つえらんでください。**

### れい

**ホテルで会社員の男の人と女の人が話しています。女の人は明日何時までにホテルを出ますか。**

M　では、明日は、９時半に事務所にいらしてください。

F　はい、ええと、このホテルから事務所まで、タクシーでどのぐらいかかりますか。

M　そうですね、３０分もあれば着きますね。

F　じゃあ、９時に出ればいいですね。

M　あ、朝は道が混むかもしれません。１５分ぐらい早めに出られたほうがいいですね。

F　そうですか。じゃあ、そうします。

**女の人は明日何時までにホテルを出ますか。**

### １ばん

068

**会社で男の人が女の人と話しています。男の人は何部コピーをしますか。**

F　佐藤さん、これコピーお願いしていい？

M　うん。何部すればいいの？

F　会議に参加する人の人数分だから、えーっと…。

M　じゃあ、うちのチームの四人と、課長と部長ね。

F　あ、部長は要らないよ。

M　そうなんだ。分かった。

F　よろしくね。

**男の人は何部コピーをしますか。**

### ２ばん

069

**会社で女の人と男の人が話しています。女の人は、結婚後どうしますか。**

M　結婚するんですね。おめでとうございます。さみしくなるなあ。

F　やだ。辞めないですよ、会社。せっかく正社員になったんだから。

M　あ、すみません。うわさでそんな話を聞いたもので。

F　この仕事、気に入ってるのよ。自分に合ってるなあって。

M　じゃあ、ずっと働くんですか。

F　うん。そのつもり。

M　今の時代、一度辞めたら、再就職は難しいですもんね。

F　そうそう、パートだと収入減っちゃうしね。

**女の人は結婚後どうしますか。**

### ３ばん

070

**夫婦が会話をしています。男の人は何を買いますか。**

F　ねえねえ、これから、お客さんが来るんだけど、果物買ってきてくれない？

M　どんな果物？

F　そうねえ、りんごと、あと、スイカも買ってきて。

M　スイカはもう時期じゃないだろ。高いだけでおいしくないよ。

F　そうかしら。

M　今の時期ならぶどうがいいよ。

F　じゃあ、そうしよう。あれ、りんご、まだこんなに残ってた。

M　じゃあ、要らないね。行ってきます。

**男の人は何を買いますか。**

### 4ばん

071

**大学で女の学生と先生が話しています。女の学生はこのあと、まず何をしますか。**

M　今度北海道で学会があるんだけど、よかったら、発表してみない？

F　えっ、本当ですか。

M　うん。この間の論文よかったよ。

F　ありがとうございます。でもまだ不十分な部分が多くて、ちょっと直したんです。先生、もう一度見ていただけますか。

M　いいよ。じゃあ、来週、研究室に来て。

F　ありがとうございます。

M　先に見ておくから、メールで送っておいて。

F　はい。よろしくお願いします。

**女の学生はこのあと、まず何をしますか。**

### 5ばん

072

**大学で男の学生と女の学生が話しています。男の学生はこのあと、まず何をしますか。**

M　ねえ、今度のゼミの旅行、飛行機でもいいかな。

F　えっ、新幹線で行く予定だったんじゃない？ 取れなかったの？

M　ごめんごめん。うっかりしていて、今確認したら、もう席がないんだって。

F　飛行機はちょっと高すぎるんじゃない？

M　じゃあ、バスを調べてみようか。

F　うーん。それは時間がかかりすぎちゃう。じゃあ、飛行機に乗る代わりに、ホテルは安いところにしよう。

M　そうだね。ぼくがホテルを探してみるよ。

F　まずは、すぐにチケットの予約ね！

M　分かった。

**男の学生はこのあと、まず何をしますか。**

### 6ばん

073

**夫婦が話しています。二人はこれから何をしますか。**

F　なんか、平日の休みって久しぶりだね。

M　うん。ようやくゆっくり寝れる。

F　えーっ。ごろごろしてたらもったいないよ。何かしようよ。

M　そうだけど。じゃあ、美術館行かない？ ほら、この間テレビで見て行きたいって。

F　ごめん、行って来ちゃった。

M　えっ。そうなの？

F　ねえ、海まで行こうか。私、運転するよ。

M　ちょっと寒いけど、それもいいか。オッケー。準備してくるよ。

F　うん。

**二人はこれから何をしますか。**

## 問題 2　P. 132

P. 132

074

**問題2では、まず質問を聞いてください。そのあと、問題用紙を見てください。読む時間があります。それから話を聞いて、問題用紙の1から4の中から、最もよいものを一つえらんでください。**

### れい

**女の人と男の人がスーパーで話しています。男の人はどうして自分で料理をしませんか。**

F　あら、田中君、お買い物？

M　うん、夕飯を買いにね。

F　お弁当？ 自分で作らないの？ 時間ないか。

M　いや、そうじゃないんだ。

F　じゃあ、作ればいいのに。

M　作るのは嫌いじゃないんだ。でも、一人だと…。

F　材料が余っちゃう？

M　それはいいんだけど、一生懸命作っても一人で食べるだけじゃ、なんか寂しくて。

F　それもそうか。

**男の人はどうして自分で料理をしませんか。**

### 1ばん

075

**女の人が父親と国際電話で話しています。女の人はいつ帰国しますか。**

M　今年はもう帰ってこないのか。

F　うーん。今年は2月に帰ったからね。来年になるかなあ。

M　9月はお母さんの誕生日だろう。

F　ああ、そうだったね。最近、仕事が忙しくて、すっかり忘れてた。

M　ひどいなあ。

F　ごめんごめん。でも、もう8月だよ。お父さん、もっと早く言ってよ。

M　じゃあ、せめて、何かお祝いでも送ってあげて。

F　分かった。1月には休み取れるから、そのときには帰るよ。

**女の人はいつ帰国しますか。**

### 2ばん

076

**女の人と男の人が話しています。女の人が驚いたことは何ですか。**

F　この間、ニューヨークに出張で行ったんです。

M　いいですね。クリスマスのニューヨークはすばらしいと聞きました。

F　ええ。夢のようでした。寒かったですけどね。

M　東京よりもずっと都会なんでしょうね。

F　それが、そうでもないんですよ。東京のほうが大きいかもしれないなあ。

M　へえ。意外ですね。

F　あと、街を歩いているときに、よく道を聞かれたんです。日本だったら、外国人にはあまり聞かないじゃないですか。だから、びっくりしちゃって。

M　ニューヨークっていろんな国の人がいるから、外国人とかあんまり気にしないんでしょうね、きっと。

F　あ、なるほど。とにかく楽しかったです。田中さんもぜひ一度行ってみてください。

M　はい。

**女の人が驚いたことは何ですか。**

### 3ばん

077

**女の人が自分の仕事について話しています。女の人は何が得意だと言っていますか。**

F　お弁当屋という仕事の大変なことですか。私は作るほうではないので、それほど大変ではないのですが、この近くは会社が多いので、お昼になると、急にたくさんのお客さんが来るんです。そのときは少し忙しいですね。この仕事をしていると、いろんな人と会いますが、私は顔を覚えるのが得意で、一度来てくれたお客さんは、必ず覚えているんです。だから、また来てくれると嬉しくて、自然に笑顔になります。

**女の人は何が得意だと言っていますか。**

### 4ばん

078

**会社で女の人と男の人が話しています。加藤さんが選ばれた理由は何ですか。**

M　課長、今度、入社する新入社員、もう決まったんですか。

F　ええ。加藤さんって女の子。英語がペラペラなんですって。

M　すごいですね。

F　でも、選んだポイントはそこじゃないのよ。彼女、あまり、自分の意見を強く主張する性格じゃなくて人の話もよく聞ける人でね。そこが気に入ったって、部長が。

M　なるほど。

F　そうそう。けんかばかりする人じゃ、困っちゃうものね。

**加藤さんが選ばれた理由は何ですか。**

### 5ばん

079

**女の学生と男の学生が話しています。女の学生が一番楽しかったことは何ですか。**

F　もう夏休みも終わりだね。

M　ほんと、早い早い。夏休み楽しかったなあ。

F　私は海でのバイトが大変だったよ。おかげでお祭りも行けなかったし。

M　ぼくは初めての海外が本当に印象に残っているよ。

F　海外いいね。私は国内だけど、この夏一番、楽しかったな。

M　京都に行ったんだっけ。

F　うん。また行きたいなあ。

**女の学生が一番楽しかったことは何ですか。**

### 6ばん

080

**中学校で男の先生と女の先生が話しています。男の先生が教えている科目は何ですか。**

F　最近の子どもたちはあまり勉強をしなくなったと言いますが、先生もそう感じますか。

M　うーん。できる子とできない子の差が大きくなったと感じます。例えば、私の授業でも、小学校で習うような漢字が分からない子がいるんです。

F　そうなんですか。

M　漢字なんか知らなくても困らない、なんて言うんですよ。だから、教科書も読めないんです。

F　確かに、今はパソコンで変換すれば出てきますからね。私の音楽の授業はみんな一生懸命やってますよ。

M　まあ、音楽でも、体育でも、何か好きな科目が一つあればいいんですけどね。

**男の先生が教えている科目は何ですか。**

## 問題３　P. 136

**問題３では、問題用紙に何もいんさつされていません。この問題は、ぜんたいとしてどんなないようかを聞く問題です。話の前に質問はありません。まず話を聞いてください。それから、質問とせんたくしを聞いて、１から４の中から、最もよいものを一つえらんでください。**

### れい

**女の人が友達の家に来て話しています。**

F1　田中です。

F2　あ、はい。昨日友達が泊まりに来てたんで、片付いてないけど、入って。

F1　あ、でもここで。すぐ帰るから。あのう、この前借りた本なんだけど、ちょっと破れちゃって。

F2　え、本当？

F1　うん、このページなんだけど。

F2　あっ、うん、このくらいなら大丈夫、読めるし。

F1　ほんと？ ごめん。これからは気をつけるから。

F2　うん、いいよ。ねえ、入ってコーヒーでも飲んでいかない？

F1　ありがとう。

**女の人は友達の家へ何をしに来ましたか。**

1 謝りに来た。
2 本を借りに来た。
3 泊まりに来た。
4 コーヒーを飲みに来た。

## 1ばん

082

**男の人と女の人が話しています。**

M それ、ガイドブックですか。旅行でも行くんですか。

F ええ。ここ、行ってみたいんですよ。ほら、ドラマの撮影で有名になった…。

M あ、ぼくの故郷です。うち、この近くですよ。

F ええっ。本当ですか。いいなあ、あの、ドラマのような生活ですか。

M そうですね。本当に自然が美しくて、のんびりしていますよ。ちょっと不便ですけどね。

F へえ。じゃあ、もっと発展してほしいですか。

M いえ、あの自然は私たちが守っていかなければならない宝だと思っています。

F そうですか。

M 最近、観光客が増えちゃって、マナーを守れない人が増えたのが残念です。

F 私も気をつけます。

**男の人は自分の故郷についてどう考えていますか。**

1 もっと発展してほしい
2 地域の文化を守りたい
3 旅行者が増えてほしい
4 自然環境を守りたい

## 2ばん

083

**女の人がインタビューに答えています。**

F 私の休みは週に一回しかありません。その日は朝早く起きて、積極的に活動するようにしています。本当は長く寝たい気持ちもありますが、休みの日に遅く起きると、一日があっという間に過ぎてしまって、結局、何もできないまま終わってしまうから、眠くても頑張って起きています。週に1回しかないから、休みの過ごし方はとても大切です。それに、休みの日に好きなことをたくさんすると、次の日の仕事も頑張れるんです。

**女の人は何について話していますか。**

1 休みが少ない理由
2 休みの日のスケジュール
3 休みの日に早く起きる理由
4 休むことの大切さ

## 3ばん

084

**会社で男の人と女の人が話しています。**

M お疲れ様です。

F あれ、山田さん、帰ったんじゃなかったんですか。忘れ物ですか。

M いえ、さっきエレベーターの中で課長に会ったんですけど。

F あ、仕事を頼まれたんですか。お手伝いしましょうか。

M いえ、重要なメールを送り忘れてたことを思い出したんです。

F そうですか。じゃあ、私はお先に失礼します。

M はい。お疲れ様です。ぼくも、これだけ送ったら、すぐ帰ります。

**男の人は何のために会社に戻ってきましたか。**

1 忘れ物を取りに行くため
2 課長と話をするため
3 メールを送るため
4 女の人の仕事を手伝うため

## 問題 4 P. 137

085

**問題 4では、えを見ながら質問を聞いてください。やじるし（➡）の人は何と言いますか。1から3の中から、最もよいものを一つえらんでください。**

### れい

**ホテルのテレビが壊れています。何と言いますか。**

1 テレビがつかないんですが。
2 テレビをつけてもいいですか。
3 テレビをつけたほうがいいですよ。

### 1 ばん

086

**友人が国に帰ります。何と言いますか。**

1 元気でね。
2 お元気ですか。
3 お久しぶりです。

### 2 ばん

087

**小さい子どもが泣いています。子どもに何と言いますか。**

1 どうなったの？
2 どうするの？
3 どうしたの？

### 3 ばん

088

**暑いので窓を開けたいです。何と言いますか。**

1 窓を開けてもいいですか。
2 窓を開けたいですか。
3 窓を開けたほうがいいですか。

### 4 ばん

089

**自分の傘をほかの人が持って行きました。何と言いますか。**

1 これ、使ってください。
2 それ、私の傘です。
3 すみません。助かります。

## 問題 5 P. 140

090

**問題 5では、問題用紙に何もいんさつされていません。まず文を聞いてください。それから、そのへんじを聞いて、1から3の中から、最もよいものを一つえらんでください。**

### れい

**すみません、今、時間、ありますか。**

1 ええと、10時20分です。
2 ええ。何ですか。
3 時計はあそこですよ。

### 1 ばん

091

**コンビニ行くんですが、何か買ってきましょうか。**

1 すみません、今日は約束があるので…。
2 いいなあ。夏休みが取れたんですか。
3 じゃあ、おにぎり買ってきてもらえますか。

### 2 ばん

092

**会議室、今、使ってる？**

1 確か、3時からだと思います。
2 今、営業部が会議中です。
3 いいえ。しまっています。

**3 ばん** 093

**この近くに住んでいるんですか。**

1　はい。歩いて5分ぐらいです。
2　次の角を左に曲がってください。
3　へえ。偶然ですね。私もです。

**4 ばん** 094

**ちょっと風邪をひいてしまったんです。**

1　ええ。せきが止まらなくって。
2　はい。今日は曇ってますね。
3　そうですか。最近、流行ってますね。

**5 ばん** 095

**そのセーター、似合ってます。**

1　そう？ 誕生日にもらったんだ。
2　喜んでもらえて、嬉しいなあ。
3　最近、寒いですね。

**6 ばん** 096

**この会社でいつから働いているんですか。**

1　9時から5時までです。
2　はい。満足しています。
3　4月に入社したばかりです。

**7 ばん** 097

**いつもこの店で買うんですか。**

1　いいえ、まだ買っていません。
2　ええ。このレストラン、おいしいんです。
3　はい。安いので、よく来ます。

**8 ばん** 098

**すみません、コピー機の使い方が分からないんですが。**

1　はい。すぐ行きます。
2　ごゆっくりどうぞ。
3　じゃあ、喫茶店で。

**9 ばん** 099

**ちょっと食べすぎじゃない？**

1　うん。修理しないとね。
2　そうだね。もうやめておくよ。
3　お気の毒ですね。

JLPT

# N3 實戰模擬考題 第4回 解答

## 言語知識（文字・語彙） P.143

問題 1　1 ②　2 ④　3 ③　4 ④　5 ③　6 ④　7 ①　8 ②

問題 2　9 ①　10 ④　11 ②　12 ③　13 ③　14 ①

問題 3　15 ②　16 ②　17 ③　18 ④　19 ②　20 ①　21 ①　22 ③　23 ②　24 ②　25 ①

問題 4　26 ③　27 ②　28 ①　29 ②　30 ④

問題 5　31 ②　32 ④　33 ①　34 ④　35 ③

---

## 言語知識（文法）・讀解 P.151

問題 1　1 ①　2 ①　3 ②　4 ④　5 ③　6 ①　7 ③　8 ③　9 ④　10 ①　11 ③　12 ②　13 ③

問題 2　14 ② (3124)　15 ④ (3142)　16 ① (4213)　17 ③ (2134)　18 ④ (2341)

問題 3　19 ①　20 ③　21 ④　22 ②　23 ③

問題 4　24 ②　25 ②　26 ③　27 ④

問題 5　28 ③　29 ②　30 ①　31 ③　32 ④　33 ②

問題 6　34 ②　35 ④　36 ②　37 ③

問題 7　38 ②　39 ④

---

## 聽解 P.171

問題 1　1 ③　2 ②　3 ①　4 ②　5 ④　6 ④

問題 2　1 ④　2 ③　3 ②　4 ③　5 ④　6 ②

問題 3　1 ④　2 ②　3 ③

問題 4　1 ②　2 ③　3 ①　4 ①

問題 5　1 ③　2 ①　3 ②　4 ①　5 ①　6 ①　7 ②　8 ②　9 ①

## 問題 1　P. 172

100

**問題 1 では、まず質問を聞いてください。それから話を聞いて、問題用紙の 1 から 4 の中から、最もよいものを一つえらんでください。**

### れい

**ホテルで会社員の男の人と女の人が話しています。女の人は明日何時までにホテルを出ますか。**

M　では、明日は、９時半に事務所にいらしてください。
F　はい、ええと、このホテルから事務所まで、タクシーでどのぐらいかかりますか。
M　そうですね、３０分もあれば着きますね。
F　じゃあ、９時に出ればいいですね。
M　あ、朝は道が混むかもしれません。１５分ぐらい早めに出られたほうがいいですね。
F　そうですか。じゃあ、そうします。

**女の人は明日何時までにホテルを出ますか。**

### 1 ばん

101

**学校で高校生の男の子と先生が話しています。男の子はこれからまず、何をしますか。**

F　ちょっと、この箱、教室まで運んで。
M　え、これ全部一人で運ぶんですか。
F　誰か他に手伝ってくれる人いない?
M　もう、みんな帰っちゃいました。僕もこれから部活があるので…。
F　そう。じゃあ、明日でいいわ。悪いけど、これ、何箱あるかだけ、数えておいてもらえる?
M　分かりました。
F　あ、教室の窓、閉まってるわよね?
M　はい。閉めました。
F　じゃあ、よろしくね。
M　はい。

**男の子はこれからまず、何をしますか。**

### 2 ばん

102

**デパートで女の人が母親と買い物をしています。女の人はどんなかばんを買いますか。**

F1　ねえねえ、お母さん。かばんがほしいんだけど。
F2　どういうの。
F1　リュックがほしいの、あ、こういう革のもかわいいし、布のもいいな。
F2　布のは汚れやすいから、やめたほうがいいよ。色も白しかないし。
F1　そうだね。うーん、じゃあ、こっちにする。茶色と黒とどっちがいいと思う?
F2　黒はあんまり…。ちょっと暗いかな。
F1　そう? じゃあ、これにする。これ買って。
F2　はいはい。

**女の人はどんなかばんを買いますか。**

### 3 ばん

103

**男の人が店員と話しています。男の人はまず何をしますか。**

F　いらっしゃいませ。
M　この、カレーをください。
F　あ、すみません。お支払いが先になるんですが。
M　あ、そうですか。おいくらですか。
F　８２０円なんですが、あの、入り口に機械があるので、そこで先にチケットを買っていただけますか。
M　あ、そうなんですか。一万円札しかないんですけど、両替してもらえますか。
F　一万円札も使えますよ。
M　そうですか。分かりました。ありがとうございます。

**男の人はまず何をしますか。**

**4ばん** 

**不動産屋で女の人が母親と話しています。女の人はどこに住むことにしましたか。**

F1 やっぱり、マンションがいいなあ。最近、事件も多いし、安全なところ。

F2 それはそうだけど、家賃がねえ、ちょっと…。

F1 思ったより高いね。都心だからね。

F2 ちょっと会社から離れちゃうけど、郊外だったら、マンションでも借りられるんじゃない？

F1 そうねえ。早起きがちょっとつらいけど、アパートよりはいいか。

F2 そうよ。そうしたら。

F1 うん。

**女の人はどこに住むことにしましたか。**

**5ばん** 105

**会社で男の人と女の人が話をしています。男の人はこのあと何をしますか。**

F どうしたんですか。顔色悪いですね。

M ちょっと頭が痛くて…。疲れたんだと思います。

F 薬は飲みましたか。私、薬局に行って買ってきましょうか。

M いえ。家に帰って休めばよくなると思います。

F じゃあ、治らなかったら、必ず病院に行ってくださいね。お大事に。

M はい。じゃあ、すみませんが、お先に失礼します。

**男の人はこのあと何をしますか。**

**6ばん** 106

**母親と息子が話しています。母親はこれから何をしますか。**

M 明日、学校で博物館へ行くんだ。

F あら、じゃあ、お弁当を持っていくんでしょう。材料買ってこなくちゃ…。

M ううん。向こうに食堂があるんだって。

F そうなの。

M それでね、お菓子を持っていきたいんだけど、お母さん、チョコレートを買ってきて。

F チョコレートって言ってもいろいろあるからね。お金渡すから、自分で好きなの買ってきたら。

M ほんとう？ やった。明日、体操服着ていくから、出しておいてね。

F えっ、まだ洗ってないわよ。じゃあ、すぐ洗濯しなくちゃ。

M うん。早くお金ちょうだい。

F はい。いってらっしゃい。

**母親はこれから何をしますか。**

## 問題2 P. 176

**問題2では、まず質問を聞いてください。そのあと、問題用紙を見てください。読む時間があります。それから話を聞いて、問題用紙の1から4の中から、最もよいものを一つえらんでください。**

**れい**

**女の人と男の人がスーパーで話しています。男の人はどうして自分で料理をしませんか。**

F あら、田中君、お買い物？

M うん、夕飯を買いにね。

F お弁当？ 自分で作らないの？ 時間ないか。

M いや、そうじゃないんだ。

F じゃあ、作ればいいのに。

M 作るのは嫌いじゃないんだ。でも、一人だと…。

F　材料が余っちゃう？
M　それはいいんだけど、一生懸命作っても一人で食べるだけじゃ、なんか寂しくて。
F　それもそうか。

**男の人はどうして自分で料理をしませんか。**

### 1ばん

108

**銀行で、女の人が銀行の人と話しています。女の人は何をしたいですか。**

F　すみません。これ、日本円に両替してください。
M　申し訳ありません、お客様。こちらではドルしか扱ってないんです。
F　え、そうなんですか。困ったなあ。
M　はい。ユーロは、この近くですと、東京支店で取り扱いがありますが。
F　東京駅ですか、もっと近くにはないですか。
M　インターネットでそういったサービスがあるようですが…。
F　分かりました。調べてみます。

**女の人は何をしたいですか。**

### 2ばん

109

**会社で、男の人と女の人が話しています。男の人はどうして忙しいのですか。**

F　最近、忙しそうですね。
M　ええ。毎日夜遅くまで会社にいますよ。
F　新商品、そんなに売れてるんですか。
M　ああ、悪くはないんですけど、そんなに売れているってわけでもないですね。
F　じゃあ、どうして？
M　山田さん、知ってるでしょう。入院したんですよ。
F　え、そうなんですか。
M　そうそう、おかげで、大変ですよ。この報告書を書くのも本当は彼の仕事なんだけど…。
F　そうだったんですか。山田さん、何か病気でもしたんですか。
M　いや。階段で転んだらしいですよ。骨が折れちゃったんですって。

**男の人はどうして忙しいのですか。**

### 3ばん

110

**男の人と女の人が話しています。女の人はどうしてコンサートに行ったことがないのですか。**

M　この間、ライブに行ってきたんだ。最高だったよ。
F　へえ、私生まれてから一度もコンサートとか、ライブとか行ったことないんだ。
M　そうなんだ。まあ、お金もかかるし、場所も遠かったり、いろいろ面倒だよね。
F　本当は行きたいんだけどね。情報があまりなくて、買おうと思ったときには、いつもなくなってるの。
M　あー、人気のあるアーティストはなかなか難しいよね。
F　そう。だから、DVDで我慢してるよ。
M　いつか行けるといいね。

**女の人はどうしてコンサートに行ったことがないのですか。**

### 4ばん

111

**男の人と女の人が話しています。男の人はどうして仕事を辞めますか。**

F　せっかく入った新聞社なのにどうして？記者になるのが、夢だったんでしょ？
M　うん。そうだったんだけど、記者の仕事をして、いろいろな人と話をするうちにね、新しい夢ができたんだ。

F いまから、また大学に入りなおすなんて大変だよ。

M 分かってるけど、挑戦したいんだ。

F しかも、医学部なんて…。無事医者になるまでに何年かかると思ってるの？

M 時間はかかっても、苦しんでいる人を助けたいんだよ。

F そうか。すごいね。頑張ってね。

M ありがとう。

**男の人はどうして仕事を辞めますか。**

### 5ばん

112

**夫婦が話しています。二人は子どもに何を習わせますか。**

F お父さん、あの子、絵を習いたいって言うんだけど、どう思う？

M 絵か、あいつは体が弱いから、運動をしたほうがいいんじゃないか。

F 私も、スポーツをさせたいのよね。男の子だし。野球とか。

M 体を丈夫にするには、水泳がいいっていうけどね。

F 水泳か。なるほど。やってみたら、楽しいかもしれないし、やらせてみようかな。絵はもう少しあとでもいいしね。

M 本人がやりたいっていうんだから、両方やらせたらいいんじゃないか。

F それもそうね。じゃあ、そうしましょう。

**二人は子どもに何を習わせますか。**

### 6ばん

113

**男の人と女の人が話しています。男の人はどうして女の人に電話をしましたか。**

M もしもし。高橋です。

F あ、久しぶり。元気？どうしたの？

M あ、ちょっと話があって。そうそう、今度、高校のクラス会があるって聞いた？

F うん。連絡来たよ。ちょっと行けそうにないけど。高橋くんは行くの？

M いや、ぼくも行かない。仕事があるから。

F みんな忙しいんだね。で、話って？

M あ、話っていうのは、実は、うちの会社で語学のできる女の子探してるんだけど、興味ないかなあと思って。

F え、何々？詳しい話を聞かせて。

M うん。じゃあ、よかったら、明日、会おうよ。

F 分かった。

**男の人はどうして女の人に電話をしましたか。**

## 問題 3 P. 180

**問題３では、問題用紙に何もいんさつされていません。この問題は、ぜんたいとしてどんなないようかを聞く問題です。話の前に質問はありません。まず話を聞いてください。それから、質問とせんたくしを聞いて、１から４の中から、最もよいものを一つえらんでください。**

### れい

**女の人が友達の家に来て話しています。**

F1 田中です。

F2 あ、はい。昨日友達が泊まりに来てたんで、片付いてないけど、入って。

F1 あ、でもここで。すぐ帰るから。あのう、この前借りた本なんだけど、ちょっと破れちゃって。

F2 え、本当？

F1 うん、このページなんだけど。

F2 あっ、うん、このくらいなら大丈夫、読めるし。

F1 ほんと？ ごめん。これからは気をつけるから。

F2 うん、いいよ。ねえ、入ってコーヒーでも飲んでいかない？

F1 ありがとう。

**女の人は友達の家へ何をしに来ましたか。**

1 謝りに来た
2 本を借りに来た
3 泊まりに来た
4 コーヒーを飲みに来た

### 1ばん

115

**家の近くのバス停で、男の人と男の人の姉が話しています。**

F バス、なかなか来ないね。

M うん。30分に来るはずなんだけど、道が混んでるのかなあ。このままだと、遅れちゃいそうで心配だなあ。9時半までに会場に入らないといけないんだけど。

F いつ来るか分からないと不安だね。私、車出そうか。

M え、でも、会社に遅れちゃうよ。

F 仕方ないよ。私は大丈夫。今までこのために一生懸命頑張ってきたんだから、遅刻して受けられなかったら、悲しいでしょ。

M そうだけど…。

F 場所は北山大学だよね。今なら間に合うから、急いで家に戻ろう。

M うん。

**男の人は何をしに行きますか。**

1 授業を受けに行く
2 仕事をしに行く
3 試合をしに行く
4 試験を受けに行く

### 2ばん

116

**会社で女の人が部長と話しています。**

M 新商品のサンプルができたんだが、ちょっと見てくれるか。

F はい。ああ、今までのものよりもずっと軽いですね。持ち運びによさそうです。

M そうだろう。でも、価格はそのままだ。

F でも、これだと、材料にお金がかかりますよね？価格を上げないと、利益があまり出ないと思います。

M 利益も大事だが、安くて質のよい商品を作ることのほうが大事だろう。

F おっしゃることは分かりますが、私は、質がよければ、値段が少し上がっても、買うと思います。

M そうか、じゃあ、値上げも少し考えてみよう。

**女の人は新商品についてどう考えていますか。**

1 商品の質はよいが、価格が高すぎる。
2 商品の質はよいが、価格が安すぎる。
3 価格は適切だが、商品の質はよくない。
4 商品にも価格にも満足している。

### 3ばん

117

**テレビで、女の人が話しています。**

F 夏の空に広がる花火。美しいですよね。さて、この花火、一つ一つ手作りされています。花火作りというのは、機械で行うことが難しく、ほとんど手作りで行われるそうです。えー、ここに、出来上がった花火がありますが、この、30センチほどの大きさの花火を作るのに、なんと、1ヶ月半もかかるそうです。とても、大変な作業ですね。このため、8月の花火大会が終わるとすぐに、次の年の花火大会に向けての、花火作りが始まるんだそうです。

何について話していますか。

1　花火大会の日程
2　花火の楽しみ方
3　花火作りの大変さ
4　花火の作り方

## 問題 4　P. 181

118

問題４では、えを見ながら質問を聞いてください。やじるし（➡）の人は何と言いますか。１から３の中から、最もよいものを一つえらんでください。

### れい

ホテルのテレビが壊れています。何と言いますか。

1　テレビがつかないんですが。
2　テレビをつけてもいいですか。
3　テレビをつけたほうがいいですよ。

### 1 ばん

119

お昼のメニューを決めたいです。何と言いますか。

1　お昼は、何か食べましょうか
2　お昼は、何を食べましょうか。
3　お昼は、何も食べませんか。

### 2 ばん

120

切符売り場が分かりません。何と言いますか。

1　切符売り場を聞きましょう。
2　切符売り場を見ませんでしたか。
3　切符売り場はどこですか。

### 3 ばん

121

後輩がけがをしました。何と言いますか。

1　けがの具合はどう？
2　けがの調子はいい？
3　けがの状況はどう？

### 4 ばん

122

おみやげをもらいました。何と言いますか。

1　わあ、おいしそうですね。
2　つまらないものですが。
3　いつもお世話になっております。

## 問題 5　P. 184

123

問題５では、問題用紙に何もいんさつされていません。まず文を聞いてください。それから、そのへんじを聞いて、１から３の中から、最もよいものを一つえらんでください。

### れい

すみません、今、時間、ありますか。

1　ええと、10時20分です。
2　ええ。何ですか。
3　時計はあそこですよ。

### 1 ばん

124

コピー、３部ずつお願いね。

1　ご理解願います。
2　お伺いいたします
3　かしこまりました。

### 2 ばん

125

昨日どうしてあんなに怒っていたの？

1　友達とけんかしたんだ。
2　試験に合格したんだ。
3　ドキドキするね。

### 3 ばん

126

来週の約束、忘れてませんよね。

1　もちろんです。いい思い出になりました。
2　はい。楽しみにしています。
3　行けなくてすみませんでした。

### 4ばん

127

**私、看護師になるのが夢なんだ。**

1　そうなんだ。頑張ってね。
2　私も昨日夢を見たよ。
3　そうだったの。元気出してね。

### 5ばん

128

**じゃあ、うちの犬、よろしく頼むね。**

1　うん。心配しないで。
2　こちらこそ、よろしくね。
3　お会いできて嬉しいです。

### 6ばん

129

**こちら、もう、ご覧になりましたか。**

1　はい。拝見いたしました。
2　では、私がご案内します。
3　いいえ。まだ、いらっしゃってません。

### 7ばん

130

**来月、結婚式をするんです。**

1　それは驚いたでしょう。
2　じゃあ、準備が忙しいですね。
3　ええ。ぜひ来てください。

### 8ばん

131

**ずいぶん、道が混んでますね**

1　ほんと、がらがらですね。
2　全然、進みませんね。
3　タクシーに乗りましょうか。

### 9ばん

132

**すみません、よく聞き取れなかったんですが。**

1　じゃあ、もう一度説明します。
2　何か、お困りですか。
3　大きい声で話してください。

JLPT

# N3 實戰模擬考題 第5回 解答

## 言語知識（文字・語彙） P. 187

問題 1　1 ①　2 ④　3 ②　4 ①　5 ③　6 ①　7 ③　8 ③

問題 2　9 ①　10 ③　11 ④　12 ④　13 ①　14 ②

問題 3　15 ②　16 ③　17 ④　18 ①　19 ①　20 ④　21 ②　22 ③　23 ①　24 ④　25 ②

問題 4　26 ③　27 ②　28 ③　29 ④　30 ④

問題 5　31 ④　32 ④　33 ①　34 ④　35 ③

---

## 言語知識（文法）・讀解 P. 195

問題 1　1 ④　2 ②　3 ④　4 ③　5 ②　6 ③　7 ①　8 ①　9 ④　10 ③　11 ④　12 ②　13 ④

問題 2　14 ① (4312)　15 ③ (4132)　16 ① (4213)　17 ④ (2143)　18 ① (2413)

問題 3　19 ①　20 ④　21 ①　22 ②　23 ④

問題 4　24 ②　25 ①　26 ③　27 ③

問題 5　28 ①　29 ④　30 ③　31 ③　32 ④　33 ①

問題 6　34 ②　35 ②　36 ③　37 ①

問題 7　38 ②　39 ②

---

## 聽解 P. 215

問題 1　1 ①　2 ④　3 ②　4 ③　5 ③　6 ②

問題 2　1 ②　2 ③　3 ①　4 ①　5 ④　6 ②

問題 3　1 ①　2 ③　3 ③

問題 4　1 ②　2 ①　3 ③　4 ①

問題 5　1 ③　2 ①　3 ③　4 ①　5 ②　6 ①　7 ②　8 ③　9 ①

## 問題 1 P. 216

133

**問題１では、まず質問を聞いてください。それから話を聞いて、問題用紙の１から４の中から、最もよいものを一つえらんでください。**

### れい

**ホテルで会社員の男の人と女の人が話しています。女の人は明日何時までにホテルを出ますか。**

M　では、明日は、９時半に事務所にいらしてください。

F　はい、ええと、このホテルから事務所まで、タクシーでどのぐらいかかりますか。

M　そうですね、３０分もあれば着きますね。

F　じゃあ、９時に出ればいいですね。

M　あ、朝は道が混むかもしれません。１５分ぐらい早めに出られたほうがいいですね。

F　そうですか。じゃあ、そうします。

**女の人は明日何時までにホテルを出ますか。**

### 1 ばん

134

**男の人と女の人が話しています。男の人はどうするつもりですか。**

M　ぼく、今、一人で暮らしてるんですけど、料理ができなくて困っているんです。

F　あー、コンビニのお弁当や外食ばっかりじゃ、体を壊しそうですね。

M　そうなんですよ。母親も電話するたびに心配していて。

F　あ、最近、男の料理教室とかって、流行ってるじゃないですか。

M　あー、ありますね。

F　あとは、体にいいお弁当を配達してくれるサービスもありますよ。

M　へえ。それは便利ですね。

F　うちに広告があるので、持って来ましょうか。

M　じゃあ、お弁当のほうをお願いします。

F　はい。

**男の人はどうするつもりですか。**

### 2 ばん

135

**デパートで女の人が店員と話しています。女の人は何をしますか。**

F　１週間ほど前にここでボールペンを購入したんですが、今日、使おうと思ったら、ボールペンの先がすぐ中に入ってしまって書けないんです。返品はできますか。

M　あの、修理いたしましょうか。買ったばかりですので、交換も可能ですが。

F　実は、買ってからすぐに一度修理していただいているんです。そのときも、同じ原因だったんですけど。でも、ちゃんと直ってなかったみたいです。

M　そうでしたか。申し訳ありません。

F　デザインはすごく気に入ってるんですけど。

M　分かりました。今、お手続きしますね。申し訳ありませんでした。

**女の人は何をしますか。**

### 3 ばん

136

**会社で男の人と女の人が話しています。男の人が準備するものは何ですか。**

F　みなさん、今回のイベントはみなさんのおかげで大成功でした。本当にお疲れ様でした。これから、会議室で、軽く飲んで、疲れを忘れましょう。

M　あ、じゃあ、ぼく、ビールと何かお菓子とか買ってきます。

F　いいのいいの。座って。お酒は買ってあるし、今電話でピザを頼んだから。

M　早いですね。あ、でも吉田さんとか、車ですよね。

F　あ、そっか。じゃあ、お酒はまずいね。

M　ジュース買ってきます。

**男の人が準備するものは何ですか。**

### 4ばん

137

**デパートで女の人が店員と話しています。女の人はどうしますか。**

F1　あ、このワンピース、かわいい。すみません。これ、他のサイズはありますか。

F2　えーっと、こちらがSサイズです。

F1　Sはちょっと小さいかなあ。Mはないですか。

F2　Mは売切れてしまったんです。申し訳ありません。

F1　えー、残念。すごくかわいいのに。

F2　似たような雰囲気のものでしたら、こちらはいかがですか。こちらはMもありますよ。

F1　ああ。うーん、でもやっぱりこれがいいなあ。でも、Sは多分、きついと思うんですよね。

F2　このブランド、すこし大きめなんですよ。よかったら、一度、着てみませんか。

F1　そうですね。そうします。

**女の人はどうしますか。**

### 5ばん

138

**女の人と男の人が話しています。男の人は何を準備しなければいけませんか。**

M　今度のキャンプ、僕は何を準備すればいい?

F　車は佐藤さんが出してくれるんだけど、テントを持ってる人がいなくてね。

M　テントはうちにもあるけど、キャンプ場でも借りられるそうだよ。

F　そう。じゃあ、借りられるものは借りましょう。肉と野菜は途中でみんなで一緒に買おう。あとは、食器はどうする? 借りられるの?

M　ううん。食器はないって。

F　じゃあ、持ってきてくれる?

M　オーケー。

**男の人は何を準備しなければいけませんか。**

### 6ばん

**美容院で女の人が美容師と話しています。女の人はどんな髪型にしますか。**

M　今日はどのようにしますか。

F　カットをお願いします。

M　どのぐらい切りますか。

F　うーん。肩までの長さに切ってください。

M　パーマはかけないんですか。きっとお似合いになりますよ。

F　学校で禁止されてるんです。

M　そうなんですか。前髪はどうしますか。

F　短く切ってください。

M　分かりました。

**女の人はどんな髪型にしますか。**

## 問題2　P. 220

**問題2では、まず質問を聞いてください。そのあと、問題用紙を見てください。読む時間があります。それから話を聞いて、問題用紙の1から4の中から、最もよいものを一つえらんでください。**

### れい

**女の人と男の人がスーパーで話しています。男の人はどうして自分で料理をしませんか。**

F　あら、田中君、お買い物?

M　うん、夕飯を買いにね。

F　お弁当？ 自分で作らないの？ 時間ないか。

M　いや、そうじゃないんだ。

F　じゃあ、作ればいいのに。

M　作るのは嫌いじゃないんだ。でも、一人だと…。

F　材料が余っちゃう？

M　それはいいんだけど、一生懸命作っても一人で食べるだけじゃ、なんか寂しくて。

F　それもそうか。

**男の人はどうして自分で料理をしませんか。**

### 1ばん

141

**女の人が母親と話しています。女の人はどうして遅く帰ってきましたか。**

F1 こんな遅くまで、何をしていたの？

F2 サークルが終わってすぐ帰ってきたんだけど、こんな時間になっちゃった。

F1 ずいぶん遅くまでサークルの練習をしていたのね。

F2 そうじゃなくて、帰りの電車が事故で止まってて。それで、バスに乗り遅れちゃったの。

F1 本当に？友達とご飯でも食べていたんじゃないの。

F2 まさかまさか。あー、おなかすいた。

**女の人はどうして遅く帰ってきましたか。**

### 2ばん

142

**男の人と女の人が話しています。男の人はどうして部屋に写真を飾らないのですか。**

F　へえ、これアルバム？ 見ていい？

M　え、ちょっと恥ずかしいなあ。いいよ。

F　そういえば、部屋に写真一枚もないね。飾るの好きじゃないの？

M　ううん。前は飾ってたんだけどね。今は猫がいるからね。

F　ああ。この子ね。

M　そう。せっかく飾っても、全部、倒しちゃうからね。直すのが大変。

F　なるほどね。

**男の人はどうして部屋に写真を飾らないのですか。**

### 3ばん

143

**夫婦が会話をしています。女の人がこの病院を選んだ理由は何ですか。**

F　ずいぶんのどがはれちゃったみたい。

M　病院行ってきたら？

F　うん。駅前のさくら医院に行こうかな。あそこ、先生が親切なの。ただ、けっこう待たされるのよね。うーん。中村内科に行こうかな。

M　一番よく行くのはどこ？

F　山田クリニック。子どもにお菓子をくれるのよ。だから、子どもを連れて行かなきゃいけないときは、だいたいあそこかな。

M　今日は、ぼくが子どもを見てるから。

F　そうね。じゃあ、さくらにしよう。

**女の人がこの病院を選んだ理由は何ですか。**

### 4ばん

144

**これは水族館で流れたアナウンスです。水族館では何を募集していますか。**

F　アクアワールド水族館では、あなたの作品を募集しています。アクアワールドで見た珍しい魚や面白い生き物の絵を描いて応募してみませんか。海や川に住む生き物であれば、何でも構いません、どんどん送ってください。選ばれた作品は１階のワクワク広場に展示されます。また、アクアワールド水族館の入場券を２枚プレゼントいたします。締め切りは、10月15日土曜日です。たくさんのご応募をお待ちしております。

**水族館では何を募集していますか。**

### 5ばん

145

**女の人と男の人が話しています。女の人はどんな方法でダイエットをしていますか。**

M　ダイエットしてるって本当ですか。
F　はい。高校時代ずっとバスケットボールをしていたんですけど、大学に入って辞めたんですよ。それなのに、そのころと同じように食べてたら、太ってしまって。
M　また運動を始めたんですか。
F　いえ、私、ドーナツが大好きで、毎日、帰りに買ってたんですけど、今は我慢しています。
M　食事はきちんと食べてくださいね。体に悪いですから。
F　あ、ご飯はちゃんと食べています。
M　そうですか。頑張ってください。

**女の人はどんな方法でダイエットをしていますか。**

### 6ばん

146

**夫婦が電話で話しています。男の人はどうやって帰りますか。**

M　もしもし。今日、11時ごろに駅に着くんだけど、駅まで車で迎えに来てくれないかな。
F　えっ。そんな遅い時間に？
M　うん。申し訳ないんだけど、もうバスもない時間だからさ。
F　タクシーに乗ればいいんじゃない。
M　高いと思って…。運動のために歩いてもいいんだけど、疲れてるし、荷物もあるしなあ。分かった。じゃあ、そうするよ。
F　うん。気をつけてきてね。

**男の人はどうやって帰りますか。**

## 問題３　P. 224

**問題３では、問題用紙に何もいんさつされていません。この問題は、ぜんたいとしてどんなないようかを聞く問題です。話の前に質問はありません。まず話を聞いてください。それから、質問とせんたくしを聞いて、１から４の中から、最もよいものを一つえらんでください。**

### れい

**女の人が友達の家に来て話しています。**

F1　田中です。
F2　あ、はい。昨日友達が泊まりに来てたんで、片付いてないけど、入って。
F1　あ、でもここで。すぐ帰るから。あのう、この前借りた本なんだけど、ちょっと破れちゃって。
F2　え、本当？
F1　うん、このページなんだけど。
F2　あっ、うん、このくらいなら大丈夫、読めるし。
F1　ほんと？ ごめん。これからは気をつけるから。
F2　うん、いいよ。ねえ、入ってコーヒーでも飲んでいかない？
F1　ありがとう。

**女の人は友達の家へ何をしに来ましたか。**

1 謝りに来た。
2 本を借りに来た。
3 泊まりに来た。
4 コーヒーを飲みに来た。

## 1ばん

148

**駅で男の人と女の人が話しています。**

F わざわざ来てくれてありがとう。

M うん。向こうに行っても頑張ってね。たまには連絡してね。

F うん。休みには遊びに来てよ。観光地もいっぱいあるし。

M そうだね。行くよ。あ、これ、お弁当。そこで買ったんだ。よかったら、電車の中で食べて。

F ありがとう。ね、最後に一緒に記念写真撮らない?

M うん。じゃあ、駅の人にとってもらおう。

F うん。

**男の人は何をしに来ましたか。**

1 見送りに来た。
2 旅行をしに来た。
3 写真を撮りに来た。
4 お弁当を買いに来た。

## 2ばん

149

**テレビで女の人が話しています。**

F 大学を卒業したとき、私はまだやりたいことが決まっていませんでした。外国が好きでフランスに興味があったので、フランスの田舎の家庭で農業の手伝いをするボランティアをしました。手伝いながら農薬を使わない農業の方法を学びました。また、私たちが食べている野菜や果物などが、手間と時間をかけて育てられていることを知り、食べ物の大切さについて考えさせられました。これらの経験を通して、私はできるだけ多くの人に体にいい物を食べてもらいたいと思うようになりました。今は日本で自分で作った野菜を使ったレストランを始める準備をしています。

**女の人は何について話していますか。**

1 フランスの田舎の魅力
2 野菜や果物の育て方
3 レストランを始めようと思ったきっかけ
4 農薬を使わないことの大切さ

## 3ばん

150

**大学生の男の人と女の人が話しています。**

F 体育の授業、スキーを取ったんだって?

M うん。冬休みに5泊の合宿があって、参加してきたよ。

F どうだった?

M スキーは初めてだったんだけど、結構長い時間練習したから、最後には中級コースでも滑れたよ。

F へえ、すごい。私も来年スキーの授業取ろうかな。

M うん。でも、参加するなら、仲のいい友達と一緒に行ったほうがいいよ。ぼくは、一人で参加したから、話す人がいなくてね。友達と一緒だったらきっと楽しかったのに…。

F そう。じゃあ、そうするよ。

**男の人はスキー合宿についてどう考えていますか。**

1 上手にならなかったが、楽しかった。
2 上手にならなかったし、楽しくなかった。
3 上手になったが、楽しくなかった。
4 上手になったし、楽しかった。

## 問題 4　P. 225

151

**問題4では、えを見ながら質問を聞いてください。やじるし（➡）の人は何と言いますか。1から3の中から、最もよいものを一つえらんでください。**

### れい

**ホテルのテレビが壊れています。何と言いますか。**

1　テレビがつかないんですが。
2　テレビをつけてもいいですか。
3　テレビをつけたほうがいいですよ。

### 1ばん

152

**お皿の上のケーキを食べたいです。何と言いますか。**

1　これ、食べてみて。
2　これ、食べてもいい?
3　これ、食べられる?

### 2ばん

153

**新しい年が始まりました。何と言いますか。**

1　あけましておめでとうございます。
2　よいお年を。
3　よく、いらっしゃいました。

### 3ばん

154

**レストランでお金を払います。店員に何と言いますか。**

1　ご注文お願いします。
2　お支払いください。
3　お会計お願いします。

### 4ばん

155

**後輩がミスをしました。後輩に何と言いますか。**

1　今後、気をつけてね。
2　迷惑かけてごめん。
3　これからも頑張って。

## 問題 5　P. 228

156

**問題5では、問題用紙に何もいんさつされていません。まず文を聞いてください。それから、そのへんじを聞いて、1から3の中から、最もよいものを一つえらんでください。**

### れい

**すみません、今、時間、ありますか。**

1　ええと、10時20分です。
2　ええ。何ですか。
3　時計はあそこですよ。

### 1ばん

157

**今度の社員旅行、行くでしょう?**

1　いや、今日はまっすぐ帰るよ。
2　いいねえ、一杯行きましょうか。
3　もちろん参加します。

### 2ばん

158

**これ、全部捨てていいんですよね。**

1　はい。燃えるゴミです。
2　はい。捨てておきます。
3　ええ、よろしかったら、田中さんもどうぞ。

### 3ばん

159

**買ったばかりなのに、壊れちゃった。**

1　うん。さっき買ったところだよ。
2　もう、3年も使ったからね。
3　じゃあ、サービスセンターに電話したら?

### 4ばん

160

**事故の原因は何ですか。**

1　前をよく見ていなかったようです。
2　それは、大変でしたね。
3　ええ、怪我をしました。

### 5ばん

161

**空港に何をしに行くんですか。**

1　飛行機、到着しましたよ。
2　母を迎えにいくんです。
3　ええ、海外旅行はよく行きますよ。

### 6ばん

162

**郵便局に行ってきます。**

1　じゃあ、切手買ってきて。
2　いいなあ。私、行ったことない。
3　きれいに掃除してきてね

### 7ばん

163

**うわあ、ずいぶん並んでますね。**

1　ええ。人気がないんですね。
2　そうですね。他の店にしましょうか。
3　はい、本当においしいですね。

### 8ばん

164

**アンケートにご協力お願いします。**

1　忙しいところ、ありがとうございます。
2　分かりました。いくらですか。
3　すみません、急いでいるので。

### 9ばん

165

**お客様のお名前をご記入ください。**

1　えーと、どこに書けばいいですか。
2　はい。さとうたかしです。
3　ええ、こちらにどうぞ。

# N3 第 1 回

## 問題 1 P. 230

**在問題 1 中，請先聆聽問題。接著根據對話，從試卷的 1 到 4 選項中選出一個最合適的答案。**

### 範例

**公司的女職員和男職員在飯店裡說話。女職員明天幾點前要離開飯店呢？**

M：那麼，明天請 9 點半到辦公室。

F：好的。那個，從這間飯店到辦公室，搭計程車大概需要多少時間呢？

M：這個嘛，30 分鐘應該可以到。

F：所以，9 點出門就可以了，對吧？

M：啊，早上說不定會塞車。提早 15 分鐘出門會比較好喔。

F：這樣啊。好的，就這麼辦。

**女職員明天幾點前要離開飯店呢？**

### 1 題

**女人正在餐廳點餐。女人要付多少錢？**

F：不好意思。午間套餐有附咖啡嗎？

M：沒有。午餐都是 800 日圓，不過咖啡和甜點另外算，每一種都再加 100 日圓就可以附上。

F：啊，那麼，麻煩你兩種各來一份。咖啡可以換成紅茶嗎？冰的。

M：不好意思。冰的要再加 50 日圓。

F：那麼，熱的就可以了。

M：了解了。

**女人要付多少錢？**

### 2 題

**男人和女人在說話。兩人約在哪裡碰面？**

M：我們約好下星期四要碰面，沒問題吧？

F：嗯嗯，要約在哪裡呢？新宿站的剪票口怎麼樣？ 3 號出口還是 2 號出口來著？

M：距離電影院最近的是 2 號出口喔。但是那邊人潮有點多，我們約在「丸山」這家店前面嘛，就在郵局旁邊那家。

F：「丸山」已經倒了吧。

M：什麼！是這樣喔。那，還是約在剪票口好了。

F：知道了。

**兩人約在哪裡碰面？**

### 3 題

**女性前輩跟男性後輩在公司說話。男性後輩接下來要先做什麼事情？**

F：你已經整理好資料了對嗎？

M：是的。按星期歸整成資料夾了。

F：今年的資料和去年的資料有分開嗎？

M：有的。今年的是這個綠色的資料夾，去年的是這邊的藍色資料夾，請過目。

F：啊啊，都有好好地照著日期新舊排序！那，這個，在這裡寫上資料的名稱，然後放到書架上吧。

F：了解了。

**男性後輩接下來要先做什麼事情？**

### 4 題

**女人在書店挑選要送給孩子的就學賀禮。女人要買什麼樣的書？**

F：不好意思。我想選今年上小學的兒子的賀禮。

M：小學生是嗎？漫畫套書您覺得如何？
F：唔，漫畫會不會有點……？
M：雖說是漫畫，但是卻對學習很有幫助喔。這一套科學系列人氣相當高。
F：啊，原來如此。可以快樂學習。
M：是的。另外，這個交通工具的書也賣得很好。
F：這個的話，因為他很喜歡，所以家裡已經一堆了。
M：這樣啊。還有像這樣的歷史套書，如何？
F：嗯～，還是買剛剛的漫畫吧。
M：了解了。

**女人要買什麼樣的書？**

## 5 題

**在打工的面試中，男學生跟店長正在說話。男學生要工作多長時間？**

F：這是你第一次打工嗎？
M：不是。一年級的暑假我曾短暫地在便利商店工作過。
F：這樣啊。可以的話，我們這邊希望你一個禮拜排 4 天以上的班，你可以嗎？
M：那個，我一個星期要參與 3 次社團的練習，一個星期想起碼休息 1 次。
F：所以就是一個禮拜 3 次對吧。知道了。可以做幾個小時呢？
M：可以從 5 點到 8 點。
F：有點短耶。到 9 點不行嗎？
M：可以的。
F：那麼，就照這樣，麻煩你囉。
M：好的。請多多指教。

**男學生要工作多長時間？**

## 6 題

**男人打了通電話到公司。給男人的留言是哪一個？**

F：你好，這裡是 ABC 公司。
M：喂喂，我是中田。
F：啊，中田先生，辛苦了。
M：那個，有人打電話給我嗎？
F：請稍等一下，我確認一下留言。那個，櫻花出版社有打來。好像說會再打的樣子。
M：就這樣嗎？第三銀行說 1 點左右會回電給我。
F：嗯～，沒有其他來電了呢。如果有打電話來，我馬上跟您聯繫。
M：不用了，我自己打過去看看。

**給男人的留言是哪一個？**

## 問題 2 P. 231

**在問題 2 中，請先聆聽問題。接著請看試卷，有時間可以閱讀。接著依據對話，從試卷的 1 到 4 選項中選出一個最合適的答案。**

## 範例

**女人和男人在超市說話。男人為什麼不自己做飯呢？**

F：哎呀，田中，來買東西啊？
M：嗯，來買晚餐。
F：便當嗎？你不自己做飯嗎？沒有時間啊！
M：不，不是那樣的。
F：那，自己做飯就好了呀。
M：我並不是討厭做飯，只是一個人的話……。
F：會有食材用不完？
M：那倒是還好，只是不管我多努力做飯，還是自己一個人吃，總覺得有點寂寞啊。

F：那倒也是。

**男人為什麼不自己做飯呢？**

## 1 題

**男高中生和女高中生在說話。男高中生想要學什麼呢？**

M：嗨，我有事情想要問妳。

F：什麼事？

M：田中妳參加的運動俱樂部，不會游泳的人也可以加入嗎？

F：是可以加入，但是你完全不會游嗎？

M：嗯，不過，我想要試試看。

F：網球社的練習就讓你忙不過來了，不會太勉強嗎？

M：田中妳不也是還參加了舞蹈教室，不是嗎？

F：也是。如果你想要的話就試試看吧！

**男高中生想要學什麼呢？**

## 2 題

**男人和女人在說話。女人跟誰長得很像？**

M：之前初次見到田中小姐妳的父親，他跟田中小姐妳長得好像喔！

F：是嗎？因為眼睛很像，所以老是被說長得很像。但是性格完全不同就是了。

M：這樣啊。我是長相和性格都跟我媽媽很像。

F：喔～。我也是鼻子像媽媽，性格上也是跟媽媽比較像。像是溫柔婉約之類的。

M：哈哈哈，原來如此。

**女人跟誰長得很像？**

## 3 題

**小學男生正在說話。他說什麼事情讓他開心呢？**

M：我現在和父母親以及奶奶一起住。我的父親總是很忙，幾乎都不在家。母親也有工作，所以總是由奶奶來照顧我們兄弟。我的奶奶非常溫柔。但是，父親和母親都很晚回家，所以多少還是覺得有點寂寞。周末的時候母親休假，所以母親會為我們做飯。雖然並不是很會煮，但對我來說，那是最開心的事情了。

**小學男生說什麼事情讓他開心呢？**

## 4 題

**女人和男人在說話。女人要節省什麼？**

F：接下來朋友要辦結婚典禮，需要花一點錢。所以從明天開始不得不暫時節省一點。

M：唔，是喔。

F：嗯嗯。暫時就不外食了。事實上我並不是很喜歡做飯，但是我已經買了結婚典禮時要穿的禮服，所以也沒辦法。

M：用其他的方法試試看啊。縮短洗澡的時間，電燈不要一直開著之類的。

F：哈哈哈，光是那樣做是省不了多少錢的。

M：是喔。

**女人要節省什麼？**

## 5 題

**女人和男性前輩正在公司說話。女人為了什麼而被糾正呢？**

M：田中小姐，妳現在在做什麼？

F：啊，我正在製作經理交代的文件。

M：比起那個，昨天致謝的電話妳打了嗎？

F：啊，還沒。我現在就發送 E-Mail。

M：不行啦。不馬上致意的話很失禮的。而且不要用 E-Mail，必須打電話過去。用 E-Mail 沒辦法傳達心意對吧。

F：我了解了。真的很抱歉。

M：致謝電話這麼晚才打的事情，也要好好道歉喔。

F：好的。

**女人為了什麼而被糾正呢？**

## 6 題

**女人和母親在餐廳說話。母親怎麼服用藥物？**

F1：媽媽，妳有帶藥來嗎？吃完午餐之後妳還沒吃藥對吧？

F2：嗯嗯。早上吃過了，所以接下來晚上吃就可以了。

F1：咦，是這樣嗎？

F2：嗯嗯。之前的藥 1 天要吃 3 次，每次吃 3 種藥，但我覺得太多了，我不喜歡，所以就改藥。這個吃 1 種就可以了。

F1：媽媽真的很討厭吃藥呢。

F2：是啊。我希望儘可能不要吃藥。

**母親怎麼服用藥物？**

## 問題 3 P. 233

**在問題 3 中，答案紙上沒有印任何內容。這項考題是詢問整體內容為何的題目。對話開始之前不會有提問。首先請聆聽對話，接著再聽取問題及選項，並從 1 到 4 選項之中選出一個最合適的答案。**

## 範例

**女人來到朋友家說話。**

F1：我是田中。

F2：啊，好的。昨天有朋友來住，我還沒有好好整理。請進。

F1：啊，在這裡就可以了。我馬上就要回去。那個，我要跟妳說先前跟妳借的書，有一點破損了。

F2：啊，真的啊？

F1：嗯～，就是這一頁。

F2：啊，嗯～，這樣的話不要緊的，而且也還可以看。

F1：真的嗎？真抱歉。以後我會更加小心的。

F2：嗯嗯，好。那個，不進來喝個咖啡之類的嗎？

F1：謝謝。

**女人來朋友家做什麼？**

1. 來道歉。
2. 來借書。
3. 來住宿。
4. 來喝咖啡。

## 1 題

**男人在問女人讀書心得。**

M：先前我借妳的書，妳看了嗎？

F：看了。一轉眼就看完了。真的很棒。

M：對啊對啊。所以那個作家的書經常被翻拍成電視劇。

F：是啊。之前我就是看了電視劇，覺得非常感動，所以才會想要看看原著作品。

M：我也是這樣。不過我覺得電視劇比較好看。

F：我覺得書也很棒。

M：書最後的部分並沒有那麼好。

F：這樣啊。那樣的結局我倒是覺得還不錯。

**女人對那本書有什麼感想？**

1. 比起電視劇來說，書比較棒。
2. 比起書來說，電視劇比較棒。
3. 電視劇和書都很棒。
4. 電視劇和書都不好。

## 2 題

**在手機專賣店裡，男人在跟店員在說話。**

F：歡迎光臨。您要找手機嗎？

M：不是。這支手機，我明明什麼都沒做，但是畫面卻會自己變。

F：請讓我看一下。啊啊，真的耶。要送修嗎？

M：我想送修，但要花多少時間呢？

F：大約需要 1 星期的時間。因為我想這必須要更換零件，費用大約是 6,000 日圓左右。

M：滿多錢的。那麼，我稍微考慮一下再過來。啊，電池好像沒電了。不好意思，幫我充電一下可以嗎？

F：好的，那麼，就暫時由我們保管。

**男人來做什麼？**

1. 為了買手機
2. 為了修理手機
3. 為了詢問使用方法
4. 為了幫手機充電

## 3 題

**女人正在對電話答錄機錄製留言。**

F：喂喂，我是齊藤。我剛旅行回來。謝謝你幫我拿了舞台劇的門票。然後，那個，原本我是預定要跟朋友一起去，但是那個朋友突然有急事，所以如果可以的話，要不要跟我一起去看？這個是現在最火紅的舞台劇，我想一定很好看。聽到留言的話，請跟我聯繫。那就這樣。

**女人最想講的事情是什麼？**

1. 剛結束旅程回來的事情
2. 朋友有其他要事的事情
3. 想一起去看舞台劇的事情
4. 舞台劇很火紅的事情

## 問題 4 P. 235

**在問題 4 中，請邊看圖邊聆聽題目。箭頭（→）所指的人該說什麼呢？請從 1 到 3 選項中選出一個最合適的答案。**

## 範例

**飯店的電視壞掉了。該說什麼呢？**

1. 電視打不開。
2. 可以打開電視嗎？
3. 把電視打開比較好喔。

## 1 題

**上班遲到了。該說什麼呢？**

1. 我很抱歉。
2. 好久不見。
3. 受您關照了。

### 2 題

**正在上課的時候，因為身體不舒服所以想回家。該跟老師說什麼呢？**

1. 因為身體不太舒服，所以提早回家是可以的嗎？
2. 我身體不舒服，請讓我提早回家。
3. 不好意思，可以讓他提早回家嗎？

### 3 題

**想要看朋友的筆記。該說什麼呢？**

1. 可以讓我看一下筆記嗎？
2. 可以幫我看筆記嗎？
3. 來看一下筆記吧！

### 4 題

**小孩子要到學校去。小孩子該說什麼呢？**

1. 歡迎回家。
2. 請慢走。
3. 我出門了。

## 問題 5 P. 235

**在問題 5 中，試卷上沒有印任何內容。請先聆聽內容，接著聽取回應，並從 1 到 3 選項中選出一個最合適的答案。**

### 範例

**不好意思，你現在有時間嗎？**

1. 唔，10 點 20 分。
2. 嗯～，有什麼事嗎？
3. 時鐘在那裡。

### 1 題

**您母親好嗎？**

1. 是的，可以喔。
2. 是的，托您的福。
3. 是的，您很好。

### 2 題

**已經吃飽了嗎？**

1. 是的，謝謝招待。
2. 是的，我肚子餓了。
3. 是的，我開動了。

### 3 題

**媽媽，不可以養寵物嗎？**

1. 可以是可以，但是要謹慎使用。
2. 啊啊，那個的話，就放在那裡喔。
3. 不行不行，照顧起來很麻煩的。

### 4 題

**您要點什麼呢？**

1. 烤魚套餐一份。
2. 總共 3,000 日圓。
3. 請給我這雙鞋。

### 5 題

**大約幾點回來呢？**

1. 真的很慢呢。
2. 3 點出發。
3. 中午之前回來。

### 6 題

**明天下午有空嗎？**

1. 嗯，說是從下午開始。
2. 抱歉，我有點事。
3. 那麼，就約在電影院前面囉。

### 7 題

**這本書可以借我到明天嗎？**

1. 可以，一定要還喔。
2. 謝謝。幫了好大的忙。
3. 從圖書館借回來了呢。

## 8 題

**每天都是炎熱的日子啊！**

1. 好想趕快變得涼快一些喔。
2. 冬天已經完全降臨。
3. 那個，我把傘借給你吧。

## 9 題

**開會的時間有變更喔！**

1. 好的，我理解了。
2. 好的，我了解了。
3. 好的，變更好了。

# N3 第 2 回

## 問題 1 P. 238

**在問題 1 中，請先聆聽問題。接著根據對話，從試卷的 1 到 4 選項中選出一個最合適的答案。**

## 範例

**公司的女職員和男職員在飯店裡說話。女職員明天幾點前要離開飯店呢？**

M：那麼，明天請 9 點半到辦公室。

F：好的。那個，從這間飯店到辦公室，搭計程車大概需要多少時間呢？

M：這個嘛，30 分鐘應該可以到。

F：所以，9 點出門就可以了，對吧。

M：啊，早上說不定會塞車。提早 15 分鐘出門會比較好喔。

F：這樣啊。好的，就這麼辦。

**女職員明天幾點前要離開飯店呢？**

## 1 題

**在公司，女人和男人在說話。男人接下來要先做什麼事情？**

F：新商品的案子，讓經理看過了嗎？

M：是的。剛剛也得到回應了。好像那樣就可以了的樣子。

F：真的嗎！？啊啊，真是太好了。那麼，要趕快開會了。

M：那就來準備資料吧。

F：啊，在此之前先吃個午飯吧？。

M：已經到了這時間了啊。那麼，我就先去預約會議室。

F：麻煩你了。

**男人接下來要先做什麼事情？**

## 2 題

**男人打電話到影印機客服中心。客服中心接下來要做的事情是什麼？**

F：您好，這裡是 ABC 電器客服中心。

M：不好意思，我要送修影印機。

F：請問是什麼問題？

M：紙卷不進去。

F：我了解了。我轉接給負責技術維修的人員。請稍待片刻。

M：好的。

F：很抱歉，目前人員電話中，稍後給您回電可以嗎？

M：我知道了。

**客服中心接下來要做的事情是什麼？**

## 3 題

**男學生和女學生在打工的地方說話。女學生之後要做什麼？**

M：哇，傷腦筋，怎麼辦才好？

F：怎麼了嗎？

M：下個星期是社團的成果發表會，但我忘記當天必須要打工。

F：是喔？星期幾呢？
M：星期六，13 號。
F：13 號啊。我是很想幫你代班，但是我那天也跟朋友有約了。
M：是喔。那麼，我去問問看伊藤小姐好了。
F：我想伊藤小姐那天應該也不行。嗯，沒辦法了。我打個電話給朋友。我想，應該可以改約其他日子。
M：真的很不好意思。抱歉。我會先跟店長說一聲的。
F：好。那麼作為交換，14 號的班你要幫我上喔！
M：當然。
**女學生之後要做什麼？**

## 4 題

**答錄機裡有母親給男孩的留言。男孩得做什麼？**
F：喂，小智，我是媽媽。我現在來到了醫院，醫院人很多，看來會再多花一點時間。那個，晚餐要吃什麼好呢？我去買一點小智喜歡吃的東西。你先寫作業，等我一下喔。今天你要練習足球對吧？我想在此之前應該趕得上，我會趕快回家的。掰掰！
**男孩得做什麼？**

## 5 題

**百貨公司裡，女人在和店員說話。女人要付多少錢？**
M：金額總計是 3,400 日圓。您有集點卡嗎？
F：是的，我有。給你。
M：您的點數可折抵 1,000 日圓，這次可以使用，請問您想要折抵嗎？
F：啊，你是指結算金額再減 1,000 日圓的意思嗎？
M：是的，沒有錯。
F：不用，今天不需要。啊，我沒有零錢。不好意思，麻煩請幫我折抵 400 日圓的點數就好。
M：好的，了解了。
**女人要付多少錢？**

## 6 題

**男人和女人在公司說話。男人接下來要先做什麼？**
F：午餐，你吃了嗎？
M：不，還沒吃。
F：那，要不要一起去吃呢？
M：我還有些沒做完的工作，我想再 5 到 10 分鐘左右可以完成。
F：嗯嗯，那麼，我先去餐廳好了。
M：好的。我做完之後會馬上過去。
**男人接下來要先做什麼？**

## 問題 2 P. 239

**在問題 2 中，請先聆聽問題。接著請看試卷，有時間可以閱讀。接著依據對話，從試卷的 1 到 4 選項中選出一個最合適的答案。**

## 範例

**女人和男人在超市說話。男人為什麼不自己做飯呢？**
F：哎呀，田中，來買東西啊？
M：嗯，來買晚餐。
F：便當嗎？你不自己做飯嗎？沒有時間啊！
M：不，不是那樣的。
F：那，自己做飯就好了呀。
M：我並不是討厭做飯，只是一個人的話……。
F：會有食材用不完？

M：那倒是還好，只是不管我多努力做飯，還是自己一個人吃，總覺得有點寂寞啊。

F：那倒也是。

**男人為什麼不自己做飯呢？**

## 1 題

**女人和男人在說話。女人在學什麼樂器？**

F：從以前我一直都好想要學彈鋼琴。

M：嗯嗯。妳以前說過。

F：但是，要買台鋼琴也是很困難的事情，所以我就開始學別的樂器了。

M：咦，什麼什麼？小提琴之類的嗎？

F：啊，你怎麼知道？

M：因為，妳喜歡古典樂不是嗎？所以我才想說妳該不會是喜歡那類型的吧？

F：對啊。不過，彈吉他也好帥喔！打鼓也很棒。

M：吉他我曾經彈過喔。雖然並不是彈得很好。

**女人在學什麼樂器？**

## 2 題

**男人和女人在公司說話。男人小時候是怎麼樣的孩子？**

F：我從沒看過伊藤先生在工作上犯過錯誤。您從小就都是如此嚴謹嗎？

M：真要說起來的話，倒是常惹人生氣。漫不經心的狀況還挺多的。

F：唔，以現在來看真的有點難以想像。

M：是這樣嗎？

F：嗯嗯。總覺得你是個很會讀書、很認真的孩子。

M：我自己總是覺得已經準備得很充分了，但到了學校之後卻經常會發生沒帶課本或是沒帶鉛筆之類的事情。

F：嘿嘿，稍微感到安心一點了。

**男人小時候是怎麼樣的孩子？**

## 3 題

**男人和女人在找旅館。這兩人在尋找旅館時，最重要的考量是什麼？**

M：這間怎麼樣？房間很漂亮，而且很寬敞。

F：餐點的評論如何？

M：在這本雜誌中的評價挺高的喔。溫泉也很大，不是很棒嗎？

F：咦，但是，這裡距離海邊有點遠耶。

M：啊，真的耶。不是走路就可以到的距離。

F：嗯嗯。再找找其他地方吧！

M：也是。

**這兩人在尋找旅館時，最重要的考量是什麼？**

## 4 題

**男人和女人在說話。男人為什麼覺得工作很辛苦？**

F：習慣新公司了嗎？聽說很辛苦？

M：真是，我真的好想辭職了，但才剛剛進來而已……。

F：每天都要加班對吧？

M：那倒是還好，主要是很常出差。甚至有一整個月幾乎都回不了家的情況。

F：那未免太辛苦了。老闆看起來人不錯就是了。

M：是啊。所以才會難以辭職啊。

**男人為什麼覺得工作很辛苦？**

## 5 題

**男人和女人在公司說話。男人今天弄丟的東西是什麼？**

M：啊，糟糕了。

F：咦，怎麼了嗎？

M：我剛剛不是搭計程車從光工業回來嗎？那個時候把紙袋留在車裡了。

F：裡面有放什麼重要的資料嗎？

M：沒有，但放了拿到的名片。
F：為什麼沒有馬上放進去皮夾裡呢？
M：不知不覺就放到我帶去的紙袋裡面了。
F：先前你也在計程車裡遺失了皮夾對吧？
M：對啊。其實也曾經把手機弄丟。
F：你謹慎一點啊！
**男人今天弄丟的東西是什麼？**

## 6 題

**男人和女人在說話。女人要喝什麼樣的咖啡？**
M：辛苦了。要喝點什麼嗎？
F：啊，謝謝。
M：喝咖啡好嗎？天氣很熱，我放些冰塊進去，好嗎？
F：啊，溫的就可以了。因為空調，我的身體直發冷。
M：要加糖嗎？
F：好的。請加多一點。
M：鮮奶要加嗎？
F：也請幫我加。
M：好的，這樣就好了嗎？
F：謝謝。
**女人要喝什麼樣的咖啡？**

## 問題 3 P. 241

**在問題 3 中，答案紙上沒有印任何內容。這項考題是詢問整體內容為何的題目。對話開始之前不會有提問。首先請聆聽對話，接著再聽取問題及選項，並從 1 到 4 選項之中選出一個最合適的答案。**

## 範例

**女人來到朋友家說話。**
F1：我是田中。
F2：啊，好的。昨天有朋友來住，我還沒有好好整理。請進。
F1：啊，在這裡就可以了。我馬上就要回去。那個，我要跟妳説先前跟妳借的書，有一點破損了。
F2：啊，真的啊？
F1：嗯～，就是這一頁。
F2：啊，嗯～，這樣的話不要緊的，而且也還可以看。
F1：真的嗎？真抱歉。以後我會更加小心的。
F2：嗯嗯，好。那個，不進來喝個咖啡之類的嗎？
F1：謝謝。
**女人來朋友家做什麼？**
1. 來道歉。
2. 來借書。
3. 來住宿。
4. 來喝咖啡。

## 1 題

**男人和女人在說話。**
F：啊，這個這個。你知道嗎？我昨天去看了呢！
M：啊，結果怎麼樣？我也正在猶豫要不要去看呢。
F：非常棒喔！雖然是動畫，但是我覺得大人看了也會非常感動。

M：真的嗎？星期三才 1,000 日圓，我明天去看看好了。

F ：嗯嗯。周末的話孩子很多，說不定會有點吵。所以我建議平日去看。

M：那麼，我明天就趕快去看看。好期待喔。

**兩人說話的主題是什麼？**

1. 美術館
2. 電影
3. 舞台劇
4. 遊樂園

## 2 題

**男人和女人到大阪來出差。**

F ：這是你第幾次到大阪了？

M：我是第三次。之前都是來研修旅行的。

F ：好想要至少吃點什麼好吃的再回家。

M：現在不是吃東西的時候吧？山本商社的老闆生氣了喔！說我們為什麼在那麼基本的地方犯錯。

F ：總之也只能去道歉了。

M：工廠的管理方法也稍微思考一下比較好喔。

F ：也是。趕快走吧。

**兩人為了什麼而來呢？**

1. 為了向老闆道歉
2. 為了向老闆說明產品
3. 為了研修
4. 為了到工廠見習

## 3 題

**男人正在說話。**

M：我在三年前搬到這個小鎮。這是個降雪豐富的地區，去年降下了破紀錄的大雪呢。來到這裡之前，我是在東京當上班族，但因為壓力的關係讓身體狀況變得不好，所以開始找新工作。現在我所從事的是農業，種植稻米。這是一份非常辛苦的工作，但跟之前比起來健康多了。我覺得來到這邊真的很棒。

**對於搬到這裡，男人有什麼想法？**

1. 因為工作很輕鬆，所以很棒。
2. 因為變得健康了，所以很棒。
3. 因為工作很辛苦，所以很慘。
4. 因為雪下得很多，所以很慘。

## 問題 4 P. 243

**在問題 4 中，請邊看圖邊聆聽題目。箭頭（→）所指的人該說什麼呢？請從 1 到 3 選項中選出一個最合適的答案。**

## 範例

**飯店的電視壞掉了。該說什麼呢？**

1. 電視打不開。
2. 可以打開電視嗎？
3. 把電視打開比較好喔。

## 1 題

**想跟朋友一起去看電影。該說什麼呢？**

1. 我要去看電影喔。
2. 可以去看電影嗎？
3. 要不要一起去看電影？

## 2 題

**要取消機票。該說什麼呢？**

1. 我是因此要取消⋯⋯。
2. 我想取消機票⋯⋯。
3. 我來幫您取消⋯⋯。

## 3 題

**接收到生日的祝福。該說什麼呢？**

1. 謝謝。
2. 恭喜。
3. 致上恭賀之意。

## 4 題

**想跟老師討論些事情。該說什麼呢？**

1. 老師，可以請您討論一下嗎？
2. 老師，有事想跟您討論一下。
3. 老師，您要討論一下嗎？

## 問題 5 P. 243

**在問題 5 中，試卷上沒有印任何內容。請先聆聽內容，接著聽取回應，並從 1 到 3 選項中選出一個最合適的答案。**

## 範例

**不好意思，你現在有時間嗎？**

1. 唔，10 點 20 分。
2. 嗯～，有什麼事嗎？
3. 時鐘在那裡。

## 1 題

**麻煩你處理的資料，什麼時候可以做好？**

1. 中午之前一定將它完成。
2. 我也會去拜託看看。
3. 完成了的話，請跟我聯繫。

## 2 題

**頭髮要剪掉多少？**

1. 這個有點剪過頭了。
2. 麻煩請剪 3 公分左右。
3. 這個嘛，3 個月 1 次。

## 3 題

**要去圖書館嗎？可以順便幫我還這個嗎？**

1. 嗯，那走吧。
2. 不好意思，謝謝。
3. 好的。我去還。

## 4 題

**最近再碰個面吧！**

1. 好的。我會再聯繫您。
2. 這樣啊，真是可惜。
3. 喔喔，上星期才剛見過面。

## 5 題

**為什麼不打電話給我呢？**

1. 下次買給你。
2. 太忙了。
3. 田中小姐打來的電話。

## 6 題

**要我幫忙拿嗎？**

1. 沒關係。謝謝。
2. 嗯～，再稍微等一下吧！
3. 我稍微拿一下可以嗎？

## 7 題

**這個好好吃喔。請教我怎麼作。**

1. 車站前的蛋糕店。
2. 那麼，我再拿食譜給你喔！
3. 我也是第一次吃。

### 8 題

**聽說你下個月要去留學了？**

1. 是喔？好羨慕喔。
2. 是的。要去美國 4 天 3 夜。
3. 是的。我會去好好努力讀書的。

### 9 題

**你的臉色看起來很差，不要緊吧？**

1. 嗯嗯，有點發燒。
2. 不是我害的。
3. 沒有沒有，沒那麼差。

# N3 第 3 回

## 問題 1 P. 246

**在問題 1 中，請先聆聽問題。接著根據對話，從試卷的 1 到 4 選項中選出一個最合適的答案。**

### 範例

**公司的女職員和男職員在飯店裡說話。女職員明天幾點前要離開飯店呢？**

M：那麼，明天請 9 點半到辦公室。
F ：好的。那個，從這間飯店到辦公室，搭計程車大概需要多少時間呢？
M：這個嘛，30 分鐘應該可以到。
F ：所以，9 點出門就可以了，對吧。
M：啊，早上說不定會塞車。提早 15 分鐘出門會比較好喔。
F ：這樣啊。好的，就這麼辦。

**女職員明天幾點前要離開飯店呢？**

### 1 題

**男人和女人在公司說話。男人要影印幾份？**

F ：佐藤先生，這個可以麻煩你幫忙影印嗎？
M：嗯，要印幾份呢？
F ：要依參加會議的人數印，嗯……。
M：所以就是，我們部門 4 個人，還有課長跟經理對吧。
F ：啊，經理不需要。
M：這樣啊。我知道了。
F ：麻煩你了。

**男人要影印幾份？**

### 2 題

**女人和男人在公司說話。女人結婚之後有什麼打算？**

M：妳要結婚了耶，恭喜恭喜。真讓人感到寂寞啊！
F ：討厭。我不會辭掉工作的啦。畢竟好不容易變成正職員工了。
M：啊，不好意思，我是聽到有這樣的流言傳出來。
F ：這份工作我很喜歡啊。我覺得很適合我。
M：那，會一直在這裡工作嗎？
F ：嗯，我是這麼打算的。
M：現在的時代，一旦辭了工作，要再回到職場，就很難了。
F ：對啊對啊，如果去打工的話，收入會減少很多呢。

**女人結婚之後有什麼打算？**

## 3 題

**一對夫妻在說話。男人要去買什麼？**

F：等一下有客人要來，你可以去買點水果回來嗎？

M：哪一種水果？

F：這個嘛，蘋果，還有，也買個西瓜。

M：西瓜現在已經過季了吧？價格貴而且又不好吃。

F：是這樣嗎？

M：現在這個時節的話買葡萄很棒喔。

F：那就買那個。咦，蘋果還剩這麼多啊。

M：那就不用買了吧。我出發囉。

**男人要去買什麼？**

## 4 題

**女學生和老師在大學裡說話。女學生之後要先做什麼？**

M：這次在北海道有個研討會，可以的話要不要去發表看看呢？

F：咦，真的嗎？

M：嗯，妳前些日子所寫的論文真的很棒。

F：謝謝您。但我覺得還有很多不足的地方，所以稍微做了點修改。老師，可以請您再看一次嗎？

M：可以啊。那，下星期到研究室來吧。

F：謝謝您。

M：在那之前我要先看，所以妳用 E-mail 寄給我吧。

F：好的。麻煩您了。

**女學生之後要先做什麼？**

## 5 題

**男大生和女大生在大學裡說話。男大生接下來必須要先做什麼事？**

M：喂，這次的研討會之旅，搭飛機去應該可以吧。

F：咦，不是預定要搭新幹線嗎？你沒訂票嗎？

M：抱歉抱歉。我太漫不經心了，現在一確認才發現已經沒有座位了。

F：搭飛機不會有點貴嗎？

M：那，我來查一下客運好了。

F：嗯嗯。那又太耗時間了。那麼，為了改搭飛機，就選擇較便宜的飯店吧。

M：妳說得對。我會找看看飯店的。

F：首先要立刻去訂機票！

M：我知道了。

**男大生接下來必須要先做什麼事？**

## 6 題

**一對夫妻在說話。兩人接下來要做什麼？**

F：總覺得，已經好久沒有平日休假了。

M：嗯。總算可以悠閒地賴床了。

F：啊？無所事事閒晃很浪費耶。找點事情做吧！

M：說得也是。那麼要不要去美術館？之前看電視的時候妳說想去的。

F：抱歉。我已經去過了。

M：誒？是嗎？

F：嗯，我們去海邊好不好？我來開車。

M：是有點冷啦，但那也不錯吧。好的，我去準備一下。

F：嗯。

**兩人接下來要做什麼？**

## 問題 2 P. 247

**在問題 2 中，請先聆聽問題。接著請看試卷，有時間可以閱讀。接著依據對話，從試卷的 1 到 4 選項中選出一個最合適的答案。**

### 範例

**女人和男人在超市說話。男人為什麼不自己做飯呢？**

F：哎呀，田中，來買東西啊？

M：嗯，來買晚餐。

F：便當嗎？你不自己做飯嗎？沒有時間啊！

M：不，不是那樣的。

F：那，自己做飯就好了呀。

M：我並不是討厭做飯，只是一個人的話⋯⋯。

F：會有食材用不完？

M：那倒是還好，只是不管我多努力做飯，還是自己一個人吃，總覺得有點寂寞啊。

F：那倒也是。

**男人為什麼不自己做飯呢？**

### 1 題

**女人和父親在講國際電話。女人什麼時候會回國？**

M：妳今年不回家了吧？

F：嗯。因為今年 2 月的時候回去過了。下次就明年了吧。

M：9 月是媽媽的生日對吧。

F：啊啊，對耶。最近工作實在太忙，完全忘記了。

M：真過分啊。

F：抱歉抱歉。但是，現在已經 8 月了耶。爸爸，你要早點講啊。

M：那不然，至少送點什麼當作祝賀吧。

F：知道了。我有請到 1 月的假，到時候會回去的。

**女人什麼時候會回國？**

### 2 題

**女人和男人在說話。女人感到驚訝的事情是什麼？**

F：前不久我去紐約出差了。

M：好好喔。我聽說聖誕節的紐約很棒！

F：嗯，如夢幻一般。雖然有點冷。

M：是個比東京還要更大的城市吧。

F：這倒沒有。說不定是東京比較大喔。

M：唔，真叫人感到意外。

F：而且，走在路上的時候，常會被問路。在日本的話，通常不會向外國人問路的，所以讓我有點驚訝。

M：一定是因為紐約有很多不同國家的人居住，所以才會不在乎對方是不是外國人吧？

F：啊，原來如此。總之我玩得很開心。田中先生也請一定要去一次。

M：好的。

**女人感到驚訝的事情是什麼？**

### 3 題

**女人正在談論自己的工作。女人說她自己很擅長做什麼？**

F：你問我在便當店工作的辛苦之處嗎？我並不是負責製作的，所以沒有那麼辛苦，但是這附近的公司行號很多，所以一到中午就會突然有很多客人上門。那時候就會忙碌一些。做了這份工作之後，會碰到很多人，但我很擅長記長相，所以只要客人來過一次，我就一定會記得。因此，客人再度上門會讓我感到很開心，自然而然就會流露出笑容。

**女人說她自己很擅長做什麼？**

## 4 題

**女人和男人在公司說話。加藤小姐被選上的原因是什麼？**

M：課長，這次要進公司的新社員已經決定好了嗎？

F：嗯，有個名為加藤的女孩子，聽說英文說得很流利。

M：好厲害喔。

F：但是，那倒不是她被選上的主要原因。她在個性上不太會強烈地表達自己的意見，而且可以好好地聽別人說話，經理對此相當滿意。

M：原來如此。

F：對啊對啊。如果是老愛跟別人吵架的人的話，那就傷腦筋了。

**加藤小姐被選上的原因是什麼？**

## 5 題

**女學生和男學生在說話。女學生最開心的事情是什麼？**

F：暑假快結束了呢。

M：真的，太快了。暑假真的過得好開心！

F：我在海邊打工可是過得很辛苦呢！害得我就連慶典也沒法去參加。

M：我則是第一次出國了，真的留下了深刻的印象。

F：出國好好喔。雖然我留在國內，但是這個夏天真的過得很開心。

M：妳說妳去了京都啊？

F：嗯，好想再去喔。

**女學生最開心的事情是什麼？**

## 6 題

**男老師和女老師在中學校園裡說話。男老師所教的科目是什麼？**

F：有人說最近的小孩子們都不太讀書了，老師也有這樣的感覺嗎？

M：嗯嗯。我覺得讀得來的孩子跟讀不來的孩子之間的差距越來越大了。就像在我的課堂上，也有那種連小學時就學過的漢字都不認得的孩子。

F：這樣啊。

M：而且還說，就算不懂漢字也不會有什麼困擾呢。所以就連課本也看不懂。

F：現在的確是利用電腦做個轉換就可以了。我上的音樂課大家倒是都很認真。

M：哎呀，音樂也好，體育也罷，如果孩子能有一個喜歡的科目那就太好了。

**男老師所教的科目是什麼？**

## 問題 3 P. 249

**在問題 3 中，答案紙上沒有印任何內容。這項考題是詢問整體內容為何的題目。對話開始之前不會有提問。首先請聆聽對話，接著再聽取問題及選項，並從 1 到 4 選項之中選出一個最合適的答案。**

## 範例

**女人來到朋友家說話。**

F1：我是田中。

F2：啊，好的。昨天有朋友來住，我還沒有好好整理。請進。

F1：啊，在這裡就可以了。我馬上就要回去。那個，我要跟妳說先前跟妳借的書，有一點破損了。

F2：啊，真的啊？

F1：嗯～，就是這一頁。

F2：啊，嗯～，這樣的話不要緊的，而且也還可以看。

F1：真的嗎？真抱歉。以後我會更加小心的。

F2：嗯嗯，好。那個，不進來喝個咖啡之類的嗎？

F1：謝謝。

**女人來朋友家做什麼？**

1. 來道歉。
2. 來借書。
3. 來住宿。
4. 來喝咖啡。

## 1 題

**男人和女人在說話。**

M：那是旅行指南嗎？妳要去旅行之類的嗎？

F：嗯嗯。我想要去這裡看看。你看，這裡因為拍了連續劇所以變得很知名。

M：啊，那是我的家鄉啊。我家就在那附近喔！

F：咦？真的嗎？真好啊！那個，你過著像連續劇劇情一般的生活嗎？

M：是啊。自然環境真的很美，生活過得很悠閒。就是有些不方便。

F：唔。那，你希望有更多開發嗎？

M：不是。我覺得那片自然環境是我們必須要守護的珍寶。

F：這樣啊。

M：可惜的是，最近觀光客增加了，不遵守規則的人也多了不少。

F：我也會多加注意的。

**對於自己的家鄉，男人有什麼看法？**

1. 希望多開發一點。
2. 想要守護該地區的文化。
3. 希望遊客增加。
4. 想要守護自然環境。

## 2 題

**女人正在回答受訪時的問題。**

F：我每個星期只有休假 1 次。當天的早上我會很早起床，積極地從事各項活動。事實上也是會想再睡久一點，但是休假日如果太晚起床的話，一天會一眨眼就過去，結果就會在什麼都沒做的情況下，一天就結束了，所以即使很睏，我還是會努力爬起來。一個星期只有休 1 次，所以休假的安排真的很重要。而且，休假的時候如果可以多做一些自己喜歡的事情，那麼隔天去上班也能更加努力的。

**女人在談論什麼事情？**

1. 休假很少的理由
2. 休假日的行程安排
3. 休假日很早起床的理由
4. 休息是很重要的事情

## 3 題

**男人和女人在公司說話。**

M：辛苦了。

F：咦，山田先生，你不是已經回去了嗎？忘記東西了？

M：不是，我剛剛在電梯裡遇到課長了。

F：啊，被交代工作了嗎？需要我幫忙嗎？

M：不是，我想起來有個重要的 E-mail 忘記送出了。

F：這樣啊。那麼，我先下班了。

M：好的，辛苦了。我也是在發送完之後就會回家的。

**男人為了什麼原因回到公司？**

1. 為了拿忘記的東西
2. 為了和課長說話
3. 為了發送 E-mail
4. 為了幫忙女人的工作

## 問題 4 P. 251

**在問題 4 中，請邊看圖邊聆聽題目。箭頭（→）所指的人該說什麼呢？請從 1 到 3 選項中選出一個最合適的答案。**

### 範例

**飯店的電視壞掉了。該說什麼呢？**

1. 電視打不開。
2. 可以打開電視嗎？
3. 把電視打開比較好喔。

### 1 題

**朋友回國了。該說什麼呢？**

1. 你要健健康康的喔！
2. 你好嗎？
3. 好久不見。

### 2 題

**有個小朋友在哭。該對小朋友說什麼呢？**

1. 怎麼樣了？
2. 該怎麼做呢？
3. 你怎麼了？

### 3 題

**因為太熱了，所以想把窗戶打開。該說什麼呢？**

1. 可以把窗戶打開嗎？
2. 想把窗戶打開嗎？
3. 把窗戶打開比較好嗎？

### 4 題

**自己的傘被其他人拿走了。該說什麼呢？**

1. 請使用這個。
2. 那是我的傘。
3. 不好意思。你幫了我很大的忙。

## 問題 5 P. 251

**在問題 5 中，試卷上沒有印任何內容。請先聆聽內容，接著聽取回應，並從 1 到 3 選項中選出一個最合適的答案。**

### 範例

**不好意思，你現在有時間嗎？**

1. 唔，10 點 20 分。
2. 嗯～，有什麼事嗎？
3. 時鐘在那裡。

### 1 題

**我要去便利商店，你有什麼要買的嗎？**

1. 不好意思，我今天有約了。
2. 真好！你請好暑期休假了嗎？
3. 那麼，可以幫我買御飯糰嗎？

### 2 題

**會議室現在使用中嗎？**

1. 我記得是 3 點開始。
2. 現在營業部正在開會。
3. 不，現在關著。

### 3 題

**你住在這附近嗎？**

1. 是的。走路 5 分鐘左右。
2. 請在下一個轉角往左轉。
3. 哇，好巧喔。我也是。

### 4 題

**有點感冒了。**

1. 嗯嗯，咳個不停。
2. 是的。今天是陰天呢。
3. 這樣啊。最近正流行呢。

## 5 題

**那件毛衣好適合你。**

1. 是嗎？我生日的時候收到的。
2. 你很高興，真叫人開心。
3. 最近很冷呢！

## 6 題

**你從什麼時候開始在這間公司工作的呢？**

1. 從 9 點開始到 5 點為止。
2. 是啊，很滿足。
3. 4 月才剛進公司。

## 7 題

**總是在這家店買東西嗎？**

1. 不是，還沒買過。
2. 嗯，這間餐廳很好吃喔。
3. 是的，因為很便宜，所以我常來。

## 8 題

**不好意思，我不清楚怎麼使用影印機。**

1. 好的，我馬上過去。
2. 您請慢慢來。
3. 那麼，咖啡廳見。

## 9 題

**你不會吃太多嗎？**

1. 嗯，不修理可不行。
2. 妳說得對。我就先停筷。
3. 真是可憐啊。

# N3 第 4 回

## 問題 1 P. 254

**在問題 1 中，請先聆聽問題。接著根據對話，從試卷的 1 到 4 選項中選出一個最合適的答案。**

## 範例

**公司的女職員和男職員在飯店裡說話。女職員明天幾點前要離開飯店呢？**

M：那麼，明天請 9 點半到辦公室。

F：好的。那個，從這間飯店到辦公室，搭計程車大概需要多少時間呢？

M：這個嘛，30 分鐘應該可以到。

F：所以，9 點出門就可以了，對吧。

M：啊，早上說不定會塞車。提早 15 分鐘出門會比較好喔。

F：這樣啊。好的，就這麼辦。

**女職員明天幾點前要離開飯店呢？**

## 1 題

**男高中生和老師在學校說話。男生接下來首先要做什麼？**

F：喂，把這個箱子搬到教室去。

M：啊？全部都我一個人搬嗎？

F：你知道有其他人可以來幫忙的嗎？

M：大家都回家去了。我接下來也有社團活動。

F：是嗎？那麼，明天搬也可以啦。不好意思，那你只要先幫忙數一下有幾個箱子，可以嗎？

M：了解了。

F：啊，教室的窗戶已經關了吧？

M：是的，關好了。

F：那，麻煩你囉！

M：好的。

**男生接下來首先要做什麼？**

## 2 題

**女生和媽媽在百貨公司買東西。**

F1：媽媽，我想要一個包包。

F2：怎麼樣的？

F1：我想要後背包。啊，像這種皮革的好可愛喔，布料的也很棒。

F2：布料的很容易髒，不要選比較好喔。而且顏色也只有白色的。

F1：說得也是。嗯嗯，那麼，買這個吧。妳覺得咖啡色和黑色哪個好？

F2：黑色的我覺得不怎麼樣，有點暗。

F1：是喔？那我選這個。買這個吧！

F2：好！好！

**女生要買什麼樣的包包？**

## 3 題

**男人和店長在說話。男人要先做什麼？**

F：歡迎光臨。

M：請給我這個，咖哩飯。

F：啊，不好意思，要請您先結帳。

M：啊，這樣啊。多少錢呢？

F：820 日圓，那個，在入口處有一台機器，可以請您先到那邊去買票嗎？

M：啊，這樣啊。我身上只有一萬日圓的紙鈔，可以跟你換錢嗎？

F：一萬日圓的紙鈔也可以使用喔。

M：這樣啊。我知道了。謝謝。

**男人要先做什麼？**

## 4 題

**女人和媽媽在房仲公司說話。女人決定要住在哪裡？**

F1：總覺得高級大樓比較好。最近發生不少事件，還是要找安全的地方。

F2：妳說得是沒錯，但是房租有點…。

F1：比想像得還要貴呢！畢竟位在市中心啊！

F2：如果是郊區的話，雖然離公司有點遠，但應該租得起高級公寓吧？

F1：說得也是。雖然早起有點辛苦，但總是比住公寓要來得好吧！

F2：對啊。就這麼辦吧！

F1：嗯。

**女人決定要住在哪裡？**

## 5 題

**男人和女人在公司說話。男人接下來要做什麼？**

F：你怎麼了？臉色看起來很不好耶。

M：頭有點痛。我想因為累了。

F：吃藥了嗎？我到藥局去買藥回來吧。

M：不用。我想回家休息一下應該就會好了。

F：那麼如果沒有好轉的話，請務必到醫院去喔！多保重。

M：好的。那麼，不好意思，我先回去了。

**男人接下來要做什麼？**

## 6 題

**媽媽和兒子在說話。媽媽接下來要做什麼？**

M：明天學校要去博物館。

F：哇，那麼，應該要帶便當對吧？可得去買點食材。

M：不用哦。聽說那邊對面有餐廳。

F：這樣啊？

M：而且，我想要帶點心去，媽媽，妳買巧克力回來啦。

F：說是巧克力，但有很多各式各樣的種類耶。我給你錢，你自己去買喜歡的如何？

M：真的嗎？太棒了。明天要穿體育服去，要先拿出來喔。

F：唔，還沒洗耶。那麼，不馬上洗的話可不行。

M：嗯嗯。趕快給我錢。

F：好。你去吧！

**媽媽接下來要做什麼？**

## 問題 2 P. 255

**在問題 2 中，請先聆聽問題。接著請看試卷，有時間可以閱讀。接著依據對話，從試卷的 1 到 4 選項中選出一個最合適的答案。**

### 範例

**女人和男人在超市說話。男人為什麼不自己做飯呢？**

F：哎呀，田中，來買東西啊？

M：嗯，來買晚餐。

F：便當嗎？你不自己做飯嗎？沒有時間啊！

M：不，不是那樣的。

F：那，自己做飯就好了呀。

M：我並不是討厭做飯，只是一個人的話……。

F：會有食材用不完？

M：那倒是還好，只是不管我多努力做飯，還是自己一個人吃，總覺得有點寂寞啊。

F：那倒也是。

**男人為什麼不自己做飯呢？**

### 1 題

**女人在銀行和行員說話。女人想做什麼？**

F：不好意思。請幫我把這個兌換成日幣。

M：很抱歉，這位客人，我們這裡只接受美金的兌換。

F：咦，是嗎？傷腦筋。

M：是的。歐元的話，這附近來說，東京分店有接受辦理。

F：東京車站嗎？有沒有更近的呢？

M：網路上好像有這樣的服務。

F：了解了。我來查看看。

**女人想做什麼？**

### 2 題

**男人和女人在公司說話。男人為什麼很忙碌呢？**

F：最近你好像很忙呢。

M：嗯嗯，每天都在公司待到很晚。

F：新商品賣得這麼好嗎？

M：啊啊，雖然是不錯，但還不到賣得很好的程度。

F：那麼，是為什麼呢？

M：妳應該認識山田先生吧，他住院了。

F：咦？是嗎？

M：對啊。拜他所賜，害得我忙翻了！像這份報告書的撰寫工作，原本也是他負責的。

F：原來是這樣啊。那山田先生是生了什麼病呢？

M：沒有。他是從樓梯上摔下來，說是骨折了。

**男人為什麼很忙碌呢？**

## 3 題

**男人和女人在說話。女人為什麼不曾去過演唱會呢？**

M：我先前去看了現場秀。真的非常棒啊！

F：嘿，我從出生到現在，都還沒去看過演唱會或是現場秀呢！

M：是嗎？也是啦，那很花錢，而且場地又遠，有很多麻煩的地方。

F：我其實很想去看看。但我幾乎沒有這方面的資訊，想要買的時候往往都已經售罄了。

M：啊，當紅的藝術家的確是很難。

F：對啊。所以只能將就看看 DVD 了。

M：哪天能去的話就太好了！

**女人為什麼不曾去過演唱會呢？**

## 4 題

**男人和女人在說話。男人為什麼要辭去工作？**

F：好不容易才進到報社的，為什麼這麼做呢？成為記者不是你的夢想嗎？

M：嗯。話雖如此，但從事記者這份工作之後，我跟各式各樣的人聊天，讓我產生了新的夢想。

F：現在才要再進入大學就讀太辛苦了啦。

M：我知道，但還是想挑戰看看。

F：而且還是醫學系！。你想想得花多少年，才能順利當上醫生啊？

M：雖然得花不少時間，但是我想救助痛苦的人們。

F：是喔，真厲害。加油喔。

M：謝謝。

**男人為什麼要辭去工作？**

## 5 題

**一對夫妻在說話。兩人打算讓孩子學什麼呢？**

F：爸爸，那孩子說想要學畫畫，你覺得呢？

M：畫畫啊？那小子身體虛弱，做點運動不是比較好嗎？

F：我也希望讓他去運動。畢竟是男孩子。打打棒球之類的。

M：要讓身體變得強健，說是去游泳比較好呢！

F：游泳啊？原來如此。他去游泳了之後，說不定會很開心呢，就叫他去試試吧！畫畫稍微晚一點再學也可以啊。

M：他自己說想學的，那麼兩種都讓他學不是比較好？

F：說得也是呢。那麼，就那麼辦吧！

**兩人打算讓孩子學什麼呢？**

## 6 題

**男人和女人在說話。男人為什麼打電話給女人？**

M：喂喂，我是高橋。

F：啊，好久不見。你好嗎？怎麼了？

M：啊，有話想跟妳說。對了，我聽說這次要辦高中同學會啊？

F：嗯。有人跟我聯繫了。但我好像沒辦法去。高橋你要去嗎？

M：不，我也不去。因為有工作。

F：大家都很忙呢。那，你有話跟我說？

M：啊，我要跟妳說的是，其實我們公司正在找會多國語言的女生，我在想妳有沒有興趣？

F：咦，什麼？什麼？跟我說說詳情。

M：嗯。那麼，方便的話明天碰個面吧！

F：知道了。

**男人為什麼打電話給女人？**

## 問題 3 P. 257

**在問題 3 中，答案紙上沒有印任何內容。這項考題是詢問整體內容為何的題目。對話開始之前不會有提問。首先請聆聽對話，接著再聽取問題及選項，並從 1 到 4 選項之中選出一個最合適的答案。**

### 範例

**女人來到朋友家說話。**

F1：我是田中。

F2：啊，好的。昨天有朋友來住，我還沒有好好整理。請進。

F1：啊，在這裡就可以了。我馬上就要回去。那個，我要跟妳說先前跟妳借的書，有一點破損了。

F2：啊，真的啊？

F1：嗯～，就是這一頁。

F2：啊，嗯～，這樣的話不要緊的，而且也還可以看。

F1：真的嗎？真抱歉。以後我會更加小心的。

F2：嗯嗯，好。那個，不進來喝個咖啡之類的嗎？

F1：謝謝。

**女人來朋友家做什麼？**

1. 來道歉。
2. 來借書。
3. 來住宿。
4. 來喝咖啡。

### 1 題

**在家裡附近的公車站，男人和他的姐姐在說話。**

F：公車都不來耶。

M：嗯。30 分的時候就應該要到了，看來是路上很塞吧。再這樣下去我擔心會遲到。9 點半之前就必須要進入會場呢。

F：不知道什麼時候會來真叫人感到不安。我去開車吧！

M：唔，但是妳上班會遲到喔。

F：沒辦法啊。我沒關係的。你為了這件事一直到現在都那麼拚命努力，所以如果遲到而沒辦法考的話，應該會很難過吧。

M：是這樣沒錯啦。

F：場地在北山大學對吧。現在過去還來得及，我們趕快回家吧！

M：嗯。

**男人要去做什麼？**

1. 要去上課。
2. 要去工作。
3. 要去比賽。
4. 要去考試。

### 2 題

**女人在公司和經理說話。**

M：新商品的樣品已經做好了，妳要來看看嗎？

F：好的。啊啊，比之前的都還輕很多耶。看起來很便於攜帶。

M：是吧！但是價格不變。

F：不過，這樣的話，原料應該得花不少錢吧？如果價格不往上抬的話，我想沒辦法創造什麼利潤。

M：利潤雖然很重要，但是製作便宜且品質優良的產品也很重要吧！

F：您說的我都明白，但是對我來說，只要品質好，價格稍微貴一點我也會買。

M：是喔。那也考量一下提高價格吧！

**對於新商品，女人有什麼想法呢？**

1. 商品的品質很好，但是價格太高了。
2. 商品的品質很好，但是價格太便宜了。
3. 價格剛剛好，但商品的品質不好。
4. 無論是對商品或是對價格都感到滿意。

### 3 題

**電視裡的女人正在說話。**

F：在夏日夜空裡綻放的煙火，真的好美啊。而且，這些煙火可是一個一個手工製作的喔！煙火製作是很難用機器代勞的，似乎大部分都得要靠雙手進行。嗯，這裡有製作完成的煙火，光是要製作這個尺寸大約 30 公分左右的煙火，竟然就要耗上 1 個半月的時間。真的是非常辛苦的工作啊！因此在 8 月的煙火大會結束之後，好像馬上又得為了明年的煙火大會，開始製作煙火呢。

**說話的內容與什麼相關？**

1. 煙火大會的時程。
2. 欣賞煙火的方法。
3. 製作煙火的辛苦之處。
4. 煙火的製作方法。

## 問題 4 P. 259

**在問題 4 中，請邊看圖邊聆聽題目。箭頭（→）所指的人該說什麼呢？請從 1 到 3 選項中選出一個最合適的答案。**

### 範例

**飯店的電視壞掉了。該說什麼呢？**

1. 電視打不開。
2. 可以打開電視嗎？
3. 把電視打開比較好喔。

### 1 題

**要決定午餐吃什麼。該說什麼呢？**

1. 中午要不要吃點什麼？
2. 午餐要吃什麼呢？
3. 中午什麼都不吃嗎？

### 2 題

**不曉得售票處在哪裡。該說什麼呢？**

1. 問問看售票處吧！
2. 找不到售票處嗎？
3. 售票處在哪裡呢？

### 3 題

**後輩受傷了。該說什麼呢？**

1. 受傷的狀況如何？
2. 受傷的狀態好嗎？
3. 受傷的環境如何？

### 4 題

**得到了一份伴手禮。該說什麼呢？**

1. 哇，看起來好好吃喔。
2. 一點小小心意。
3. 一直以來承蒙您的照顧。

## 問題 5 P. 259

**在問題 5 中，試卷上沒有印任何內容。請先聆聽內容，接著聽取回應，並從 1 到 3 選項中選出一個最合適的答案。**

### 範例

**不好意思，你現在有時間嗎？**

1. 唔，10 點 20 分。
2. 嗯～，有什麼事嗎？
3. 時鐘在那裡。

### 1 題

**請幫忙影印 1 式 3 份。**

1. 請您諒解。
2. 我會去拜訪您。
3. 了解了。

## 2 題

**昨天你為什麼那麼生氣呢？**

1. 跟朋友吵架了。
2. 考試及格了。
3. 很緊張啊。

## 3 題

**你沒有忘記下星期的約會吧。**

1. 當然啊。留下了很棒的回憶。
2. 是的。我很期待。
3. 不好意思我沒辦法去。

## 4 題

**我的夢想是成為護理師。**

1. 這樣啊。加油喔！
2. 昨天我也作了一個夢呢。
3. 原來是這樣子的啊。要打起精神喔。

## 5 題

**那麼，我們家的狗就拜託你了喔！**

1. 嗯。不用擔心。
2. 彼此彼此，麻煩你了。
3. 可以碰面真的很開心。

## 6 題

**這裡您已經看過了嗎？**

1. 是的。我拜讀了。
2. 那麼，就由我來帶路。
3. 不，還沒有駕到。

## 7 題

**下個月要舉辦結婚典禮。**

1. 你應該嚇到了吧。
2. 那麼，準備工作應該很忙碌吧！
3. 嗯嗯，請務必光臨。

## 8 題

**路上好塞對吧？**

1. 幾乎是空蕩蕩的呢！
2. 完全沒有前進呢。
3. 搭計程車吧！

## 9 題

**不好意思，聽不太清楚。**

1. 那麼，我再說明一次。
2. 有什麼需要幫忙的地方嗎？
3. 說話時請大聲一點。

# N3 第 5 回

## 問題 1 P. 262

**在問題 1 中，請先聆聽問題。接著根據對話，從試卷的 1 到 4 選項中選出一個最合適的答案。**

## 範例

**公司的女職員和男職員在飯店裡說話。女職員明天幾點前要離開飯店呢？**

M：那麼，明天請 9 點半到辦公室。

F：好的。那個，從這間飯店到辦公室，搭計程車大概需要多少時間呢？

M：這個嘛，30 分鐘應該可以到。

F：所以，9 點出門就可以了，對吧。

M：啊，早上說不定會塞車。提早 15 分鐘出門會比較好喔。

F：這樣啊。好的，就這麼辦。

**女職員明天幾點前要離開飯店呢？**

## 1 題

**男人和女人在說話。男人打算要做什麼呢？**

M：我現在自己一個人住，沒辦法作菜，真是困擾。

F：啊，光吃便利商店的便當或外面的食物，身體都要弄壞了。

M：就是說啊。我媽每次打電話給我的時候，都說她很擔心。

F：啊，最近男人的烹飪教室之類的，不是很流行嗎？

M：啊，有耶。

F：而且也還有將對身體很好的便當配送到家的服務啊。

M：哇，這個很方便。

F：我家有廣告傳單，再帶來給你吧？

M：那麼，就麻煩你帶便當的那個。

F：好的。

**男人打算要做什麼呢？**

## 2 題

**女人在百貨公司和店員說話。女人在做什麼？**

F：大約一個星期以前，我在這裡買了鋼珠筆，今天想說拿出來用，結果鋼珠筆的前端就立刻陷到裡頭去，沒辦法寫了。可以退貨嗎？

M：那麼，讓我們來修理看看吧！因為才剛買沒多久，所以也可以換貨。

F：事實上我在買了之後很快就送修過一次了，那時候也是一樣的原因，但是看來好像並沒有修好。

M：原來是這樣。真的很抱歉。

F：雖然我真的非常喜歡這個設計。

M：我明白了。現在就來處理相關手續。真的很抱歉。

**女人在做什麼？**

## 3 題

**男人和女人在公司說話。男人要準備的東西是什麼？**

F：同事們，這次的活動託大家福非常成功。真的辛苦大家了。接下來就請大家到會議室喝喝飲料，把辛苦都忘掉吧！

M：啊，那我去買些啤酒，還有一些點心類的東西。

F：不用不用，坐下來吧！因為酒已經買好了，而且也打電話叫披薩了。

M：動作好快。啊，但是吉田先生他們是開車吧？

F：啊，是喔。那，喝酒就不太好了。

M：我去買果汁。

**男人要準備的東西是什麼？**

## 4 題

**女人在百貨公司和店員說話。女人決定怎麼做？**

F1：啊，這件連衣裙好可愛。不好意思，這件有其他尺寸嗎？

F2：這個嘛，這是 S 號。

F1：S 號有點小，沒有 M 號嗎？

F2：M 號的已經賣完了，真的很不好意思。

F1：唔，可惜。明明這麼可愛。

F2：如果風格相近的話，這件您覺得怎麼樣呢？這件有 M 號的。

F1：啊啊，唔，但總覺得還是這件好。不過我想，S 號應該會有點緊。

F2：這個廠牌的衣服有稍微比較大一些，方便的話要不要試穿一次看看？

F1：說得也是。就這麼辦。

**女人決定怎麼做？**

## 5 題

**女人和男人在說話。男人必須要準備什麼？**

M：這次露營，我應該要準備什麼才好呢？

F：佐藤先生會開車，但是好像沒有人有帳篷。

M：我家有帳篷，不過露營的場地好像也可以租得到。

F：是嗎？那麼租得到的東西就用租的吧！肉品及蔬菜就在路上大家一起去買。另外，餐具怎麼辦？也租得到嗎？

M：不，餐具租不到。

F：那，你可以帶去嗎？

M：OK。

**男人必須要準備什麼？**

## 6 題

**女人在美容院和髮型設計師說話。女人要剪什麼樣的髮型？**

M：您今天需要什麼服務？

F：麻煩請幫我剪髮。

M：要剪掉多少呢？

F：唔，長度請剪到肩膀這邊。

M：不要燙個頭髮嗎？我想一定很適合妳。

F：學校規定不行。

M：原來是這樣啊。瀏海的部分呢？

F：請幫我剪短。

M：了解了。

**女人要剪什麼樣的髮型？**

## 問題 2 P. 263

**在問題 2 中，請先聆聽問題。接著請看試卷，有時間可以閱讀。接著依據對話，從試卷的 1 到 4 選項中選出一個最合適的答案。**

## 範例

**女人和男人在超市說話。男人為什麼不自己做飯呢？**

F：哎呀，田中，來買東西啊？

M：嗯，來買晚餐。

F：便當嗎？你不自己做飯嗎？沒有時間啊！

M：不，不是那樣的。

F：那，自己做飯就好了呀。

M：我並不是討厭做飯，只是一個人的話……。

F：會有食材用不完？

M：那倒是還好，只是不管我多努力做飯，還是自己一個人吃，總覺得有點寂寞啊。

F：那倒也是。

**男人為什麼不自己做飯呢？**

## 1 題

**女人和媽媽在說話。女人為什麼很晚回家？**

F1：妳在做什麼呢？忙到這麼晚。

F2：社團活動結束之後我就馬上回來了，沒想到會這麼晚。

F1：社團活動練習得真晚！

F2：不是的。是回程的電車因為事故停駛了。所以就沒趕上公車。

F1：真的嗎？不是跟朋友去吃飯什麼的嗎？

F2：怎麼可能怎麼可能。啊，肚子好餓啊！

**女人為什麼很晚回家？**

## 2 題

**男人和女人在說話。男人為什麼不在房間裡擺照片當裝飾呢？**

F：這是相簿嗎？可以看嗎？

M：唔，真有點不好意思。可以啊。

F：這麼說來，你的房間裡一張照片也沒有耶。不喜歡拿來裝飾嗎？

M：不是。之前我有擺出來裝飾，但現在因為有養貓了。

F：啊啊，是這隻對吧？

M：對啊。好不容易擺設好，全部都會被弄倒。還要重擺真的很累人。

F：原來如此。

**男人為什麼不在房間裡擺照片當裝飾呢？**

## 3 題

**一對夫妻在說話。女人選擇去這家醫院的原因是什麼？**

F：我的喉嚨好像腫得很厲害。

M：去醫院看看吧！

F：嗯。到車站前的櫻花醫院去一趟好了。那裡的醫生很親切，只是得要等很久。唔，還是去中村內科診所好了。

M：妳最常去的是哪一間？

F：山田診所。他們會給小朋友點心呢。所以不得不帶著孩子一起去看醫生的話，大部分都會帶去那裡吧。

M：今天我來看著孩子吧。

F：這樣啊。那，我就去櫻花（醫院）吧。

**女人選擇去這家醫院的原因是什麼？**

## 4 題

**以下是水族館所播放的廣播。水族館正在募集什麼呢？**

F：水世界水族館正在募集您的作品！試著將在水世界所看到的珍貴魚類或有趣的生物，畫下來投稿看看吧！只要是住在海中或河川裡的生物，畫什麼都可以。敬請多多投稿！入選的作品會在一樓的歡樂廣場展示。另外送您兩張水世界水族館的門票。期限只到10月15日星期六為止。歡迎大家多多投稿。

**水族館正在募集什麼呢？**

## 5 題

**女人和男人在說話。女人正在用什麼方法減肥呢？**

M：聽說妳正在減肥，是真的嗎？

F：是的。我從高中起一直都在打籃球，但是進入大學之後就沒繼續打了。儘管如此，我的食量還是跟當時一樣，所以就變胖了。

M：要再次開始運動嗎？

F：沒有，我很喜歡甜甜圈，每天都會買回家，現在開始要忍著不吃。

M：請妳三餐還是要正常吃喔。不然對身體不好。

F：啊，我都有好好吃飯。

M：這樣啊。請加油囉。

**女人正在用什麼方法減肥呢？**

## 6 題

**一對夫妻正在講電話。男人要怎麼回家？**

M：喂，我今天11點左右會到車站，可以開車來接我吧？

F：唔，這麼晚？

M：嗯。不好意思，但是到時候已經是連公車都沒有的時間了。

F：搭計程車就好了吧。

M：我覺得很貴。是可以為了運動走走路，但我已經累了，而且還有行李。知道了，那，就這麼辦吧！

F：嗯。小心一點喔。

**男人要怎麼回家？**

## 問題 3 P. 265

**在問題 3 中，答案紙上沒有印任何內容。這項考題是詢問整體內容為何的題目。對話開始之前不會有提問。首先請聆聽對話，接著再聽取問題及選項，並從 1 到 4 選項之中選出一個最合適的答案。**

## 範例

**女人來到朋友家說話。**

F1：我是田中。

F2：啊，好的。昨天有朋友來住，我還沒有好好整理。請進。

F1：啊，在這裡就可以了。我馬上就要回去。那個，我要跟妳說先前跟妳借的書，有一點破損了。

F2：啊，真的啊？

F1：嗯～，就是這一頁。

F2：啊，嗯～，這樣的話不要緊的，而且也還可以看。

F1：真的嗎？真抱歉。以後我會更加小心的。

F2：嗯嗯，好。那個，不進來喝個咖啡之類的嗎？

F1：謝謝。

**女人來朋友家做什麼？**

1. 來道歉。
2. 來借書。
3. 來住宿。
4. 來喝咖啡。

## 1 題

**男人和女人在車站說話。**

F：謝謝你特地過來。

M：嗯。到那邊去之後也要加油喔！偶爾也要跟我聯繫一下。

F：嗯。休假的時候要來玩喔！有非常多觀光景點。

M：是啊，我會去的。啊，這個便當，我在那裡買的。可以的話就帶在車上吃吧！

F：謝謝。那麼，最後一起拍張紀念照片吧！

M：好。那麼請車站的人幫忙拍。

F：嗯。

**男人是為了什麼而來的呢？**

1. 為了送別而來。
2. 為了旅行而來。
3. 為了拍照而來。
4. 為了買便當而來。

## 2 題

**女人在電視上講話。**

F：大學畢業的時候，我還沒決定好想做的事情。我很喜歡外國，尤其對法國很感興趣，所以就到法國的鄉下家庭當一名幫忙農事的志工。一邊幫忙一邊學習不使用農藥的種植方式。而且，我明白了我們吃的蔬菜和水果，都是要花許多心力和時間培育的，讓我體會到食物的重要性。透過這些經驗，我希望能夠盡量讓更多人吃到對身體好的食物。現在我在日本正準備開一家使用自己栽種的蔬菜的餐廳。

**女人所說的事情是關於什麼？**

1. 法國鄉間的魅力
2. 蔬菜及水果的培育方法
3. 想要開設餐廳的契機

4. 不使用農藥的重要性

### 3 題

**男大生及女大生正在說話。**

F：聽說體育課你選了滑雪？

M：嗯。寒假時有一個 5 天的集訓活動，我報名參加了。

F：怎麼樣呢？

M：雖然我是第一次滑雪，但因為練習了很長一段時間，所以最後中級滑道我也能滑呢。

F：哇，真厲害。我明年也來選滑雪課程好了。

M：嗯。但如果要參加的話，跟感情很好的朋友一起去比較好喔。我因為是自己一個人去參加的，所以都沒有人可以聊天。跟朋友一起去的話一定會很開心的。

F：是嗎？那就這麼辦！

**男人對於滑雪集訓有什麼想法呢？**

1. 沒有變得更厲害，但是很開心。
2. 沒有變得很厲害，而且也不開心。
3. 變得更厲害了，但不是很開心。
4. 變得更厲害了，而且很開心。

## 問題 4 P. 267

**在問題 4 中，請邊看圖邊聆聽題目。箭頭（→）所指的人該說什麼呢？請從 1 到 3 選項中選出一個最合適的答案。**

### 範例

**飯店的電視壞掉了。該說什麼呢？**

1. 電視打不開。
2. 可以打開電視嗎？
3. 把電視打開比較好喔。

### 1 題

**想要吃盤子上的蛋糕。該說什麼呢？**

1. 這個，請吃吃看。
2. 這個，可以吃嗎？
3. 這個，能吃嗎？

### 2 題

**新的一年開始了。該說什麼呢？**

1. 新年快樂。
2. 祝你有美好的一年。
3. 非常歡迎你。

### 3 題

**在餐廳付帳，該對店員說什麼呢？**

1. 麻煩你幫忙點餐。
2. 請付款。
3. 請幫我結帳。

### 4 題

**後輩犯了錯誤。該對後輩說什麼呢？**

1. 今後要多加留意。
2. 不好意思造成你的困擾。
3. 接下來也要好好加油。

## 問題 5 P. 267

**在問題 5 中，試卷上沒有印任何內容。請先聆聽內容，接著聽取回應，並從 1 到 3 選項中選出一個最合適的答案。**

### 範例

**不好意思，你現在有時間嗎？**

1. 唔，10 點 20 分。
2. 嗯～，有什麼事嗎？
3. 時鐘在那裡。

## 1 題

**這次的員工旅遊你會去對吧？**

1. 不，今天會直接回家喔。
2. 真好，去喝一杯吧。
3. 當然會參加。

## 2 題

**把這個全部都丟掉可以吧？**

1. 是的。是可燃垃圾。
2. 是的。我去丟掉。
3. 嗯，方便的話田中先生也一起吧！

## 3 題

**明明才剛買的東西卻壞掉了。**

1. 嗯。剛才買好了。
2. 算了，也用了 3 年了。
3. 那，打電話給客服中心吧？

## 4 題

**發生事故的原因是什麼？**

1. 好像是沒有仔細看前面。
2. 那真是太嚴重了。
3. 唔，受傷了。

## 5 題

**到機場去做什麼呢？**

1. 飛機抵達了喔。
2. 去接媽媽。
3. 嗯嗯，我經常到國外去旅行。

## 6 題

**要去郵局一趟。**

1. 那，買郵票回來。
2. 真好。我還沒去過。
3. 要打掃乾淨喔。

## 7 題

**哇，排隊排好長！**

1. 嗯。沒什麼人氣。
2. 是啊！要去別家店嗎？
3. 是的，真的很好吃呢。

## 8 題

**麻煩請幫忙填寫問卷。**

1. 百忙之中麻煩你，非常感謝。
2. 知道了，多少錢呢？
3. 不好意思，我有點趕時間。

## 9 題

**請寫下客人的姓名。**

1. 唔，寫在哪裡好呢？
2. 好的。我是佐藤隆。
3. 嗯嗯，請往這邊走。

にほんごのうりょくしけん　かいとうようし

# N3 第1回
## げんごちしき（もじ・ごい）

| じゅけんばんごう Examinee Registration Number | |
|---|---|

| なまえ Name | |
|---|---|

〈ちゅうい Notes〉
1. くろい えんぴつ（HB、No.2）で かいて ください。（ペンや ボールペンでは かかないで ください。）
Use a black medium soft (HB or No.2) pencil.
(Do not use any kind of pen.)
2. かきなおす ときは、けしゴムで きれいに けして ください。
Erase any unintended marks completely.
3. きたなく したり、おったり しないで ください。
Do not soil or bend this sheet.
4. マークれい Marking examples

| よい れい Correct Example | わるい れい Incorrect Examples |
|---|---|
| ● | ⊗ ○ ⊖ ⦶ ⊜ ◑ ● |

| 問　題　1 | | | | |
|---|---|---|---|---|
| 1 | ① | ② | ③ | ④ |
| 2 | ① | ② | ③ | ④ |
| 3 | ① | ② | ③ | ④ |
| 4 | ① | ② | ③ | ④ |
| 5 | ① | ② | ③ | ④ |
| 6 | ① | ② | ③ | ④ |
| 7 | ① | ② | ③ | ④ |
| 8 | ① | ② | ③ | ④ |
| 問　題　2 | | | | |
| 9 | ① | ② | ③ | ④ |
| 10 | ① | ② | ③ | ④ |
| 11 | ① | ② | ③ | ④ |
| 12 | ① | ② | ③ | ④ |
| 13 | ① | ② | ③ | ④ |
| 14 | ① | ② | ③ | ④ |

| 問　題　3 | | | | |
|---|---|---|---|---|
| 15 | ① | ② | ③ | ④ |
| 16 | ① | ② | ③ | ④ |
| 17 | ① | ② | ③ | ④ |
| 18 | ① | ② | ③ | ④ |
| 19 | ① | ② | ③ | ④ |
| 20 | ① | ② | ③ | ④ |
| 21 | ① | ② | ③ | ④ |
| 22 | ① | ② | ③ | ④ |
| 23 | ① | ② | ③ | ④ |
| 24 | ① | ② | ③ | ④ |
| 25 | ① | ② | ③ | ④ |

| 問　題　4 | | | | |
|---|---|---|---|---|
| 26 | ① | ② | ③ | ④ |
| 27 | ① | ② | ③ | ④ |
| 28 | ① | ② | ③ | ④ |
| 29 | ① | ② | ③ | ④ |
| 30 | ① | ② | ③ | ④ |
| 問　題　5 | | | | |
| 31 | ① | ② | ③ | ④ |
| 32 | ① | ② | ③ | ④ |
| 33 | ① | ② | ③ | ④ |
| 34 | ① | ② | ③ | ④ |
| 35 | ① | ② | ③ | ④ |

にほんごのうりょくしけん　かいとうようし

# N3 第1回

## げんごちしき（ぶんぽう）・どっかい

| じゅけんばんごう Examinee Registration Number | |
|---|---|

| なまえ Name | |
|---|---|

〈ちゅうい Notes〉

1. くろい えんぴつ（HB、No.2）で かいて ください。（ペンや ボールペンでは かかないで ください。）
Use a black medium soft (HB or No.2) pencil.
(Do not use any kind of pen.)
2. かきなおす ときは、けしゴムで きれいに けして ください。
Erase any unintended marks completely.
3. きたなく したり、おったり しないで ください。
Do not soil or bend this sheet.
4. マークれい Marking examples

| よい れい Correct Example | わるい れい Incorrect Examples |
|---|---|
| ● | ⊗ ○ ◎ ⦶ ⊜ ◐ ● |

| 問題 1 | | | | |
|---|---|---|---|---|
| 1 | ① | ② | ③ | ④ |
| 2 | ① | ② | ③ | ④ |
| 3 | ① | ② | ③ | ④ |
| 4 | ① | ② | ③ | ④ |
| 5 | ① | ② | ③ | ④ |
| 6 | ① | ② | ③ | ④ |
| 7 | ① | ② | ③ | ④ |
| 8 | ① | ② | ③ | ④ |
| 9 | ① | ② | ③ | ④ |
| 10 | ① | ② | ③ | ④ |
| 11 | ① | ② | ③ | ④ |
| 12 | ① | ② | ③ | ④ |
| 13 | ① | ② | ③ | ④ |
| **問題 2** | | | | |
| 14 | ① | ② | ③ | ④ |
| 15 | ① | ② | ③ | ④ |
| 16 | ① | ② | ③ | ④ |
| 17 | ① | ② | ③ | ④ |
| 18 | ① | ② | ③ | ④ |
| **問題 3** | | | | |
| 19 | ① | ② | ③ | ④ |
| 20 | ① | ② | ③ | ④ |
| 21 | ① | ② | ③ | ④ |
| 22 | ① | ② | ③ | ④ |
| 23 | ① | ② | ③ | ④ |

| 問題 4 | | | | |
|---|---|---|---|---|
| 24 | ① | ② | ③ | ④ |
| 25 | ① | ② | ③ | ④ |
| 26 | ① | ② | ③ | ④ |
| 27 | ① | ② | ③ | ④ |
| **問題 5** | | | | |
| 28 | ① | ② | ③ | ④ |
| 29 | ① | ② | ③ | ④ |
| 30 | ① | ② | ③ | ④ |
| 31 | ① | ② | ③ | ④ |
| 32 | ① | ② | ③ | ④ |
| 33 | ① | ② | ③ | ④ |
| **問題 6** | | | | |
| 34 | ① | ② | ③ | ④ |
| 35 | ① | ② | ③ | ④ |
| 36 | ① | ② | ③ | ④ |
| 37 | ① | ② | ③ | ④ |
| **問題 7** | | | | |
| 38 | ① | ② | ③ | ④ |
| 39 | ① | ② | ③ | ④ |

にほんごのうりょくしけん　かいとうようし

# N3 第1回
## ちょうかい

| じゅけんばんごう Examinee Registration Number | |
|---|---|

| なまえ Name | |
|---|---|

〈ちゅうい Notes〉
1. くろい えんぴつ (HB、No2) で かいて ください。(ペンや ボールペンでは かかないで ください。)
Use a black medium soft (HB or No.2) pencil. (Do not use any kind of pen.)
2. かきなおす ときは、けしゴムで きれいに けして ください。
Erase any unintended marks completely.
3. きたなく したり、おったり しないで ください。
Do not soil or bend this sheet.
4. マークれい Marking examples

| よい れい Correct Example | わるい れい Incorrect Examples |
|---|---|
| ● | ⊗○◎⦶⊖◐● |

| 問題 1 | | | | |
|---|---|---|---|---|
| れい | ● | ② | ③ | ④ |
| 1 | ① | ② | ③ | ④ |
| 2 | ① | ② | ③ | ④ |
| 3 | ① | ② | ③ | ④ |
| 4 | ① | ② | ③ | ④ |
| 5 | ① | ② | ③ | ④ |
| 6 | ① | ② | ③ | ④ |

| 問題 2 | | | | |
|---|---|---|---|---|
| れい | ① | ② | ③ | ● |
| 1 | ① | ② | ③ | ④ |
| 2 | ① | ② | ③ | ④ |
| 3 | ① | ② | ③ | ④ |
| 4 | ① | ② | ③ | ④ |
| 5 | ① | ② | ③ | ④ |
| 6 | ① | ② | ③ | ④ |

| 問題 3 | | | | |
|---|---|---|---|---|
| れい | ● | ② | ③ | ④ |
| 1 | ① | ② | ③ | ④ |
| 2 | ① | ② | ③ | ④ |
| 3 | ① | ② | ③ | ④ |

| 問題 4 | | | |
|---|---|---|---|
| れい | ● | ② | ③ |
| 1 | ① | ② | ③ |
| 2 | ① | ② | ③ |
| 3 | ① | ② | ③ |
| 4 | ① | ② | ③ |

| 問題 5 | | | |
|---|---|---|---|
| れい | ① | ● | ③ |
| 1 | ① | ② | ③ |
| 2 | ① | ② | ③ |
| 3 | ① | ② | ③ |
| 4 | ① | ② | ③ |
| 5 | ① | ② | ③ |
| 6 | ① | ② | ③ |
| 7 | ① | ② | ③ |
| 8 | ① | ② | ③ |
| 9 | ① | ② | ③ |

にほんごのうりょくしけん　かいとうようし

# N3 第2回
## げんごちしき（もじ・ごい）

| じゅけんばんごう Examinee Registration Number | |
|---|---|

| なまえ Name | |
|---|---|

〈ちゅうい Notes〉
1. くろい えんぴつ（HB、No.2）で かいて ください。（ペンや ボールペンでは かかないで ください。）
Use a black medium soft (HB or No.2) pencil. (Do not use any kind of pen.)
2. かきなおす ときは、けしゴムで きれいに けして ください。
Erase any unintended marks completely.
3. きたなく したり、おったり しないで ください。
Do not soil or bend this sheet.
4. マークれい Marking examples

| よい れい Correct Example | わるい れい Incorrect Examples |
|---|---|
| ● | ⊘◯◎⦶⊜◐◍ |

| 問題 1 | | | | |
|---|---|---|---|---|
| 1 | ① | ② | ③ | ④ |
| 2 | ① | ② | ③ | ④ |
| 3 | ① | ② | ③ | ④ |
| 4 | ① | ② | ③ | ④ |
| 5 | ① | ② | ③ | ④ |
| 6 | ① | ② | ③ | ④ |
| 7 | ① | ② | ③ | ④ |
| 8 | ① | ② | ③ | ④ |
| 問題 2 | | | | |
| 9 | ① | ② | ③ | ④ |
| 10 | ① | ② | ③ | ④ |
| 11 | ① | ② | ③ | ④ |
| 12 | ① | ② | ③ | ④ |
| 13 | ① | ② | ③ | ④ |
| 14 | ① | ② | ③ | ④ |

| 問題 3 | | | | |
|---|---|---|---|---|
| 15 | ① | ② | ③ | ④ |
| 16 | ① | ② | ③ | ④ |
| 17 | ① | ② | ③ | ④ |
| 18 | ① | ② | ③ | ④ |
| 19 | ① | ② | ③ | ④ |
| 20 | ① | ② | ③ | ④ |
| 21 | ① | ② | ③ | ④ |
| 22 | ① | ② | ③ | ④ |
| 23 | ① | ② | ③ | ④ |
| 24 | ① | ② | ③ | ④ |
| 25 | ① | ② | ③ | ④ |

| 問題 4 | | | | |
|---|---|---|---|---|
| 26 | ① | ② | ③ | ④ |
| 27 | ① | ② | ③ | ④ |
| 28 | ① | ② | ③ | ④ |
| 29 | ① | ② | ③ | ④ |
| 30 | ① | ② | ③ | ④ |
| 問題 5 | | | | |
| 31 | ① | ② | ③ | ④ |
| 32 | ① | ② | ③ | ④ |
| 33 | ① | ② | ③ | ④ |
| 34 | ① | ② | ③ | ④ |
| 35 | ① | ② | ③ | ④ |

にほんごのうりょくしけん　かいとうようし

# N3 第2回

## げんごちしき（ぶんぽう）・どっかい

| じゅけんばんごう Examinee Registration Number | |
|---|---|

| なまえ Name | |
|---|---|

〈ちゅうい Notes〉
1. くろい えんぴつ（HB、No2）で かいて ください。（ペンや ボールペンでは かかないで ください。）
Use a black medium soft (HB or No.2) pencil.
(Do not use any kind of pen.)
2. かきなおす ときは、けしゴムで きれいに けして ください。
Erase any unintended marks completely.
3. きたなく したり、おったり しないで ください。
Do not soil or bend this sheet.
4. マークれい Marking examples

| よい れい Correct Example | わるい れい Incorrect Examples |
|---|---|
| ● | ⊘○◎◍⊜◐◖ |

| 問題 1 | | | | |
|---|---|---|---|---|
| 1 | ① | ② | ③ | ④ |
| 2 | ① | ② | ③ | ④ |
| 3 | ① | ② | ③ | ④ |
| 4 | ① | ② | ③ | ④ |
| 5 | ① | ② | ③ | ④ |
| 6 | ① | ② | ③ | ④ |
| 7 | ① | ② | ③ | ④ |
| 8 | ① | ② | ③ | ④ |
| 9 | ① | ② | ③ | ④ |
| 10 | ① | ② | ③ | ④ |
| 11 | ① | ② | ③ | ④ |
| 12 | ① | ② | ③ | ④ |
| 13 | ① | ② | ③ | ④ |
| 問題 2 | | | | |
| 14 | ① | ② | ③ | ④ |
| 15 | ① | ② | ③ | ④ |
| 16 | ① | ② | ③ | ④ |
| 17 | ① | ② | ③ | ④ |
| 18 | ① | ② | ③ | ④ |
| 問題 3 | | | | |
| 19 | ① | ② | ③ | ④ |
| 20 | ① | ② | ③ | ④ |
| 21 | ① | ② | ③ | ④ |
| 22 | ① | ② | ③ | ④ |
| 23 | ① | ② | ③ | ④ |

| 問題 4 | | | | |
|---|---|---|---|---|
| 24 | ① | ② | ③ | ④ |
| 25 | ① | ② | ③ | ④ |
| 26 | ① | ② | ③ | ④ |
| 27 | ① | ② | ③ | ④ |
| 問題 5 | | | | |
| 28 | ① | ② | ③ | ④ |
| 29 | ① | ② | ③ | ④ |
| 30 | ① | ② | ③ | ④ |
| 31 | ① | ② | ③ | ④ |
| 32 | ① | ② | ③ | ④ |
| 33 | ① | ② | ③ | ④ |
| 問題 6 | | | | |
| 34 | ① | ② | ③ | ④ |
| 35 | ① | ② | ③ | ④ |
| 36 | ① | ② | ③ | ④ |
| 37 | ① | ② | ③ | ④ |
| 問題 7 | | | | |
| 38 | ① | ② | ③ | ④ |
| 39 | ① | ② | ③ | ④ |

にほんごのうりょくしけん　かいとうようし

# N3 第2回
## ちょうかい

| じゅけんばんごう Examinee Registration Number | |
|---|---|

| なまえ Name | |
|---|---|

〈ちゅうい Notes〉
1. くろい えんぴつ（HB、No2）で かいて ください。
（ペンや ボールペンでは かかないで ください。）
Use a black medium soft (HB or No.2) pencil.
(Do not use any kind of pen.)
2. かきなおす ときは、けしゴムで きれいに けして ください。
Erase any unintended marks completely.
3. きたなく したり、おったり しないで ください。
Do not soil or bend this sheet.
4. マークれい Marking examples

| よい れい Correct Example | わるい れい Incorrect Examples |
|---|---|
| ● | ⊗○◎⦶⊖◐◉ |

| 問題 1 | | | | |
|---|---|---|---|---|
| れい | ● | ② | ③ | ④ |
| 1 | ① | ② | ③ | ④ |
| 2 | ① | ② | ③ | ④ |
| 3 | ① | ② | ③ | ④ |
| 4 | ① | ② | ③ | ④ |
| 5 | ① | ② | ③ | ④ |
| 6 | ① | ② | ③ | ④ |

| 問題 2 | | | | |
|---|---|---|---|---|
| れい | ① | ② | ③ | ● |
| 1 | ① | ② | ③ | ④ |
| 2 | ① | ② | ③ | ④ |
| 3 | ① | ② | ③ | ④ |
| 4 | ① | ② | ③ | ④ |
| 5 | ① | ② | ③ | ④ |
| 6 | ① | ② | ③ | ④ |

| 問題 3 | | | | |
|---|---|---|---|---|
| れい | ● | ② | ③ | ④ |
| 1 | ① | ② | ③ | ④ |
| 2 | ① | ② | ③ | ④ |
| 3 | ① | ② | ③ | ④ |

| 問題 4 | | | |
|---|---|---|---|
| れい | ● | ② | ③ |
| 1 | ① | ② | ③ |
| 2 | ① | ② | ③ |
| 3 | ① | ② | ③ |
| 4 | ① | ② | ③ |

| 問題 5 | | | |
|---|---|---|---|
| れい | ① | ● | ③ |
| 1 | ① | ② | ③ |
| 2 | ① | ② | ③ |
| 3 | ① | ② | ③ |
| 4 | ① | ② | ③ |
| 5 | ① | ② | ③ |
| 6 | ① | ② | ③ |
| 7 | ① | ② | ③ |
| 8 | ① | ② | ③ |
| 9 | ① | ② | ③ |

にほんごのうりょくしけん　かいとうようし

# N3 第3回

## げんごちしき（もじ・ごい）

| じゅけんばんごう Examinee Registration Number | |
|---|---|

| なまえ Name | |
|---|---|

〈ちゅうい Notes〉

1. くろい えんぴつ（HB、No.2）で かいて ください。（ペンや ボールペンでは かかないで ください。）
   Use a black medium soft (HB or No.2) pencil. (Do not use any kind of pen.)
2. かきなおす ときは、けしゴムで きれいに けして ください。
   Erase any unintended marks completely.
3. きたなく したり、おったり しないで ください。
   Do not soil or bend this sheet.
4. マークれい Marking examples

| よい れい Correct Example | わるい れい Incorrect Examples |
|---|---|
| ● | ⊘ ◯ ◯ ⓪ ⊜ ◐ ● |

| 問題 1 | | | | |
|---|---|---|---|---|
| 1 | ① | ② | ③ | ④ |
| 2 | ① | ② | ③ | ④ |
| 3 | ① | ② | ③ | ④ |
| 4 | ① | ② | ③ | ④ |
| 5 | ① | ② | ③ | ④ |
| 6 | ① | ② | ③ | ④ |
| 7 | ① | ② | ③ | ④ |
| 8 | ① | ② | ③ | ④ |
| 問題 2 | | | | |
| 9 | ① | ② | ③ | ④ |
| 10 | ① | ② | ③ | ④ |
| 11 | ① | ② | ③ | ④ |
| 12 | ① | ② | ③ | ④ |
| 13 | ① | ② | ③ | ④ |
| 14 | ① | ② | ③ | ④ |

| 問題 3 | | | | |
|---|---|---|---|---|
| 15 | ① | ② | ③ | ④ |
| 16 | ① | ② | ③ | ④ |
| 17 | ① | ② | ③ | ④ |
| 18 | ① | ② | ③ | ④ |
| 19 | ① | ② | ③ | ④ |
| 20 | ① | ② | ③ | ④ |
| 21 | ① | ② | ③ | ④ |
| 22 | ① | ② | ③ | ④ |
| 23 | ① | ② | ③ | ④ |
| 24 | ① | ② | ③ | ④ |
| 25 | ① | ② | ③ | ④ |

| 問題 4 | | | | |
|---|---|---|---|---|
| 26 | ① | ② | ③ | ④ |
| 27 | ① | ② | ③ | ④ |
| 28 | ① | ② | ③ | ④ |
| 29 | ① | ② | ③ | ④ |
| 30 | ① | ② | ③ | ④ |
| 問題 5 | | | | |
| 31 | ① | ② | ③ | ④ |
| 32 | ① | ② | ③ | ④ |
| 33 | ① | ② | ③ | ④ |
| 34 | ① | ② | ③ | ④ |
| 35 | ① | ② | ③ | ④ |

にほんごのうりょくしけん　かいとうようし

# N3 第3回

## げんごちしき（ぶんぽう）・どっかい

| じゅけんばんごう Examinee Registration Number | |
|---|---|

| なまえ Name | |
|---|---|

〈ちゅうい Notes〉

1. くろい えんぴつ（HB、No.2）で かいて ください。（ペンや ボールペンでは かかないで ください。）
Use a black medium soft (HB or No.2) pencil. (Do not use any kind of pen.)
2. かきなおす ときは、けしゴムで きれいに けして ください。
Erase any unintended marks completely.
3. きたなく したり、おったり しないで ください。
Do not soil or bend this sheet.
4. マークれい Marking examples

| よい れい Correct Example | わるい れい Incorrect Examples |
|---|---|
| ● | ⊘ ◯ ◯ ◎ ⊖ ◐ ● |

| 問題 1 | | | | |
|---|---|---|---|---|
| 1 | ① | ② | ③ | ④ |
| 2 | ① | ② | ③ | ④ |
| 3 | ① | ② | ③ | ④ |
| 4 | ① | ② | ③ | ④ |
| 5 | ① | ② | ③ | ④ |
| 6 | ① | ② | ③ | ④ |
| 7 | ① | ② | ③ | ④ |
| 8 | ① | ② | ③ | ④ |
| 9 | ① | ② | ③ | ④ |
| 10 | ① | ② | ③ | ④ |
| 11 | ① | ② | ③ | ④ |
| 12 | ① | ② | ③ | ④ |
| 13 | ① | ② | ③ | ④ |
| 問題 2 | | | | |
| 14 | ① | ② | ③ | ④ |
| 15 | ① | ② | ③ | ④ |
| 16 | ① | ② | ③ | ④ |
| 17 | ① | ② | ③ | ④ |
| 18 | ① | ② | ③ | ④ |
| 問題 3 | | | | |
| 19 | ① | ② | ③ | ④ |
| 20 | ① | ② | ③ | ④ |
| 21 | ① | ② | ③ | ④ |
| 22 | ① | ② | ③ | ④ |
| 23 | ① | ② | ③ | ④ |

| 問題 4 | | | | |
|---|---|---|---|---|
| 24 | ① | ② | ③ | ④ |
| 25 | ① | ② | ③ | ④ |
| 26 | ① | ② | ③ | ④ |
| 27 | ① | ② | ③ | ④ |
| 問題 5 | | | | |
| 28 | ① | ② | ③ | ④ |
| 29 | ① | ② | ③ | ④ |
| 30 | ① | ② | ③ | ④ |
| 31 | ① | ② | ③ | ④ |
| 32 | ① | ② | ③ | ④ |
| 33 | ① | ② | ③ | ④ |
| 問題 6 | | | | |
| 34 | ① | ② | ③ | ④ |
| 35 | ① | ② | ③ | ④ |
| 36 | ① | ② | ③ | ④ |
| 37 | ① | ② | ③ | ④ |
| 問題 7 | | | | |
| 38 | ① | ② | ③ | ④ |
| 39 | ① | ② | ③ | ④ |

にほんごのうりょくしけん　かいとうようし

# N3 第3回
## ちょうかい

| じゅけんばんごう Examinee Registration Number | |
|---|---|

| なまえ Name | |
|---|---|

〈ちゅうい Notes〉
1. くろい えんぴつ（HB、No.2）で かいて ください。（ペンや ボールペンでは かかないで ください。）
Use a black medium soft (HB or No.2) pencil. (Do not use any kind of pen.)
2. かきなおす ときは、けしゴムで きれいに けして ください。
Erase any unintended marks completely.
3. きたなく したり、おったり しないで ください。
Do not soil or bend this sheet.
4. マークれい Marking examples

| よい れい Correct Example | わるい れい Incorrect Examples |
|---|---|
| ● | ⊘ ○ ◎ ⦶ ⊜ ◑ ● |

| 問題 1 | | | | |
|---|---|---|---|---|
| れい | ● | ② | ③ | ④ |
| 1 | ① | ② | ③ | ④ |
| 2 | ① | ② | ③ | ④ |
| 3 | ① | ② | ③ | ④ |
| 4 | ① | ② | ③ | ④ |
| 5 | ① | ② | ③ | ④ |
| 6 | ① | ② | ③ | ④ |

| 問題 2 | | | | |
|---|---|---|---|---|
| れい | ① | ② | ③ | ● |
| 1 | ① | ② | ③ | ④ |
| 2 | ① | ② | ③ | ④ |
| 3 | ① | ② | ③ | ④ |
| 4 | ① | ② | ③ | ④ |
| 5 | ① | ② | ③ | ④ |
| 6 | ① | ② | ③ | ④ |

| 問題 3 | | | | |
|---|---|---|---|---|
| れい | ● | ② | ③ | ④ |
| 1 | ① | ② | ③ | ④ |
| 2 | ① | ② | ③ | ④ |
| 3 | ① | ② | ③ | ④ |

| 問題 4 | | | |
|---|---|---|---|
| れい | ● | ② | ③ |
| 1 | ① | ② | ③ |
| 2 | ① | ② | ③ |
| 3 | ① | ② | ③ |
| 4 | ① | ② | ③ |

| 問題 5 | | | |
|---|---|---|---|
| れい | ① | ● | ③ |
| 1 | ① | ② | ③ |
| 2 | ① | ② | ③ |
| 3 | ① | ② | ③ |
| 4 | ① | ② | ③ |
| 5 | ① | ② | ③ |
| 6 | ① | ② | ③ |
| 7 | ① | ② | ③ |
| 8 | ① | ② | ③ |
| 9 | ① | ② | ③ |

にほんごのうりょくしけん　かいとうようし

# N3 第4回
## げんごちしき（もじ・ごい）

| じゅけんばんごう Examinee Registration Number | |
|---|---|

| なまえ Name | |
|---|---|

〈ちゅうい Notes〉
1. くろい えんぴつ（HB、No.2）で かいて ください。（ペンや ボールペンでは かかないで ください。）
Use a black medium soft (HB or No.2) pencil.
(Do not use any kind of pen.)
2. かきなおす ときは、けしゴムで きれいに けして ください。
Erase any unintended marks completely.
3. きたなく したり、おったり しないで ください。
Do not soil or bend this sheet.
4. マークれい Marking examples

| よい れい Correct Example | わるい れい Incorrect Examples |
|---|---|
| ● | ⊗ ○ ○ ◎ ⊘ ◐ ● |

| 問題 1 | | | | |
|---|---|---|---|---|
| 1 | ① | ② | ③ | ④ |
| 2 | ① | ② | ③ | ④ |
| 3 | ① | ② | ③ | ④ |
| 4 | ① | ② | ③ | ④ |
| 5 | ① | ② | ③ | ④ |
| 6 | ① | ② | ③ | ④ |
| 7 | ① | ② | ③ | ④ |
| 8 | ① | ② | ③ | ④ |
| 問題 2 | | | | |
| 9 | ① | ② | ③ | ④ |
| 10 | ① | ② | ③ | ④ |
| 11 | ① | ② | ③ | ④ |
| 12 | ① | ② | ③ | ④ |
| 13 | ① | ② | ③ | ④ |
| 14 | ① | ② | ③ | ④ |

| 問題 3 | | | | |
|---|---|---|---|---|
| 15 | ① | ② | ③ | ④ |
| 16 | ① | ② | ③ | ④ |
| 17 | ① | ② | ③ | ④ |
| 18 | ① | ② | ③ | ④ |
| 19 | ① | ② | ③ | ④ |
| 20 | ① | ② | ③ | ④ |
| 21 | ① | ② | ③ | ④ |
| 22 | ① | ② | ③ | ④ |
| 23 | ① | ② | ③ | ④ |
| 24 | ① | ② | ③ | ④ |
| 25 | ① | ② | ③ | ④ |

| 問題 4 | | | | |
|---|---|---|---|---|
| 26 | ① | ② | ③ | ④ |
| 27 | ① | ② | ③ | ④ |
| 28 | ① | ② | ③ | ④ |
| 29 | ① | ② | ③ | ④ |
| 30 | ① | ② | ③ | ④ |
| 問題 5 | | | | |
| 31 | ① | ② | ③ | ④ |
| 32 | ① | ② | ③ | ④ |
| 33 | ① | ② | ③ | ④ |
| 34 | ① | ② | ③ | ④ |
| 35 | ① | ② | ③ | ④ |

にほんごのうりょくしけん　かいとうようし

# N3 第4回

## げんごちしき（ぶんぽう）・どっかい

| じゅけんばんごう Examinee Registration Number | |
|---|---|

| なまえ Name | |
|---|---|

〈ちゅうい Notes〉

1. くろい えんぴつ（HB、No.2）で かいて ください。（ペンや ボールペンでは かかないで ください。）
Use a black medium soft (HB or No.2) pencil.
(Do not use any kind of pen.)
2. かきなおす ときは、けしゴムで きれいに けして ください。
Erase any unintended marks completely.
3. きたなく したり、おったり しないで ください。
Do not soil or bend this sheet.
4. マークれい Marking examples

| よい れい Correct Example | わるい れい Incorrect Examples |
|---|---|
| ● | ⊗ ◯ ◯ ◎ ⊜ ◐ ● |

| 問題 1 | | | | |
|---|---|---|---|---|
| 1 | ① | ② | ③ | ④ |
| 2 | ① | ② | ③ | ④ |
| 3 | ① | ② | ③ | ④ |
| 4 | ① | ② | ③ | ④ |
| 5 | ① | ② | ③ | ④ |
| 6 | ① | ② | ③ | ④ |
| 7 | ① | ② | ③ | ④ |
| 8 | ① | ② | ③ | ④ |
| 9 | ① | ② | ③ | ④ |
| 10 | ① | ② | ③ | ④ |
| 11 | ① | ② | ③ | ④ |
| 12 | ① | ② | ③ | ④ |
| 13 | ① | ② | ③ | ④ |
| 問題 2 | | | | |
| 14 | ① | ② | ③ | ④ |
| 15 | ① | ② | ③ | ④ |
| 16 | ① | ② | ③ | ④ |
| 17 | ① | ② | ③ | ④ |
| 18 | ① | ② | ③ | ④ |
| 問題 3 | | | | |
| 19 | ① | ② | ③ | ④ |
| 20 | ① | ② | ③ | ④ |
| 21 | ① | ② | ③ | ④ |
| 22 | ① | ② | ③ | ④ |
| 23 | ① | ② | ③ | ④ |

| 問題 4 | | | | |
|---|---|---|---|---|
| 24 | ① | ② | ③ | ④ |
| 25 | ① | ② | ③ | ④ |
| 26 | ① | ② | ③ | ④ |
| 27 | ① | ② | ③ | ④ |
| 問題 5 | | | | |
| 28 | ① | ② | ③ | ④ |
| 29 | ① | ② | ③ | ④ |
| 30 | ① | ② | ③ | ④ |
| 31 | ① | ② | ③ | ④ |
| 32 | ① | ② | ③ | ④ |
| 33 | ① | ② | ③ | ④ |
| 問題 6 | | | | |
| 34 | ① | ② | ③ | ④ |
| 35 | ① | ② | ③ | ④ |
| 36 | ① | ② | ③ | ④ |
| 37 | ① | ② | ③ | ④ |
| 問題 7 | | | | |
| 38 | ① | ② | ③ | ④ |
| 39 | ① | ② | ③ | ④ |

にほんごのうりょくしけん　かいとうようし

# N3 第4回
## ちょうかい

| じゅけんばんごう Examinee Registration Number | |
|---|---|

| なまえ Name | |
|---|---|

〈ちゅうい Notes〉

1. くろい えんぴつ（HB、No2）で かいて ください。（ペンや ボールペンでは かかないで ください。）
   Use a black medium soft (HB or No.2) pencil.
   (Do not use any kind of pen.)
2. かきなおす ときは、けしゴムで きれいに けして ください。
   Erase any unintended marks completely.
3. きたなく したり、おったり しないで ください。
   Do not soil or bend this sheet.
4. マークれい Marking examples

| よい れい Correct Example | わるい れい Incorrect Examples |
|---|---|
| ● | ⊗ ○ ○ ◎ ⊖ ◐ ● |

| 問題 1 | | | | |
|---|---|---|---|---|
| れい | ● | ② | ③ | ④ |
| 1 | ① | ② | ③ | ④ |
| 2 | ① | ② | ③ | ④ |
| 3 | ① | ② | ③ | ④ |
| 4 | ① | ② | ③ | ④ |
| 5 | ① | ② | ③ | ④ |
| 6 | ① | ② | ③ | ④ |

| 問題 2 | | | | |
|---|---|---|---|---|
| れい | ① | ② | ③ | ● |
| 1 | ① | ② | ③ | ④ |
| 2 | ① | ② | ③ | ④ |
| 3 | ① | ② | ③ | ④ |
| 4 | ① | ② | ③ | ④ |
| 5 | ① | ② | ③ | ④ |
| 6 | ① | ② | ③ | ④ |

| 問題 3 | | | | |
|---|---|---|---|---|
| れい | ● | ② | ③ | ④ |
| 1 | ① | ② | ③ | ④ |
| 2 | ① | ② | ③ | ④ |
| 3 | ① | ② | ③ | ④ |

| 問題 4 | | | |
|---|---|---|---|
| れい | ● | ② | ③ |
| 1 | ① | ② | ③ |
| 2 | ① | ② | ③ |
| 3 | ① | ② | ③ |
| 4 | ① | ② | ③ |

| 問題 5 | | | |
|---|---|---|---|
| れい | ① | ● | ③ |
| 1 | ① | ② | ③ |
| 2 | ① | ② | ③ |
| 3 | ① | ② | ③ |
| 4 | ① | ② | ③ |
| 5 | ① | ② | ③ |
| 6 | ① | ② | ③ |
| 7 | ① | ② | ③ |
| 8 | ① | ② | ③ |
| 9 | ① | ② | ③ |

にほんごのうりょくしけん　かいとうようし

# N3 第5回

## げんごちしき（もじ・ごい）

| じゅけんばんごう Examinee Registration Number | |
|---|---|

| なまえ Name | |
|---|---|

〈ちゅうい Notes〉
1. くろい えんぴつ（HB、No2）で かいて ください。（ペンや ボールペンでは かかないで ください。）
Use a black medium soft (HB or No.2) pencil.
(Do not use any kind of pen.)
2. かきなおす ときは、けしゴムで きれいに けして ください。
Erase any unintended marks completely.
3. きたなく したり、おったり しないで ください。
Do not soil or bend this sheet.
4. マークれい Marking examples

| よい れい Correct Example | わるい れい Incorrect Examples |
|---|---|
| ● | ⊗○◎◍⊖◐ |

| 問題 1 | | | | |
|---|---|---|---|---|
| 1 | ① | ② | ③ | ④ |
| 2 | ① | ② | ③ | ④ |
| 3 | ① | ② | ③ | ④ |
| 4 | ① | ② | ③ | ④ |
| 5 | ① | ② | ③ | ④ |
| 6 | ① | ② | ③ | ④ |
| 7 | ① | ② | ③ | ④ |
| 8 | ① | ② | ③ | ④ |
| **問題 2** | | | | |
| 9 | ① | ② | ③ | ④ |
| 10 | ① | ② | ③ | ④ |
| 11 | ① | ② | ③ | ④ |
| 12 | ① | ② | ③ | ④ |
| 13 | ① | ② | ③ | ④ |
| 14 | ① | ② | ③ | ④ |

| 問題 3 | | | | |
|---|---|---|---|---|
| 15 | ① | ② | ③ | ④ |
| 16 | ① | ② | ③ | ④ |
| 17 | ① | ② | ③ | ④ |
| 18 | ① | ② | ③ | ④ |
| 19 | ① | ② | ③ | ④ |
| 20 | ① | ② | ③ | ④ |
| 21 | ① | ② | ③ | ④ |
| 22 | ① | ② | ③ | ④ |
| 23 | ① | ② | ③ | ④ |
| 24 | ① | ② | ③ | ④ |
| 25 | ① | ② | ③ | ④ |

| 問題 4 | | | | |
|---|---|---|---|---|
| 26 | ① | ② | ③ | ④ |
| 27 | ① | ② | ③ | ④ |
| 28 | ① | ② | ③ | ④ |
| 29 | ① | ② | ③ | ④ |
| 30 | ① | ② | ③ | ④ |
| **問題 5** | | | | |
| 31 | ① | ② | ③ | ④ |
| 32 | ① | ② | ③ | ④ |
| 33 | ① | ② | ③ | ④ |
| 34 | ① | ② | ③ | ④ |
| 35 | ① | ② | ③ | ④ |

にほんごのうりょくしけん　かいとうようし

# N3 第5回

## げんごちしき（ぶんぽう）・どっかい

| じゅけんばんごう Examinee Registration Number | |
|---|---|

| なまえ Name | |
|---|---|

〈ちゅうい Notes〉

1. くろい えんぴつ（HB、No.2）で かいて ください。（ペンや ボールペンでは かかないで ください。）
Use a black medium soft (HB or No.2) pencil.
(Do not use any kind of pen.)
2. かきなおす ときは、けしゴムで きれいに けして ください。
Erase any unintended marks completely.
3. きたなく したり、おったり しないで ください。
Do not soil or bend this sheet.
4. マークれい Marking examples

| よい れい Correct Example | わるい れい Incorrect Examples |
|---|---|
| ● | |

| 問題 1 | | | | |
|---|---|---|---|---|
| 1 | ① | ② | ③ | ④ |
| 2 | ① | ② | ③ | ④ |
| 3 | ① | ② | ③ | ④ |
| 4 | ① | ② | ③ | ④ |
| 5 | ① | ② | ③ | ④ |
| 6 | ① | ② | ③ | ④ |
| 7 | ① | ② | ③ | ④ |
| 8 | ① | ② | ③ | ④ |
| 9 | ① | ② | ③ | ④ |
| 10 | ① | ② | ③ | ④ |
| 11 | ① | ② | ③ | ④ |
| 12 | ① | ② | ③ | ④ |
| 13 | ① | ② | ③ | ④ |
| 問題 2 | | | | |
| 14 | ① | ② | ③ | ④ |
| 15 | ① | ② | ③ | ④ |
| 16 | ① | ② | ③ | ④ |
| 17 | ① | ② | ③ | ④ |
| 18 | ① | ② | ③ | ④ |
| 問題 3 | | | | |
| 19 | ① | ② | ③ | ④ |
| 20 | ① | ② | ③ | ④ |
| 21 | ① | ② | ③ | ④ |
| 22 | ① | ② | ③ | ④ |
| 23 | ① | ② | ③ | ④ |

| 問題 4 | | | | |
|---|---|---|---|---|
| 24 | ① | ② | ③ | ④ |
| 25 | ① | ② | ③ | ④ |
| 26 | ① | ② | ③ | ④ |
| 27 | ① | ② | ③ | ④ |
| 問題 5 | | | | |
| 28 | ① | ② | ③ | ④ |
| 29 | ① | ② | ③ | ④ |
| 30 | ① | ② | ③ | ④ |
| 31 | ① | ② | ③ | ④ |
| 32 | ① | ② | ③ | ④ |
| 33 | ① | ② | ③ | ④ |
| 問題 6 | | | | |
| 34 | ① | ② | ③ | ④ |
| 35 | ① | ② | ③ | ④ |
| 36 | ① | ② | ③ | ④ |
| 37 | ① | ② | ③ | ④ |
| 問題 7 | | | | |
| 38 | ① | ② | ③ | ④ |
| 39 | ① | ② | ③ | ④ |

にほんごのうりょくしけん　かいとうようし

# N3 第5回
## ちょうかい

| じゅけんばんごう Examinee Registration Number | | なまえ Name | |
|---|---|---|---|

〈ちゅうい Notes〉
1. くろい えんぴつ（HB、No2）で かいて ください。（ペンや ボールペンでは かかないで ください。）
Use a black medium soft (HB or No.2) pencil.
(Do not use any kind of pen.)
2. かきなおす ときは、けしゴムで きれいに けして ください。
Erase any unintended marks completely.
3. きたなく したり、おったり しないで ください。
Do not soil or bend this sheet.
4. マークれい Marking examples

| よい れい Correct Example | わるい れい Incorrect Examples |
|---|---|
| ● | ⊗ ◯ ◯ ⦶ ◯ ◐ ◯ |

| 問題 1 | | | | |
|---|---|---|---|---|
| れい | ● | ② | ③ | ④ |
| 1 | ① | ② | ③ | ④ |
| 2 | ① | ② | ③ | ④ |
| 3 | ① | ② | ③ | ④ |
| 4 | ① | ② | ③ | ④ |
| 5 | ① | ② | ③ | ④ |
| 6 | ① | ② | ③ | ④ |

| 問題 2 | | | | |
|---|---|---|---|---|
| れい | ① | ② | ③ | ● |
| 1 | ① | ② | ③ | ④ |
| 2 | ① | ② | ③ | ④ |
| 3 | ① | ② | ③ | ④ |
| 4 | ① | ② | ③ | ④ |
| 5 | ① | ② | ③ | ④ |
| 6 | ① | ② | ③ | ④ |

| 問題 3 | | | | |
|---|---|---|---|---|
| れい | ● | ② | ③ | ④ |
| 1 | ① | ② | ③ | ④ |
| 2 | ① | ② | ③ | ④ |
| 3 | ① | ② | ③ | ④ |

| 問題 4 | | | |
|---|---|---|---|
| れい | ● | ② | ③ |
| 1 | ① | ② | ③ |
| 2 | ① | ② | ③ |
| 3 | ① | ② | ③ |
| 4 | ① | ② | ③ |

| 問題 5 | | | |
|---|---|---|---|
| れい | ① | ● | ③ |
| 1 | ① | ② | ③ |
| 2 | ① | ② | ③ |
| 3 | ① | ② | ③ |
| 4 | ① | ② | ③ |
| 5 | ① | ② | ③ |
| 6 | ① | ② | ③ |
| 7 | ① | ② | ③ |
| 8 | ① | ② | ③ |
| 9 | ① | ② | ③ |

國家圖書館出版品預行編目資料

挑戰日檢 N3 全真模擬題：完整全五回攻略（寂天雲隨身聽 APP 版）/ 許成美，中澤有紀著；李喬智譯. -- 初版. -- [臺北市]：寂天文化，2022. 03

面； 公分

ISBN 978-626-300-109-1（16K 平裝）

1. 日語 2. 能力測驗

803.189 111002403

# 挑戰日檢 N3 全真模擬題：
## 完整全五回攻略

編　　著 許成美／中澤有紀
譯　　者 李喬智
審　　訂 田中綾子
編　　輯 黃月良
校　　對 洪玉樹

美術設計 林書玉
內文排版 謝青秀
製程管理 洪巧玲
負 責 人 黃朝萍
出 版 者 寂天文化事業股份有限公司
電　　話 886-(0)2-2365-9739
傳　　真 886-(0)2-2365-9835
網　　址 www.icosmos.com.tw
讀者服務 onlinesevice@icosmos.com.tw



出版日期 2022 年 3 月　初版二刷　（寂天雲隨身聽 APP 版）
郵撥帳號 1998620-0　寂天文化事業股份有限公司
▪ 劃撥金額 600（含）元以上者，郵資免費。
▪ 訂購金額 600 元以下者，請外加 65 元。

【若有破損，請寄回更換，謝謝。】